妳一生的預言

Stories of Your Life and Others

姜峯楠　著
陳宗琛　譯

鸚鵡螺文化

SFMASTER

鸚鵡螺，典故來自不朽科幻經典
《海底兩萬哩》中的傳奇潛艇，
未來，鸚鵡螺將在無限的時空座
標中，穿越小說之海的所有疆界
，深入從未有人到過的最深的海
域，探尋最頂尖最好看的，失落
的經典。

目錄

妳一生的預言 07
Story of Your Life

巴比倫之塔 94
Tower of Babylon

智慧的界線 137
Understand

除以零 205
Division by Zero

七十二個字母 233
Seventy-Two Letters

人類科學的演化 309
The Evolution of Human Science

上帝不在的地方叫地獄 313
Hell is the Absence of God

看不見的美 355
Liking What You See: A Documentary

故事筆記 417
STORY NOTES

妳一生的預言

此刻，妳爸爸很快就要開口問我那句話了。這將是我們夫妻生命中最重要的一刻，我希望自己全神貫注，記下每一個小細節。今晚稍早前，妳爸爸和我出去吃了一頓大餐，看表演，回到家的時候已經過了午夜。我們走到外面的院子裡，看天上那輪又大又圓的滿月。我對妳爸爸說我想跳舞，他消遣了我一句，然後我們相擁緩緩起舞。只見三十出頭的一對男女像孩子似的在月光下輕輕搖曳。夜晚的空氣透著一絲涼意，可是我一點也不覺得冷。然後，妳爸爸問我：「妳想製造一個小嬰兒嗎？」

此刻，妳爸爸和我已經結婚兩年，住在艾里斯路。未來我們會搬走，離開那棟房子，而那時妳還很小，不會記得那棟房子，但我們會給妳看它的照片，告訴妳發生在那房子裡的故事。在往後的日子裡，我會迫不及待，盼望要告訴妳這天晚上的事——我開始懷了妳的這個晚上。但時機還沒到。最恰當的時機應該是妳準備好自己要有孩子的時候，可惜，此刻我就已經知道，妳這一生永遠不會有那個機會。

太早告訴妳是沒用的。在妳一生中，妳難得會耐得住性子，安安靜靜坐著聽我說這樣一個浪漫的故事。妳會說這種故事太蠢了。妳十二歲那年，有一天我們會聊起當年為什麼我會決定要懷孕生妳，妳發表了一段高論：

「妳們生我，根本就是想生個不用花錢的女傭。」說這話時妳會很生氣，邊說邊把吸塵器從壁櫥裡扯出來。

「是啊，妳真是太聰明了。」我會說。「十三年前我就未卜先知，算準今天地毯會需要打掃，生個小孩來使喚真是太方便太划算了。現在嘛，小姐，麻煩妳動作快點。」

妳會回答說：「要不是因為妳是我媽，這樣根本就是剝削勞工，犯法啊。」妳氣呼呼拉出電源線，插進牆壁的插座。

這一幕將會發生在貝爾蒙街的房子裡。在我有生之年，我將會親眼目睹陌生人住進我們這兩個家。妳出生兩、三年之後，妳爸爸和我將會賣掉第一間房子。妳離開人世之後，我將會賣掉第二間。到那個時候，我會和尼爾森搬進農場的房子裡，而妳爸爸將和那個我忘了叫什麼名字的女人一起生活。

我很清楚這個故事的結局。我一直在想這個故事，一直在想這故事是怎麼開始的。那是好幾年前的事，外星飛行體出現在地球軌道上，奇怪的物體出現在地面上。對這些事，政府近乎絕口不提，而八卦小報則是天花亂墜報導了無數光怪陸離的消息。

就在那時候，我接到一通電話，有人要來見我。

・・・

我看到他們在走廊等我，就在我辦公室門口。那兩個人的組合看起來很不搭調，一個穿著軍裝，剃著小平頭，提著鋁製手提箱，不斷的打量四周，眼神似乎充滿警戒。另外一個，一眼就看得出來是學者型的，滿臉絡腮鬍，上唇也有鬍鬚，穿著燈芯絨襯衫。他正盯著旁邊牆上的佈告欄，打量著那些凌亂交疊的公告。

「您就是韋伯上校吧？」我和那個軍人握握手。「我是露依絲班克斯。」

「妳好，班克斯博士。謝謝妳特別抽空和我們見面。」

「哪裡，我還要謝謝你讓我找到藉口逃避系務會議。」

韋伯上校指著旁邊那個人。「這位是蓋瑞唐納利博士，我先前在電話裡跟妳提到過。」

「叫我蓋瑞就好。」他邊說邊跟我握手。「我迫不及待想聽聽妳有什麼看法。」

我們進了辦公室。裡頭有兩張客椅，其中一張上面堆了好幾疊書。我把那些書拿下來，請他們坐下，然後我自己也坐下。「先前聽你說，你想要讓我聽一些錄音。我猜，那應該跟外星人有關係吧？」

「我只是想讓妳聽聽這些錄音。」

「好吧，我們來聽聽看。」

韋伯上校從手提箱裡拿出一部錄音機，按下播放鍵。那聲音聽起來像是一條渾身濕透的狗正拚命抖掉毛上的水。

「妳聽得出那是什麼意思嗎？」他問。

我忍住沒說出那聲音聽起來像狗在甩水。「這些聲音是怎麼錄到的，整件事的來龍去脈是什麼？」

「很抱歉，我沒有得到授權，無法奉告。」

「如果能知道來龍去脈，會有助於我解讀這些錄音。你有沒有當場看到外星人說話？他們有沒有什麼特殊的動作？」

「我只能讓妳聽這些錄音。」

「就算告訴我你親眼看到外星人，也不算洩密吧。社會大眾早就認定你們已經看到了。」

韋伯上校不為所動，只是繼續追問：「這些聲音在語言學上有什麼特性？妳有什麼看法嗎？」

「呃，我只能說，他們的發聲系統和人類截然不同。我猜，這些外星人看起來應該不像人類吧？」

韋伯上校正打算說一些模稜兩可的話，蓋瑞唐納利忽然插嘴問：「聽這些錄音，妳有什麼猜測嗎？」

「很難說。聽起來他們並不是用喉嚨發出這些聲音，不過我還是沒辦法從聲音判斷他們的身體結構是什麼樣子。」

「還有什麼——還有什麼是妳能判斷的嗎？什麼都行。」

看得出來，上校不太習慣徵詢老百姓的意見。「我只能說，因為生理結構上的不同，和他們溝通會極度困難。我幾乎可以確定，人類的發聲器官發不出他們那種聲音，甚至，有些聲音是人類耳朵聽不見的。」

「妳說的是超低頻音——或是超聲波嗎？」蓋瑞唐納利問。

「不完全是那些。我只是說，人類的聽覺系統並不是全能的聽覺器官，它的功能是有針對性的，專門用來辨識人類喉嚨發出的聲音。面對外星人的發聲系統，結果是完全無法預料的。」我聳聳肩。「外星人發出的音，之間有什麼差異，要是我們有充分的練習，或許還分辨得出來。只不過，某些音的差異，外星人聽得出那是什麼意思，我們卻根本無法分辨。在這種情況下，我們必須用聲譜儀才聽得懂外星人在說什麼。」

韋伯上校問：「如果我給妳整整一個小時的錄音，妳需要多久才能夠確定我們需不需要動用聲譜儀？」

「不管你給我的錄音時間有多長，光靠錄音，我根本無法判斷。我必須當面和外星人交談。」

上校搖搖頭。「那沒辦法。」

我試著用最委婉的方式說服他。「當然，那要由你來決定。然而，學習一種全然陌生的語言，唯一的方法，就是直接和使用那種語言的人互動。所謂的互動，我的意思是問他們問題、嘗試和他們交談之類的。除此之外，絕無可能。所以，如果你想學會外星人的語言，那你就必須找到某個受過語言學訓練的人，讓他當面和外星人交談——當然啦，不管那個人是不是我。重點是，光靠錄音是不夠的。」

韋伯上校皺起眉頭。「照妳這麼說，是不是代表，就算外星人收聽我們的廣播電視，他們一樣沒辦法學會我們語言？是這樣嗎？」

「可以這麼說。想學會我們的語言，他們需要教材，而且那種教材必須是特別設計的，專門用來教非人類的生物學習人類的語言。要嘛就是用教材，要嘛就是和人類互動，除此之外別無他法。這兩種途徑，如果他們有其中一種，那麼他們就能夠透過看電視學會我們的語言，否則的話，他們根本沒有學習的起點。」

從上校的表情明顯看得出來，他覺得我的說法很有意思。而且，顯然他的原則是：外星人懂得越少越好。蓋瑞唐納利也看懂了上校的表情，忍不住翻了白眼。我硬是憋著不敢笑出來。

韋伯上校又繼續問：「如果妳透過直接交談的方式學習一種新語言，那麼，妳有沒有辦法不教他們英語，同時還能學會他們的語言？」

「那要看他們配合的程度有多高。當我在學習他們語言的時候，他們一定多多少少都會學到英語，不過，如果他們主要的目的，是想教我們學他們的語言，那麼，他們學到的英語一定不會太多。反過來，如果他們主要是想多學一點英語，而不是教我們，那就會困難得多。」

上校點點頭。「關於這件事，我會再跟妳聯絡。」

‧‧‧

那次會跟上校會面，是因為上校事先打了一通電話邀約，那通電話，是我這輩子第二重要的一通電話。而最重要的電話，是有一天我會接到山區救難隊打來的。那個時候，我和妳爸爸已經分開很久了，一年只通一次電話，頂多。然而，當我接到那通電話，我做的第一件事，將會是打電話給妳爸爸。

他會和我一起開車去認屍。那是一段漫長的路途，一路上我們默默無語。我還記得那間太平間，記得那裡冷冰冰的磁磚和不鏽鋼，記得冰庫的嗡嗡聲，記得那防腐劑的味道。有個管理員掀開白布，露出妳的臉。妳的臉看起來怪怪的，但我還是一眼就認出那就是妳。

「沒錯，就是她。」我會說。「她就是我女兒。」

到那時候，妳會是二十五歲。

．．．

憲兵檢查我的證件，在他的寫字板上做了個記號，然後就打開門。我開著越野車進了營區。所謂的營區，原本是一座農場，滿眼只見一大片被太陽曬得枯黃的草地，軍隊在草地上搭了幾座帳篷。外星人的裝置就位於整個營區中央，有人幫它取了個綽號，叫「三次元鏡」。這種裝置，全球各地都有，這只是其中之一。

我會去聽一場簡報，然後才知道全美國有九面三次元鏡，全世界總共有一百一十二面。所謂的三次元鏡，其實是一種雙向的視訊裝置，很可能是連線到地球軌道上的外星飛行體。沒有人知道外星人為什麼不願意跟我們面對面交談。說不定是怕我們身上有虱子。每一面三次元鏡都指派了一組科學家負責，包括一位物理學家，一位語言學家。蓋瑞唐納利和我同一組。

蓋瑞在停車場等我。三次元鏡安置在一座大帳篷裡，帳篷外面圍繞著層層的水泥路障，宛如迷宮。我和蓋瑞好不容易才穿越那些路障，來到大帳篷門口。帳篷前面有一台手推車，上面的裝備都是我從學校的語言實驗室借來的，事先送到這裡讓軍方檢查。

帳篷外面還有很多三腳架，上面裝著攝影機，鏡頭隔著帳篷上的小窗口對準帳篷裡面。我和蓋瑞在裡面的一舉一動，外面不知道有多少人在看，包括軍方的情報單位。除此之外，我們每天都要提交報告，而在我的報告上，我還必須評估外星人懂了多少英語。

蓋瑞掀開帳篷的門簾，擺出一種滑稽的姿勢要我進去。「歡迎光臨！」他模仿馬戲團老闆招攬客人的戲謔口吻說：「這是世界奇觀啊！裡面的怪物，是你在上帝的綠色行星上從來沒見過的！」

「而且只花一毛錢就看得到！」我學他的口吻輕輕嘀咕了一句，然後就走進帳篷。剛進門的時候，三次元鏡並沒有啟動，看起來像一面半圓形的鏡子，高三公尺，直徑六公尺。三次元鏡就擺在枯黃的草地上，前面有白油漆噴成的一條弧線，線內就是啟動區。目前啟動區內只有一張桌子，兩張折疊椅，還有一排延長插座，電線連接到外面的發電機。帳篷內部的邊緣有幾根柱子，上面吊著日光燈，滋滋作響，夾雜著蒼蠅飛來飛去的嗡嗡聲。帳篷裡溫度越來越高。

蓋瑞和我互看了一眼，然後就推著手推車走到桌子前面。我們一跨過那條白線，三次元鏡忽然亮起來，變成透明，彷彿灰暗的鏡面裡有人開了燈。鏡內呈現出一種怪異的立體縱深，看起來好逼真，令我感覺好像可以直接走進去。當鏡內全亮之後，裡面看起來就像一間真實比例的半圓形房間，擺了一些很大的物體，可能是桌椅家具之類的。然而，沒看到外星人。最裡面是一面半圓形的牆，牆上有一扇門。

我們忙著把所有的裝備連線：麥克風、聲譜儀、筆記電腦、還有喇叭。儘管手裡忙著，我還是常常會瞥一眼三次元鏡，心裡一直預期外星人隨時會出現。沒多久，那個外星人真的出現了，我還是嚇了一跳。

他的身體像個圓筒，底下有七隻腳撐著。七隻腳呈輻射狀伸展，整體分佈很勻稱，而且任何一隻腳都可以當成手來用。眼前這個外星人用四隻腳在走路，而另外三隻不相鄰的腳捲曲在身體側邊。蓋瑞幫他取了個綽號，叫「七腳族」。

我曾經在軍方給我的錄影帶裡看過他們，但真的親眼看到了，還是一樣目瞪口呆。他們的腳沒有明顯關節，解剖學家認為，那是一種脊椎的結構。只是，不管他們的肢體結構是什麼，那七隻腳的協調非常靈巧，身體移動的姿態有如水流，優雅順暢得驚人。乍看之下，那七隻腳有如波浪般起伏，身軀浮在上面，行進的動作有如氣墊船，平穩流暢。

七腳族有七隻眼睛，沒有眼皮，環繞在筒狀身軀頂端。那個七腳族走回剛剛的門口，發出一陣短暫的啪噠聲，然後又走回房間中央，另一個七腳族跟在他後面走出來。他們從頭到尾都沒有轉身的動作，感覺有點怪異，但非常合乎邏輯。因為，他們的七隻眼睛圍成一個圓，任何一個方向都可以是「前方」。

蓋瑞一直在留意我的反應。「準備好了嗎？」他問。

我深深吸了一口氣。「差不多了。」我從前在亞馬遜河流域做過不少田野調查，研究那裡的部落語言。而每當我探索一種新語言，總是用「雙語」的方式來進行，也就是說，有第三種語言做輔助。比如說，使用那種語言的族人懂一點葡萄牙語，而我也會說葡萄牙語。或者，我事先去找當地的傳教士，透過他們學到那種語言的基礎。而這一次，是我真正第一次用「單語」的方式來探索一種全然陌生的語言。理論上好像很簡單。

我走到三次元鏡前面，而裡面的七腳族也走上前，那影像如此逼真，彷彿他真的站在我面前，我清楚看得到他灰色皮膚上的紋理，看起來像是燈芯絨布上的紋路，有些是螺旋狀，有些是環狀。從三次元鏡裡聞不到他的味道，那種感覺更怪異。

我伸手指著自己，慢慢說：「人類。」接著我分別指向那兩個七腳族，然後問：「你們是什麼？」

他們沒有反應。我又試了一次，然後又一次。

後來，其中一個七腳族舉起一隻腳指向自己，腳尾端的四根腳趾握成拳狀。我覺得自己真是走運，因為有些種族並不是用手去指東西，而是用下巴。萬一七腳族並不是舉起一隻腳，那我還真不知道該觀察他們的什麼動作。他身軀頂端有一個孔。我看到那個孔震動了一下，然後聽到一陣短暫的啪噠聲。他在說話。接著他又抬起腳指著他的同伴，然後又發出一陣啪噠聲。

我立刻走回電腦前面，看到螢幕上顯示出那兩個啪噠聲的聲譜，看起來幾乎一模一樣。我在那兩個聲譜上做了記號，準備等一下播放用。接下來，我又指著自己，又說了一次：「人類。」，再指著蓋瑞，又說了一次。然後，我指著七腳族，透過喇叭播放那個啪噠聲。

七腳族又發出另一陣啪噠聲。這次聲譜比較長，後半段看起來只是重複前一個聲譜。於是，我標註了那兩個聲譜，前一個叫做「顫聲1」，後一個叫做「顫聲2顫聲1」。

他旁邊有一個東西，看起來像七腳族椅子。我指著那個東西問：「那是什麼？」

那個七腳族愣了一下，然後用腳指著那張「椅子」，又發出一陣啪噠聲。這次的聲譜和前兩個顯然不同，於是我標註為「顫聲3」。然後我又指著那張「椅子」，播放「顫聲3」。

七腳族立刻回答了。從聲譜上看來，像是「顫聲3顫聲2」。比較樂觀的解釋是：七腳族確認我的表達是正確的，這意味著七腳族的言談模式和人類有共同點。比較悲觀的解釋是：外星人在咳嗽。

在電腦螢幕上，有的聲譜是串在一起的，我把它們逐一切分開來，然後為每個單一的聲譜下一個初步的定義：「顫聲1」代表「七腳族」，「顫聲2」代表「正確」，「顫聲3」代表「椅子」。然後，我為所有的語音聲譜加了一個總標題：「語言：七腳族語A」。

我打字的時候，蓋瑞站在我後面看。「那個A代表什麼？」

我說：「因為七腳族的語言可能不只一種，A是為了和其他語言區分。」他點點頭。

「現在，我們來試試別的把戲，好玩嘛。」我分別指著那兩個七腳族，然後試著從喉嚨發出類似「顫聲1」的聲音。過了好一會兒，第一個七腳族說了些什麼，第二個也說了幾句，而電腦上顯示出來的聲譜，和先前任何一種聲譜都不同。我無法判斷他們究竟是在交談，還是在跟我說話，因為他們沒有所謂的「臉」可以面向我。我又試著再次發出「顫聲1」，結果他們毫無反應。

「差太多了。」我嘀咕了一句。

「哇！真沒想到妳竟然發得出這種聲音！太神了！」蓋瑞說。

「你還沒聽過我學麋鹿叫。牠們嚇得跑光光。」

接下來我又試了幾次，可是兩個七腳族都沒有做出任何我能辨識的反應。後來，我又播放了七腳族「顫聲1」的錄音，唯有這時候，他們才有了反應。那個七腳族用「顫聲2」回答我，意思是「對」。

「看樣子，我們好像只能靠這些錄音來溝通了，是不是？」蓋瑞問。

我點點頭。「目前暫時只能這樣。」

「接下來呢？」

「現在，我們要先確認我們沒有誤解那些顫聲的意思，因為搞不好他們說的是『那兩個傢伙好可愛吧』，或者『你看那兩個傢伙在搞什麼』。然後，等一下我們要觀察，如果另外那個七腳族也發出同樣的顫聲，我們有沒有辦法辨認。」我比了個手勢叫他坐下。「坐下吧，比較舒服，因為接下來我們還會跟他們耗很久。」

⋮

一七七〇年，庫克船長的「奮進號」來到澳洲，沿著昆士蘭海岸航行。庫克讓幾個水手留在船上維修，自己帶了一支探險隊上岸去找當地的土著。他們看到一種動物到處跳來跳去，肚子上有一個袋子，裡面裝著幼獸。有個水手指著那種動物，問土著那是什麼東西。土著回答：「kanguru」（袋鼠）。從此以後，庫克船長和他的水手就用那個字眼來稱呼那種動物。不過後來，他們很快就搞清楚了，土著說「kanguru」，其實是在說「你在說啥」。

每年在語言學概論的課堂上，我都會跟學生說一次那個故事。不過事後我還是會跟學生解釋，這個故事幾乎已經被證實是捏造的，但無論如何，那確實是個經典級的笑話。當然，在課堂上，我的學生最想聽的，是和外星人有關的故事。在往後的教學生涯中，很多學生之所以會選修我的課，都是因為他們想聽外星人的故事。於是，我會放從前錄下來的影片給他們看。影片的內容，有的是當年我在三次元鏡前面和外星人溝通的過程，有的是其他語言學家的工作紀錄。那些影片是很有教育價值的，如果有一天外星人再度來訪地球，那些影片會很有幫助。只可惜，這些影片的內容並不像笑話那麼有趣。

談到和語言學習有關的笑話，我最喜歡的，是那些和幼兒牙牙學語有關的故事。我還記得未來在妳五歲那一年，有一天下午妳會從幼稚園下課回來，拿著蠟筆塗顏色玩，而我則是在一邊給學生的考卷打分數。

「媽。」妳忽然叫了我一聲，然後用正經八百小心翼翼的口吻問我：「我能不能問妳一個問題？」每次妳想要什麼東西，就會出現那種口氣。

「當然好啊，小寶貝，妳問啊。」

「我可不可以當獎品？」

我本來埋頭在改考卷，一聽到妳的話，立刻抬起頭來看妳。「妳在說什麼？」

「今天在學校，雪倫說她一定會當獎品。」

「真的？她有沒有告訴妳，她為什麼會變成獎品？」

「因為她姊姊要結婚了。她說，到時候只有一個人能夠，呃，當獎品。她就是那個獎品。」

「噢，我明白了。雪倫是在告訴妳，她要當『maid of honor』（伴娘）。」

「對，她就是那樣說的。媽，妳能不能把我做成獎品（made of honor）？」

．．．

我和蓋瑞走進一間組合屋，裡面就是三次元鏡行動的指揮中心。一進到裡面，發現他們似乎在計劃要進行攻擊，或是疏散行動。一堆剃著小平頭的軍人圍在一張桌子旁邊，桌上有一張當地的地圖。另外有些人坐在巨大的電子儀器前面，頭上戴著耳機麥克風，嘴裡說個不停。有人帶我們到韋伯上校的辦公室。他的辦公室在後面，有冷氣空調，很涼爽。

我們向韋伯上校做了簡報，向他報告第一天的結果。他說：「看樣子，你們好像沒什麼進展。」

「我想到一個辦法，能夠加快進展。」我說。「不過，你必須先批准我使用更多設備。」

「妳還需要什麼？」

「一部數位攝影機，還有一面大電視螢幕。」我拿出一張設計草圖給他看。「我打算用書寫的方式來進行探索。我想讓文字顯示在螢幕上，然後用攝影機記錄他們寫的文字。我希望七腳族也會照樣做。」

韋伯看著那張設計圖，似乎有點猶豫。「這樣做有什麼好處？」

「到目前為止，我一直只是用我設想的方式探索他們的口語，後來我才想到，七腳族應該也有文字。」

「然後呢？」

「如果七腳族是透過某種機器來書寫文字，那麼，他們的文字一定非常有規律，非常有連貫性。對我們來說，辨認他們的字母會容易得多，不像辨識他們的語音那麼困難。舉例來說，從他們寫下的句子裡，我們會比較容易辨認出字母。聽他們說話，我們很難聽得出他們用什麼字母。」

「我懂妳的意思了。」他說。「問題是，妳要怎麼回答他們？難道妳還是要把他們寫的字拿給他們看嗎？」

「基本上是這樣。而且，如果他們的字和字中間有空格，那麼，我們用他們的字寫出句子，他們比較容易看懂。不像現在，我們只是把他們說的話錄下來，擷取出一個個的聲譜，串聯銜接成一個句子，播放給他們聽，他們不見得聽得懂。」

他往後靠到椅背上。「妳應該明白，我們要儘可能不讓他們看到我們的科技，越少越好。」

「這我明白。不過，現在我們不是已經用機器在當溝通工具了嗎？如果我們能夠誘導他們書寫文字，我相信進展會快得多，不必再受限於聲譜。」

上校轉頭問蓋瑞：「你覺得呢？」

「我覺得這是個好辦法，不過，我有點擔心，七腳族看我們的電視螢幕，不知道會不會有困難。他們的三次元鏡，運用的是一種截然不同的科技，和我們的電視螢幕完全不一樣。根據我的觀察，三次元鏡裡的影像，不是像素組成的，也不是電視那種掃描線。那種畫面，不是像我們的電影那種一秒鐘二十四格的畫面。」

「你是不是認為，電視螢幕裡的掃描線會干擾文字的呈現，他們會無法判讀？」

「有可能。」蓋瑞說。「我們只能先試試看才知道。」

韋伯上校考慮了一下。對我來說，那根本不是問題，可是從他的角度來看，那是一種很艱難的決定。不過，他不愧是軍人本色，很果斷。「好吧，我同意。妳去找外面那個士官，叫他們把東西送進去，明天就要準備好。」

・・・

我記得未來妳十六歲那年的夏天，那個日子。那一天，有人準備要去約會，正等著男朋友來接。只不過，那一次，也就只那麼一次，那個正在等男朋友的人，是我。當然，妳會陪我一起等，而且興致勃勃的等著要看他長什麼樣子。妳有一個好朋友，那時會在我們家跟妳一起廝混，妳們兩個嘰嘰咯咯嘻笑打鬧。那女孩子滿頭金髮，名字很怪，叫洛基。

「我知道啦，妳一定迫不及待想對他品頭論足一下。」我站在門廊的鏡子前面顧影自憐，邊看著鏡子邊說。「拜託妳控制一下，等我們走了以後，妳們兩個再慢慢討論。」

「妳放心啦，媽。」妳會說。「我們發表評論的時候，一定不會讓他察覺到。洛基，等一下妳就問我，今天晚上天氣會怎麼樣。然後我就會說天氣如何如何，意思就是我覺得我媽的男朋友怎麼樣。」

「好啊。」洛基會說。

「不行！我不准妳們幹這種事！」我會說。

「放心啦，媽！我保證他絕對不會發現。我跟洛基一直都在幹這種事。」

「哼，我還真放心。」

再過不久，尼爾森就會開車來接我。我會跟妳們介紹他，然後我們兩個會在門口的走廊上聊一下。看妳的表情，明顯看得出來妳覺得尼爾森帥呆了。我們正要出門的時候，洛基會假裝漫不經心的隨口問妳：「妳覺得今天晚上天氣會怎麼樣？」

「今天晚上一定會熱爆。」妳會這麼回答。

洛基會點頭表示同意。然後尼爾森會問我：「真的嗎？氣象報告不是說今天晚上會很涼？」

「我對天氣有第六感。」妳說話的時候，表情看不出任何異樣，厲害。「直覺告訴我，今天晚上一定會熱得像烈火焚身。媽，今天晚上妳真是穿對了衣服。」

我會瞪妳一眼，然後跟妳說晚安。

我帶尼爾森走向車子的時候，他嘴角帶著一絲詭異的微笑問我：「她說的話還真是不好懂，對吧？」

「只有我才聽得懂。」我嘴裡嘀咕著。「不過你別問我，我不想解釋。」

・・・

到了下一次在三次元鏡前面進行交談的時候，我們的程序還是像上次一樣，只不過這一次，我們說話的時候，同時會在電腦裡打字，顯示在螢幕上。例如，我們嘴裡說「人類」的時候，螢幕上就會顯示「人類」兩個字。沒多久，七腳族就搞懂了我們想做什麼，於是，他們在一個小基座上架了一面圓幕。其中一個七腳族開口說話，然後舉起一隻腳，伸進基座上的一個大凹槽裡。圓幕上出現一個潦草的符號，看起來有點像草書。

就這樣，我們很快就建立起一套標準溝通模式，而且我還在電腦裡編集了兩套對等的語言素材檔案，一套是口語的樣本，一套是書寫的樣本。根據我的第一印象，他們的文字顯然是一種語素文字，這令我大失所望。我本來期待他們的文字會是一種表音文字，會比較有助於我們學會他們的口語。或許，他們的語素文字還是會包含一些語音元素，可是想辨識出那些語音還是比較困難的，不像透過表音文字那麼容易。

我湊近三次元鏡，這樣才能夠指出七腳族身體的各個部位，比如他們的腳，腳趾，還有眼睛，然後問出代表那些部份的語言文字。後來我們發現，他們身軀底下有一個開口，開口周圍有骨質的皺摺，可能是用來吃東西的，而身體上端那個孔是用來說話和呼吸的。除此之外，他們身體其餘部位沒有明顯的開口。也許，他們的嘴巴同時也是肛門。不過這類問題還是等以後再研究吧。

我另外還問了那兩個七腳族，該怎麼個別稱呼他們。其實我就是要問他們叫什麼名字，如果他們有所謂名字的話。他們回答的聲音，我們的嘴巴當然沒辦法模仿。於是，為了蓋瑞的方便，也是為了我自己的方便，我根據他們回答的聲音，取其諧音，幫他們取了綽號，分別是「霹靂」和「果醬」。只不過，就算有了名字，但願我不會叫錯。他們長得都是一個樣，我常常分不清誰是誰。

• • •

第二天，我們正要走進三次元鏡的帳篷之前，我先找蓋瑞商量一件事。我對他說：「今天的流程，我需要你幫忙。」

「沒問題。妳要我做什麼？」

「我們必須搞清楚他們用的某些動詞，而透過第三人稱的方式最容易搞清楚。等一下我在電腦裡打字的時候，你能不能表演那些動作？運氣好的話，那些七腳族說不定會猜到我們想做什麼，然後就跟著做。我帶了一些道具，等一下你可以用。」

「沒問題。」蓋瑞很誇張的掐掐他的指關節，咯咯作響。「妳一準備好，我隨時上場。」

我們先從一些簡單的不及物動詞開始：走路、跳躍、說話、寫字。蓋瑞表演那些動作的時候，毫不扭捏，那副模樣彷彿根本不在乎有沒有人在看，太可愛了，就算旁邊架著攝影機，他也視若無睹。一開始，他表演了幾個動作，而每一個動作的同時我都問七腳族：「你們如何表達這個？」沒多久，七腳族就明白我們想做什麼了。果醬開始模仿蓋瑞的動作，或者說，他嘗試做出類似的七腳族動作，而霹靂則在一旁用電腦顯示文字描述，同時也大聲說出來。

從他們說話的那段聲譜裡，我認出了那個被我標示為「七腳族」的聲譜，那剩下的部份應該就是動詞。看起來，他們的語言也有名詞和動詞的分類，謝天謝地。

然而，他們的書寫文字就沒這麼簡單明確了。他們的文字，雖然可以歸類為像中文那種語素文字，但看起來更像一個符號。針對每一個動作，他們顯示出來的句子卻只有單一個符號，而不是兩個符號。一開始，我以為他只寫出「走路」這個符號，隱藏了主詞，可是，為什麼霹靂說出來的是「七腳族走路」整個句子，可是寫出來的卻只有「走路」？為什麼口語和文字沒有同步？然後我注意到，有些句子的符號看起來很像「七腳族」這個單字的符號，只不過符號旁邊多了一些筆劃，而不同句子的筆劃會出現在不同邊。也許他們的動詞是附屬在名詞上。如果是這樣的話，為什麼在某些句子裡，霹靂寫出名詞，可是另外一些句子裡卻沒有名詞？

於是，我決定試試及物動詞。這種句子，受詞會有變化，應該有助於釐清狀況。我帶來的道具裡，有一個蘋果和一片麵包。「來吧。」我對蓋瑞說。「把食物拿給他們看，然後開始吃。先吃蘋果，再吃麵包。」蓋瑞指著一個蘋果，拿起來咬了一口，我則是在螢幕上顯示了「你們如何表達？」的文字。然後，我們再用那片全麥麵包重複了同樣的過程。

果醬離開房間，回來的時候手上拿著一個很大的東西，看起來像堅果或葫蘆，另外還有一個橢圓形凝膠狀的東西。果醬指著那個葫蘆，而霹靂說了一個字，同時顯示了一個符號。然後，果醬把那個葫蘆拿到七隻腳中間，傳出一陣碎裂聲，然後又把葫蘆拿出來，上面被咬了一口，我們看見外殼裡有一些像玉米粒的果仁。這時候，霹靂又說話了，而且在圓幕上顯示了一個大符號。「葫蘆」的聲譜在那個句子裡出現了一點變化，可能是類似英文中的受格。而那個符號就很怪了，我研究了老半天，才注意到那個符號裡有些筆劃看起來像個別的符號——很像「七腳族」和「葫蘆」的符號。看起來，好像那兩個符號融合成一個符號，只是多了一些可能是代表「吃」的筆劃。難道這是一種像中文裡的「招財進寶」那種組合字？

接下來是那個凝膠狀的橢圓形。我們稱之為「膠蛋」。我們問到了膠蛋的名稱，還有吃的動作，包括語音聲譜和符號。「七腳族吃膠蛋」這句話的聲譜，我們很容易就分析出來了。正如我們所預期的，膠蛋的聲譜有受格的變化，不過，句子裡每個字的順序卻和上次不一樣。至於他們寫出來的句子，就很費解了。那是一個更大的符號，我花了更長的時間去辨認。這一次，不但所有的個別符號又融合成一個更大的符號，甚至，代表「七腳族」的符號竟然變成橫的，而「膠蛋」的符號就像是站在「七腳族」符號的頭上一樣。

「老天！」這些符號，都只是代表一種簡單的句型，只有動詞名詞。先前有些句子的符號似乎沒有連貫性，我又回頭去仔細看了一下，這才發現，所有句子的符號裡都包含了「七腳族」的符號，只不過，有的旋轉了方向，有的變形了，因為它們要連接不同的動詞筆劃，所以一開始我沒有看出來。「你們這些傢伙根本是在整人。」我嘴裡嘀咕著。

「怎麼了？」蓋瑞問。

「他們所有的字都連在一起。他們寫出來的句子，是把所有個別單字的符號全部連在一起，變成一個更大的符號。為了結合，有的符號旋轉了方向，有的變形了。你看。」我把旋轉了方向的符號指給他看。

「所以，不管字的符號怎麼旋轉，他們一樣可以毫不費力的看懂。」蓋瑞說。他轉頭看看七腳族，一臉驚歎。「不知道那是不是因為他們身體構造的關係。他們的身體是圓筒形，七隻腳以幅射狀伸展，角度很平均。也就是說，他們的身體沒有所謂的『前方』，所以他們的文字符號也一樣。特棒。」

我簡直不敢相信，我的工作夥伴竟然會用「特」這種修飾語來說「棒」。「確實很有意思。」我說。「不過那也意味著，如果我們想用他們的文字符號來造句，會比登天還難。我們根本沒辦法把他們的句子拆成一個個的單字，然後再重新組合。我們必須先學會他們文字符號的規則，才有辦法寫出看得懂的符號。這種困難，我們在拼湊他們口語的時候也碰到過，只不過這次換成是文字符號。」

我轉頭看看霹靂和果醬。他們正在三次元鏡裡等我們進行後續的動作。我嘆了口氣。「你們真是存心要整我們，對吧？」

• • •

憑良心說，七腳族從頭到尾都全力配合我們。接下來的幾天，他們顯然很樂意教我們學會他們的語言，而完全沒有要我們教他們英語。韋伯上校和他的同僚對這種情況感到納悶，猜不透他們的用意。這段期間，我和負責其他三次元鏡的語言學家進行視訊會議，分享七腳族語言的學習心得。視訊會議的存在，突顯出我們工作環境的怪異。比起外星人的三次元鏡，我們的電視螢幕顯得很原始，所以在畫面上，其他語言學家看起來比外星人離我們更遠。熟人遠在天邊，而陌生人卻近在眼前。

我們很想問他們為什麼要來地球，我們很想和他們討論物理學，藉此瞭解他們的科技。但這些都只能等以後再說，眼前，我們要先完成最基本的：語音／文字、字彙、語法。全球各地三次元鏡裡的七腳族，使用的都是同一種語言，所以我們才能夠和各地的語言學家分享資訊，合作研究。

最令我們困惑的是七腳族的文字。那看起來似乎不像文字，反而比較像一大串複雜的符號。那種文字符號並不是排成一行，也不是排成螺旋狀，也不分前後。相反的，霹靂和果醬寫出來的句子，就是盡可能把很多個符號混在一起，變成一個大符號。

這種文字型態，會讓人聯想起古時候那種原始的符號系統。你必須預先知道符號描述的內容，才有辦法看懂那個符號。這種符號系統的運用受到很大的限制，很難有系統的紀錄資訊。然而，七腳族不太可能只靠口語相傳就創造出他們這種程度的科技。這意味著三種可能。第一種可能是，七腳族有一套真正的文字系統，可是並不想當著我們的面使用。韋伯上校一定會這樣認為。第二種可能是，七腳族使用的科技，並不是他們自己發明的，他們自己根本沒有文化，只會使用別人的科技。第三種可能，也是我覺得最有意思的，是七腳族使用的是一種非線性的拼寫文字系統，一種真正的書寫方式。

・・・

我記得未來在妳高一那一年，我們談了一些話。那是一個禮拜天的早上，我會在廚房裡剝蛋，而妳會在餐桌上擺碗盤刀叉，準備吃午餐。妳聊起昨天晚上去參加的派對，邊說邊笑。

「老天。」妳會說。「聽說酒量跟體重有關，還真的耶。我明明喝得沒有那些男生多，卻比他們醉得更厲害。」

我聽得心驚膽跳，可是我會努力不動聲色，拚命保持著超然愉悅的表情。我真的很努力，卻還是被妳發現我神色有異。於是妳會說：「噢，媽，這有什麼大不了？」

「妳說什麼？」

「我就不相信妳年輕的時候沒做過這種事。」

我確實沒做過，可是我心裡明白，要是我承認自己年輕的時候沒幹過什麼荒唐事，妳一定會看不起我。「妳應該知道，喝醉酒不可以開車，不可以上別人的車——」

「老天，這我當然知道。妳當我是白癡嗎？」

「沒有啦，妳當然不會。」

那時候，我心裡會想到的是，妳和我真的是兩種截然不同的人類。而這又會讓我想到，妳永遠不會是我的複製品。妳會是一個很棒的女兒，我每天看到妳都會很開心，但妳永遠不會是一個可以讓我隨心所欲塑造出來的人。

‧‧‧

軍方在一輛貨櫃車裡幫我們布置了兩間辦公室，停放在三次元鏡旁邊。我看到蓋瑞正要走進貨櫃裡，立刻跑過去找他。「那是一種語義文字系統。」我一跑到他旁邊就說。

「妳說什麼？」他問。

「來，我帶你去看。」我帶蓋瑞走進我的辦公室。一進門，我就走到黑板前面，在上面畫了一個圓圈，然後在圓圈裡畫了一條斜線。「這是什麼意思？」

「禁止？」

「沒錯。」接下來我在黑板上寫了「NOT ALLOWED〈禁止〉」兩個字。「這兩個字也是禁止。不過這兩個東西，只有一種代表口語。」

蓋瑞點點頭。「我明白了。」

「根據語言學的定義，所謂的文字——」我指著那兩個字。「——是一種『語音文字』，因為那代表我們說的話。任何一種人類的語文基本上都屬於這一類。可是，這個符號——」我指著那個圓圈和斜線。「——是一種語義文字，因為它表達的意義和說話完全無關。這種文字的組成並不代表任何特定的聲音。」

「所以妳認為七腳族的文字全都是這種東西？」

「根據到目前為止我們所看到的，沒錯。不過，那並不是像洞穴壁畫那種圖畫文字。這種語義文字複雜得多。它有自己的一套造句規則系統，就像一種視覺句法，和口語的語法完全無關。」

「視覺句法？妳能不能舉個例子？」

「馬上就讓你看。」我坐到電腦前面，從電腦裡點出一個畫面。那是昨天和果醬交談的檔案畫面。我調整螢幕的角度，讓蓋瑞可以看清楚。「在他們的口語裡，名詞有格的變化，顯示那是主詞還是受詞。然而，在他們的文字裡，一個名詞是主詞還是受詞，是由符號的方向角度來決定，而符號的方向是由動詞筆劃的方向來決定。你看這個。」我指著畫面上其中一個符號。「用這個符號當例子，『七腳族』的符號和『聽』的筆劃是連在一起的，可是你注意看它們連結的方式，這些筆劃是平行的，意思是，七腳族在聽。」接著我讓他看另一個符號。「你看它們連結的方式，這些筆劃是垂直的，代表有人在聽七腳族說話。這種句法應用在很多動詞上。」

「下一個例子，是筆劃彎曲的規則。」我又點出另一個檔案的畫面。「在他們的文字裡，這個符號的意思大概是『聽得清楚』或『清楚聽到』。你看，這個符號和『聽』的符號有某些共通點，看到了嗎？你還可以把這個符號和『七腳族』的符號連在一起，就像前面的檔案一樣，代表七腳族清楚聽到某個人說話，或是某個人清楚聽到七腳族說話。不過，真正最有趣的是，把『聽』的符號調整成『清楚聽到』的符號，有一種規則。你看到他們做了什麼調整嗎？」

蓋瑞點點頭，伸手指著螢幕。「看起來像是筆劃中間彎曲的弧度不一樣，代表清楚聽到。」

「沒錯，這種調整的規則應用在很多動詞上。『看』的符號也可以用同樣的規則調整，變成『清楚看到』。同樣的道理，『讀』的符號和其他動詞也一樣。不過，這種改變筆劃彎曲弧度的方式，在他們的口語裡是沒有的。在口語裡，他們幫這些動詞加了字首，用來表示難易度，而『看』和『聽』這兩個字，字首是不一樣的。還有很多別的例子，不過，我想你應該已經懂了。基本上，這是一種二次元的文法。」

他開始陷入沈思，踱來踱去。「人類的文字系統裡有沒有類似的東西？」

「有啊，例如數學方程式，樂譜，舞譜，不過那是非常專業的東西。我們沒辦法用那些東西記錄我們之間的談話。不過我猜，如果我們真的搞懂了七腳族的文字，那就可以用來記錄我們的談話。我認為那是一種很成熟的、通用的符號語言。」

蓋瑞皺起眉頭。「所以說，他們的文字形成另一套獨立的語言，和他們的口語不同，是不是？」

「沒錯。事實上，更準確的說法，應該要把他們的文字稱為七腳族語B，而原來的七腳族語A則是代表口語。」

「等一下，照理說，一種語言應該就夠用了，幹嘛要用兩種？那似乎會對語言的學習造成沒必要的困難。」

「你是說應該像我們只用英語拼音文字一樣嗎？」我說。「容易學習並不是推動語言演進的主要力量。對七腳族來說，在文化上和認知上，文字和口語分別扮演了不同的角色，所以，他們並不是使用同一種語言的兩種不同型態，而是使用兩種不同的語言，這樣做是更有道理的。」

他想了一下。「我懂妳的意思了。說不定他們認為，在我們的語言中，文字只不過是一種多出來的形式，是多餘的。他們認為，我們沒有把文字變成另一種溝通管道，根本就是浪費。」

「很有可能。如果我們能夠找出原因，為什麼他們要使用第二種語言來當做文字，那我們就能更深入了解他們。」

「那麼，也就是說，我們沒辦法藉由他們的文字來學習他們的口語。」

我嘆了口氣。「是啊，這就是眼前我們最先面臨的狀況。不過我認為，不管是七腳族語A，還是七腳族語B，我們都不應該忽略。我們需要雙向探索。」我伸手指著螢幕。「我跟你打賭，只要你學會了他們的二次元句法，接下來等你要跟他們學數學的時候，一定會很有幫助。」

「妳說到重點了。那麼，現在我們可以開始跟他們討論數學了嗎？」

「還不行。我們必須先更熟悉他們的文字系統，才能進一步做別的事。」我說。他故意露出很誇張的沮喪表情，我對他笑了一下。「要有耐心，年輕人。耐心是一種美德。」

・・・

妳爸爸要去夏威夷參加學術會議那一年，妳將會是六歲。我們會陪他一起去。妳會很興奮，提早好幾個禮拜就開始做準備。妳會一直問我什麼是椰子，什麼是火山，什麼是衝浪，而且還對著鏡子練習跳呼拉圈舞。妳會把妳想帶的衣服和玩具全部塞進一口行李箱，然後拖著行李廂在屋子裡走來走去，看自己能拖多遠。妳會問我可不可以把妳的神奇畫板放進我的行李箱，因為妳的行李箱已經塞滿了，可是妳非帶去不可。

「妳用不著帶這麼多東西呀。」我會說。「那裡好玩的東西太多了，妳不會有時間玩這麼多玩具。」

妳會開始考慮，眉頭又出現那個小酒窩。每次妳在認真想事情，皺起眉頭的時候，就會出現那個小酒窩。後來，妳終於同意少帶一點玩具，只不過，妳期待的東西會越來越多。

「那我現在就要去夏威夷。」妳會哭哭啼啼的說。

「好東西是值得等待的。」我會告訴妳。「妳期待越高，等真的到了那裡就會覺得更好玩。」

妳噘起小嘴。

．．．

在下一份報告裡，我提出建議，不要再用「語素文字」這個名稱來代表七腳族的文字，因為用詞不當。「語素文字」隱含的意思是，每一個字都是對應一個口語中的字，但事實上，七腳族的文字根本不是我們所認知的口語。另外，我也不想使用「表意文字」這個名稱，因為七腳族的文字也不是我們過去所認知的任何一種「表意文字」。所以，我建議使用「符號」這個名稱。

外星人的符號，勉強可以說是類似人類語言中的「字」，符號本身是有意義的，如果和別的符號連結起來又會產生無窮變化的意義。我們無法幫七腳族的文字下一個準確的定義，不過話說回來，在人類的語言中，所謂的「字」到底是什麼，到目前為止也還沒有任何人能夠下一個令人滿意的定義。而這還沒什麼，真正更令人頭痛的，是七腳族語B的句子。這種符號語言沒有所謂的標點符號，它的句法是由符號結合的方式來決定，而且根本不需要顧慮口語節奏頓挫的問題。在人類的語言中，主詞和補語之間的搭配是很微妙的，搭配得對才叫句子，而七腳族的符號當然根本沒辦法區分什麼主詞補語。對七腳族來說，所謂的「句子」，就是看你想把多少個符號拼湊在一起。什麼叫一句，什麼叫一段，什麼叫一篇，是由符號的大小來決定。

如果七腳族語B的句子符號變得很大，視覺上的衝擊是很強烈的。如果不是因為我必須分析那種符號，我大可輕輕鬆鬆的把它當成怪異的藝術品來欣賞。那符號很像是有人畫了幾隻變形的螳螂，全部串連在一起，形成一種透視無限循環的變形幾何圖，而且每隻螳螂的姿勢都不一樣。最大的句子符號，看起來會很像迷幻視覺海報，有時候會讓人很不舒服，有時候甚至會讓人產生被催眠的感覺。

• • •

我記得妳大學畢業典禮那天拍的一張照片。照片裡，妳正對著鏡頭擺姿勢，頭上的學士帽歪著戴，一副酷樣，一手扶著太陽眼鏡，一手叉腰，還故意掀開袍子，露出穿在裡面的背心和短褲。

我記得妳畢業典禮那一天。那會是一個令人精神錯亂的日子，因為尼爾森、妳爸爸、還有那個我忘了叫什麼名字的女人，這三個人同時被湊在一起。當然啦，這只是個小插曲。那整個週末，妳不斷的介紹同學給我認識，而且還一次又一次跟每個人擁抱。看著眼前的妳，我驚訝得說不出話來。眼前的妳，已經亭亭玉立，長得比我還高，漂亮得令我心疼。我簡直不敢相信，眼前這個漂亮的女人，怎麼會是我記憶中那個小女孩。我記憶中的小女孩，必須要我抱起來才喝得到飲水機的水。我記憶中的小女孩，自己偷偷跑到我的衣櫥拿了一套洋裝，一頂帽子，再加上四條圍巾，把自己包得像木乃伊一樣，連滾帶爬從房間走出來。

大學畢業後，妳會去當財務分析師。我永遠不會懂那是什麼樣的工作，甚至不會懂妳為什麼對錢這麼熱衷，為什麼去應徵工作的時候會全力以赴爭取薪水。我寧願妳在追求某個目標的時候不去考慮金錢上的利益，但我沒什麼好抱怨的，因為我自己的媽媽也從來就搞不懂，我為什麼不能乖乖去當個高中英文老師。未來，妳會隨心所欲的去做妳喜歡的事，而我對妳唯一的要求，就是希望妳快樂。

⋮

隨著時間一天天過去，全球各地的三次元鏡小組開始迫不及待，試著想搞清楚七腳族基礎數學和物理的術語。我們通力合作，研究要如何向七腳族展示我們的問題，語言學家負責構思溝通的程序，而物理學家負責研擬討論的主題。先前，物理學家以數學為媒介設計了一套系統，準備用來和外星人溝通，只不過那是設計給無線電望遠鏡使用的。物理學家把那套系統拿給我們看。於是，我們把那套系統改造成面對面溝通用的。

我們美國的小組在基本算術上有所突破，可是在幾何和代數方面卻碰到死胡同。我們嘗試用球面座標來取代直角座標，因為考慮到七腳族的身體結構是圓筒形的，用球面座標似乎更自然，可惜我們的嘗試卻完全得不到成果。七腳族似乎搞不懂我們想做什麼。

同樣的，物理學上的探索也沒什麼進展。唯一的進展，就只是釐清了一些具體的東西，比如化學元素。我們向七腳族展示了好幾次週期表，他們才終於搞懂了。任何東西，只要是稍微有點抽象的，我們一樣無法展示清楚。我們曾經嘗試要展示某些物理屬性，例如質量或加速度，這樣我們才有辦法問出他們怎麼稱呼這種東西，可是七腳族的反應，就只是要我們說清楚一點。不管我們拿什麼東西來展示，都有可能導致他們理解上的困難，所以為了避免這種狀況，我們除了使用圖畫、照片和動畫之外，還特地展示一些實體的東西。然而，連續好幾天，甚至後來連續幾個禮拜都沒有進展。物理學家越來越失望。

相形之下，我們語言學家卻大有斬獲。我們逐漸分析出他們的口語文法，也就是七腳族語A。正如我們所預期，那種語言形態和人類的不一樣，不過到目前為止還能夠理解。他們字的順序可以隨意變化，甚至連條件子句的位置都沒有一定的順序，這完全不同於人類語言的普遍規則。還有，他們顯然不怕形容詞子句連接一層又一層，這一點很快就讓人類舉白旗投降了。這很怪異，但還算能理解。

更有趣的是，最近我們發現，在七腳族語B裡，語態和文法是二次元的，非常獨特。如果符號有單複數或主格受格的變化，符號的形狀就會產生變化，而這種變化顯現在某些筆劃的彎度、寬度、或起伏程度的變化，或者是符號裡兩個筆劃的相對大小或相對距離的變化，或者符號角度的改變。另外，這種符號並不像一個一個分開的字。代表一句話的符號就是一個完整的符號，無法拆解。雖然人類語言中也有類似的文字，例如書法，但這種符號跟書法扯不上關係。這種符號有一貫的、明確的文法，而這會決定一個符號的意義。

我們每隔一段時間就會問七腳族為什麼要來地球，每次他們的回答都是「來看看」，或者「來觀察」。確實，有時候他們寧可坐在那邊默默看著我們，也不太想回答問題。也許他們是科學家，也許他們是觀光客。國務院特別交代我們，要儘可能避免讓他們對人類瞭解太多，因為接下來如果雙方要談判，這會變成他們的籌碼。我們同意了，但其實我們根本不需要刻意這樣做，因為他們從來不問問題。不管他們是科學家還是觀光客，他們對人類根本沒有半點好奇。

．．．

我記得未來有一天，我會開車載妳去購物中心，幫妳買一些新衣服。那會是妳十三歲那一年。妳一下子懶洋洋的癱在座椅上，像孩子般的天真無邪，但一下子又像是個訓練有素的模特兒一樣撩撥頭髮，那動作看似漫不經心卻是十分老練。

我正在停車的時候，妳會一直交代我說：「這樣吧，媽，信用卡一張給我，我自己去逛，兩個鐘頭後我們回大門這邊會合。」

我大笑起來。「妳想得美，我不會讓信用卡離開我身上，半張都不行。」

「妳幹嘛這樣！」妳立刻怒火衝天。我們一下車，我會立刻朝購物中心的大門走去。過了一會兒，妳發現我不會認輸，立刻就改變戰略。

「好啦，媽，我們一起走沒關係，不過妳跟在我後面，保持一點距離，這樣人家才不會以為我們走在一起。要是碰到我那些朋友，我會停下來跟她們聊，妳就繼續走，好嗎？我過一下就會去找妳。」

我會立刻停下腳步。「對不起，小姐，我不是妳的傭人，也不是什麼見不得人的親戚，會害妳丟臉。」

「可是媽，我不能讓她們看到我跟妳在一起。」

「妳在鬼扯什麼？妳哪個朋友我不認識？不是都來過我們家嗎？」

「那不一樣啦！」妳一副不可置信的表情，竟然還要跟我解釋這個。「這裡是購物中心。」

「那真是不巧。」

妳發脾氣了。「妳就是半點都不肯讓我開心。妳根本不在乎我。」

可是後來，過沒多少日子，妳又變得很愛跟我一起逛街買東西。那總是令我驚歎，妳竟然這麼快就從一個階段跳到另一個階段。跟妳一起生活，感覺就像用槍瞄準一個移動的標靶，妳移動的速度，我永遠跟不上。

⋮

我用筆在紙上畫了一個七腳族語B的句子符號，拿在手上愣愣看著。就像我從前畫的那些符號一樣，這個符號還是一樣奇形怪狀，感覺就像是被我用鐵鎚敲爛，然後又拿膠帶黏回去。我桌上亂七八糟堆滿了紙，紙上畫的全是這種不成樣的符號，偶爾電風扇擺頭吹過去，滿桌的紙會被吹得嘩啦嘩啦掀飛。

學習一種沒有口語的語言，感覺很怪異。我練習的不是發音，而是必須閉上眼睛在腦海中想像畫出那些符號。

有人在敲門。我還來不及回答，蓋瑞就衝進來了，一臉興奮。「伊利諾州的小組有突破了。他們向七腳族展示一種物理原理，七腳族也向他們展示了同樣的東西。」

「真的？太棒了，什麼時候的事？」

「一個鐘頭前。我們剛剛開了視訊會議。我畫給妳看。」他開始擦掉我黑板上的東西。

「你儘管擦啊，那些我用不著。」

「那就好。」他拿起一截粉筆，畫了一個圖形。

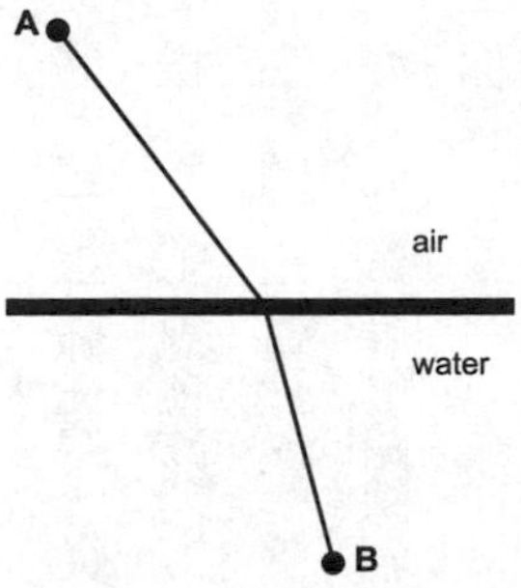

「好，這是一條光線，從空氣進入水裡。光線本來是直線進行，碰到水就轉向了。水的折射率不一樣，所以光線會改變方向。這個原理妳從前應該聽說過吧？」

我點點頭。「當然。」

「好，光線前進的路線有一種有趣的屬性。這條路線是兩點之間最快的路線。」

「你說什麼？」

「想像光線走的是這條路線。」說著他在圖上多畫了一條虛線。「這條線只是假設的，妳可別當真。」

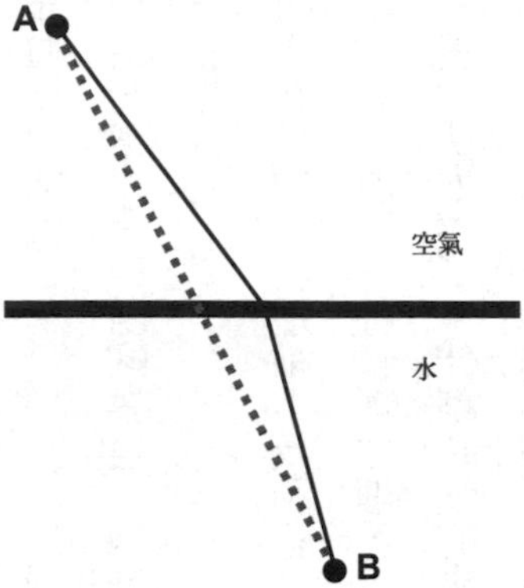

「這條假設的路線比光真正的路線短。光在水裡前進的速度，比在空氣中慢，而這條虛線在水裡的比例比較高。所以光線沿著這條虛線前進，花的時間比真正的路線長。」

「好，我懂了。」

「好，妳再想像光線沿著這條路線走。」他又畫了另一條虛線。

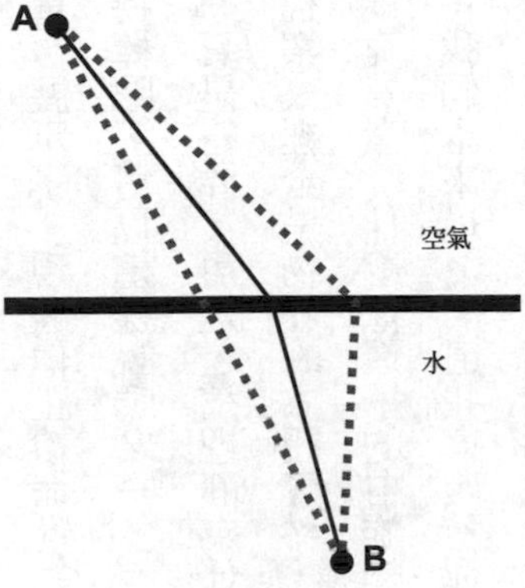

「這條路線在水裡的比例變少了，可是總長度變長了。所以，如果光沿著這條路線走，花的時間一樣會比真正的路線長。」

蓋瑞放下粉筆，伸手指著黑板上的圖形，指尖全是白白的粉筆灰。「任何一條假設的路線所花的時間，都比真正的路線長。換句話說，光線永遠會沿著最快的路線前進。這就是費馬最短時間原理。」

「嗯，很有意思。所以，這就是七腳族展示給你們看的？」

「沒錯。在伊利諾州的三次元鏡前面，穆爾海德用動畫展示費馬原理給七腳族看，七腳族立刻就重複展示了。現在他正拚命嘗試要七腳族畫出費馬原理的符號。」他露出猙獰的笑容。「這真是特棒吧，可以這樣說嗎？」

「真是特棒。可是，這裡面為什麼完全沒提到費馬原理？」我拿起一個檔案夾，朝他揮了幾下。檔案夾裡全是物理的入門素材，一開始就編好的，準備用來和七腳族溝通。「裡頭全是些什麼普朗克質量，什麼氫原子的自旋轉向，沒完沒了，根本沒提到光的折射。」

「我們本來以為，這些東西對你們語言學家最有幫助，看樣子我們錯了，很慚愧。」蓋瑞說得臉不紅氣不喘，看不出半點羞愧的樣子。「老實說，我還真沒想到費馬原理竟然是第一個突破的，太詭異了。不過，那個原理看似很容易解釋，其實是要動用到數學的微積分，而且還不是普通的微積分，而是變分學。我們本來以為，會最先突破的應該是一些簡單的幾何定理或代數。」

「確實很詭異。那麼，這是不是代表，七腳族認為簡單的東西，對我們人類來說卻完全不是那麼回事，你覺得呢？」

「完全正確。這就是為什麼我迫不及待想看看，七腳族用來描述費馬原理的數學符號到底長什麼樣子。」他說話的時候在辦公室裡踱來踱去。「如果外星人覺得，他們的變分學比他們的代數更簡單，那或許就可以解釋為什麼我們企圖跟他們溝通物理的時候，會碰到這麼大的困難。他們的整套數學體系可能正好跟我們完全顛倒。」他指著那本素材檔案夾。「我保證，我一定會幫你們重編。」

「那麼，現在有了費馬原理當基礎，你們就可以進一步探討更多物理問題了吧？」

「應該吧。像費馬原理那樣的物理原理，還有很多。」

「哦，像是露依絲最小私人空間原理嗎？物理學什麼時候變成極簡主義了？」

「呃，『最短』這個字眼恐怕是一種誤導。妳要知道，費馬最短時間原理，剛剛我說得並不完整。在某種特定的情況下，光前進的路線，會比其他任何一種可能的路線花更多的時間。更準確的說法是，光前進的路線永遠是一種『極值』路線，不是最短的時間，就是最長的時間。極大值和極小值在數學上有共同的屬性，這兩種情況可以用一個方程式來表示。所以，準確的說，費馬原理不是最短時間原理，而是現在眾所周知的『變分原理』。」

「還有更多這種變分原理嗎？」

他點點頭。「在物理學所有的分支領域裡，都有變分原理。幾乎任何一種物理定律都可以用變分原理來重新闡述。這些原理唯一的區別在於，它的屬性是極大值還是極小值。」他雙手朝桌子揮舞，彷彿桌上擺滿了各種物理分支領域。「費馬原理應用在光學上，時間的屬性就必定是極值，極大或極小。在機械學上，那又是另一種屬性，而到了電磁學裡又不一樣了。不過，所有這些原理在數學上都是類似的。」

「所以，一旦你們看到他們用來代表費馬原理的數學符號，就能夠破解他們其他的原理。」

「老天！最好是這樣！我想這就是我們拚命想找的鐵橇，用來撬開他們物理學的所有奧秘。嗯，今天真的值得好好慶祝一下。」他踱步踱到一半忽然停住，轉頭看著我。「嗨，露依絲，想不想跟我一起去吃晚飯？我請客。」

我有點驚訝。「好啊。」我說。

• • •

那時候，妳剛學會走路，而那陣子，彷彿每天都有人提醒我，我和妳之間的關係是不對等的。妳不斷的到處亂跑，而每次亂跑，不是撞到門框，就是膝蓋擦破了皮。受傷的是妳，感覺卻像是痛在我身上。妳就像是我身上長出來的兩隻到處亂跑的腳，是我身體的延伸，神經連結在我身上，我一樣感覺得到痛，可是那兩隻腳的運動神經卻不是我能控制的。那實在太不公平了：我就像生了一個根據我的模樣做出來的巫毒人偶，會跑會跳，用針去刺它，痛在我身上。生下妳，就彷彿簽下一紙合約，可是簽字的時候合約上並沒有這個條款。難道這也是交易的一部份？

我也記得未來的某些時候，有好幾次，我會看到妳開懷大笑。例如，妳和鄰居家的小狗玩的那一次。我們家後院和鄰居隔著鐵絲網牆，妳的小手穿過網眼伸過去摸小狗，邊摸邊狂笑，笑得都打嗝了。小狗會被妳嚇得跑回鄰居家裡，妳的笑才會漸漸停下來，讓自己喘口氣。然後小狗又會跑回網牆旁邊舔妳的小手，妳又會興奮得尖叫，開始大笑起來。那真是我想像得到的最美妙的聲音，一聽到妳的笑聲，我內心就有如泉水噴湧。

下次再看到不知天高地厚的妳做出什麼危險舉動，我都會嚇得有如心臟病發。但願在那樣的時刻我還能記得妳的笑聲。

・・・

費馬原理有所突破之後，我們繼續探索七腳族的科學原理，逐漸有了更多成果。倒也不是說七腳族的物理學突然全部展現在我們面前，一覽無遺，但至少持續有進展。聽蓋瑞說，七腳族發展出來的物理學，和人類的物理學真的是南轅北轍。人類必須動用數學的積分去解析的物理屬性，對七腳族來說都只是入門程度而已。舉例來說，蓋瑞曾經跟我解釋一種物理屬性，術語稱之為「作用力」，乍聽之下很簡單，其實是會騙人的。正確的描述是：「動能位能轉換的時間積分總和」。天曉得那是什麼鬼。對我們來說，那是微積分，可是對七腳族來說，那簡單得像是一加一等於二。

反過來，某些物理屬性，對人類來說只是入門程度的，例如「速率」，要下定義很容易，但七腳族卻要動用複雜的數學去計算。蓋瑞斬釘截鐵的說，他們的數學「特怪」。最後，物理學家終於能夠證明，人類的數學和七腳族的數學是同樣的東西，只不過用的方法幾乎是完全顛倒。但儘管如此，這兩套知識體系所描述的，都是同一個物理宇宙。

我試著想搞懂物理學家導出來的某些方程式，但根本沒用。我實在沒辦法真的搞懂某些物理屬性的意思，例如「作用力」。對七腳族來說，這些物理屬性都是最基本的，但不管我多有信心，我真的想不通這對七腳族為什麼那麼重要。儘管如此，我還是嘗試從語言學的角度來思索這些問題，這是我最熟悉的方法。我開始思考：七腳族的世界觀是什麼？為什麼七腳族認為，所謂光的折射，最簡單的解釋就是費馬原理？為什麼他們能夠一眼就看出一切事物的極大值和極小值？他們究竟是如何感應這個世界？

• • •

妳的眼睛會是藍色的，像妳爸爸，而不是像我的棕色眼睛。男生會盯著妳的藍眼睛，還有妳那一頭飄逸的黑髮，滿心驚嘆，神魂顛倒。而我就像那些男生一樣，也曾經這樣盯著妳爸爸的藍眼睛，滿心驚嘆，神魂顛倒。現在也還是。追妳的男生，會多到數不清。

我記得未來妳十五歲那一年。妳去妳爸爸家渡週末，回來以後跟我抱怨，說妳簡直不敢相信，妳爸爸看到和妳約會的那個男生之後，竟然像審犯人一樣盤問妳。妳整個人癱在沙發上，抱怨妳爸爸最近怎麼那麼沒常識。妳說：「妳知道他說什麼嗎？他說『我知道十幾歲的男生是什麼德性』。」說著妳翻了翻白眼。「他以為我不知道嗎？」

「別怪他。」我會說：「他是做爸爸的，這是他的本能反應。」我看過妳和那些姐妹淘說悄悄話，所以我不怎麼擔心妳會被男生佔便宜。真要說的話，比較可能是男生會被妳佔便宜，這才是我擔心的。

「他巴不得我還是個小女孩。自從我長出胸部之後，他就不知道該怎麼辦了。」

「呃，妳長大了，這對他來說是很大的驚嚇。給他點時間吧，他會適應的。」

「已經那麼多年了耶，媽。還要等幾年啊？」

「等到我自己的老爸能適應我長出胸部的時候，妳爸爸就會適應了。」

• • •

有一次，語言學家進行視訊會議的時候，負責麻薩諸塞州三次元鏡的西斯納羅斯提出一個有趣的問題：在七腳族語B句子的符號裡，代表字的幾個子符號有沒有特定順序？我們都已經很清楚，在七腳族語A裡，字幾乎沒有順序可言。有時候，我們會請七腳族重覆剛剛說過的話，而七腳族說出來的時候，字的順序常常是不一樣的，除非我們要求順序必須一致。那麼，當他們在畫七腳族語B的符號時，字的順序也同樣不重要嗎？

先前，我們研究七腳族語B的符號，注意力總是集中在符號完成後的樣子。根據全體語言學家的經驗，解讀句子的符號時，要先看哪個子符號，並沒有特定的順序。你可以從符號的任何一個地方開始讀起，然後繼續讀其它的子符號，直到你讀懂整個句子符號。但這是讀符號。畫的時候也一樣嗎？

最近霹靂和果醬跟我交談過好幾次，過程中，我問他們可不可以讓我看到畫符號的過程，不要等畫好之後才拿給我們看。他們答應了。當時我把整個過程錄影存檔。事後，我播放那些錄影帶，同時參照電腦裡的錄音聲譜，開始研究。

從那些交談的檔案裡，我挑了一個內容比較複雜的句子符號。在那個符號裡，霹靂說七腳族的星球有兩個衛星，其中一個比另外一個大很多。那個星球的大氣有三種主要成分：氮、氬、氧，星球表面有15/28是水。我看電腦裡的聲譜檔案，在他們的口語中，第一句話每個字的聲譜順序是：「大小—不同　石頭—衛星　石頭—多個衛星　關係—主要—次要」。

我對照聲譜檔案，倒轉錄影帶，回到七腳族開始說那句話的時間點，然後開始播放。看著那句話的符號逐漸成形，彷彿看著蜘蛛吐出黑絲，搭成一個複雜的網。然後我又倒轉，重複播放了好幾次。最後一次，當第一筆劃完成、第二筆劃還沒開始的那一剎那，我讓畫面停格，於是，整個螢幕上只有那條彎曲的線。

我看著那一筆劃的畫面，再對照看看整個句子完整符號的畫面，漸漸發現句子的大符號裡有幾個不同的子符號，各自代表某種意義，而那一筆劃和某些子符號都有關聯。它的開頭連接在代表氧氣的符號上，表示氧氣在大氣中比其他的成份更重要。接下來，那筆劃又往下延伸，連接到另一個子符號。那個子符號代表一個子句，描述兩個衛星的大小，而那筆劃就是用來表示其中一個衛星比較大。最後，那筆劃又延伸到代表海洋的子符號底下連接起來，成為那個子符號的主要部份。這就是霹靂畫下的第一筆劃，然而，這筆劃是一整條連續的線，這意味著，七腳族在畫下那一筆劃之前，已經知道整個句子符號最後完成的結構。

大符號裡還有另外幾個筆劃，也都同樣連接了好幾個子符號，結果，這幾個筆劃互相牽連，形成緊密的關係，如果想拿掉某個筆劃，勢必就要重新設計整個句子符號。七腳族畫整個句子的符號時，並不是先畫出一個子符號，再畫別的子符號。他們是先畫出那幾個筆劃，然後才畫出子符號。這麼繁複的整合設計，我過去曾經在書法藝術裡看到過，尤其是阿拉伯字的書法。然而，那種書法，只有專業的書法家才設計得出來，而且事前必須有縝密的構思。而七腳族的符號是用來交談的，必須瞬間就畫出這麼複雜的符號。這不可能有人辦得到，至少，人類辦不到。

• • •

我曾經聽一位喜劇女演員講過一個笑話。她是這樣說的：「我沒把握自己是不是已經準備好要生孩子。我有一個朋友已經有孩子，於是我問她：『假設我有孩子。萬一他們長大了，人生出了什麼問題，結果全怪到我頭上，那怎麼辦？』她大笑說：『萬一？什麼叫萬一？』。」

這是我最喜歡的一個笑話。

．．．

蓋瑞和我在一家中式小餐廳。營區附近有幾家餐廳，這是其中一家，我們常常會去光顧，暫時逃避營區的氣氛。我們坐下來吃開胃菜，是鍋貼，飄散著豬肉和芝麻油的香味，我的最愛。

我用筷子夾了一個，沾沾醬油和醋。「那麼，七腳族語B，你練得怎麼樣了？」我問他。

他抬頭看著天花板，閃避我的目光。我一直盯著他看，但他偏偏就是不看我。

「你放棄了，對吧？」我說。「你甚至不想再試試看了。」

他很誇張的裝出一種羞愧的表情。「說到學語言，我真的不是那塊料。」他坦白承認。「我本來以為，學七腳族語B，會比較像是在學數學，而不是學另一種語言，可惜結果跟我想像的不一樣。對我來說，那實在太難懂了。」

「你和他們討論物理學的時候，用那種語言會很有幫助。」

「也許吧。不過，既然我們已經有了突破，會一些簡單的字眼就夠應付了。」

我嘆了口氣。「說起來，我也沒資格要求你。我必須承認，我已經放棄繼續嘗試學數學了。」

「那麼我們算是半斤八兩囉。」

「對，半斤八兩。」我啜了一口茶。「不過，我倒是想問問你有關費馬原理的問題。我總覺得那個原理好像有什麼地方怪怪的，就是一直搞不懂。感覺不太像物理定律。」

蓋瑞眼睛忽然亮起來。「相信我，我完全懂妳的感覺。」他用筷子把一個鍋貼剪成兩半。「妳一定會自然而然把光線折射想成是一種因果關係。光線照射到水面是因，改變方向是果。其實，妳會覺得費馬原理怪怪的，是因為那個原理說，光線行進的路線，是由最後的目的地來決定。那聽起來彷彿上帝發布了一條戒律給光線：『你必用最少或最多的時間抵達你的目的地』。」

我想了一下。「你繼續說。」

「這是一個很古老的物理哲學問題。自從一六〇〇年代費馬剛想出這個原理的時候，大家就開始在討論了。普朗克繼續研究這個原理，寫了好幾本書。問題在於，一般的物理定律，都是基於某個因，才會推論出果，形成一種原理。可是，像費馬原理這種變分原理，是先預設了一個目標，幾乎是一種目的論。」

「嗯，你的解釋很有意思。先讓我想想看。」我拿出一支簽字筆，在餐巾紙上畫了一個光線折射圖形，就像蓋瑞在我黑板上畫的那個。「好。」我邊想邊說。「假設，光線想走一條最快的路線，那麼，它該怎麼做？」

「好。那我們就用擬人化的方式來討論吧。光線必須先看看有哪些可能的路線，然後計算每條路線要花多少時間。」他用筷子夾起盤子裡最後一個鍋貼。

「如果想這樣做。」我繼續說。「那光線必須先知道目的地在哪裡。如果目的地是另一個地方，那最快的路線就會不一樣。」

蓋瑞又點點頭。「沒錯。不先決定目的地，所謂的最快路線根本不存在。另外，如果已經選好一條路線，那麼，你必須知道這條路線上有什麼東西，例如，水面在哪裡，你才有辦法計算要花多少時間。」

我一直盯著餐巾紙上的圖形。「而且，光線必須先知道所有的這些東西之後，才可以開始前進，對吧？」

「可以這麼說。」蓋瑞說。「光線沿著一條路線開始前進之後，就不可以半途改變方向，因為這樣一來，那條路線就不再是最快的路線。光線必須在一開始還沒有前進之前就全部計算好。」

我心裡想，光線必須預先知道自己最後會到什麼地方，才能夠選擇方向，開始前進。想到這裡，我忽然想通了。「這個原理，就是這一點我一直想不通。」

⋮

我記得未來妳十四歲那一年。有一天，妳會從房間跑出來，手上抱著妳那台外殼貼得花花綠綠的筆記電腦。妳正忙著寫學校的作業。

「媽，有一種雙方都能贏的狀況，該怎麼說？」

我正忙著在電腦上打字寫論文，一聽到妳的聲音，就抬起頭來看妳。「什麼？妳說的是雙贏嗎？」

「我知道那有一個專業術語，好像跟數學有關。那一次爸爸也在場，還記得嗎？當時他正好談到股票市場，隨口就說出那個術語，還記得嗎？」

「嗯，好像有點印象，不過我已經忘了他是怎麼說的。」

「我非查出來不可。我想要在我的社會學研究報告裡用這個術語，可是，除非我先查出那個術語是什麼，否則我根本沒辦法上網搜尋。」

「很抱歉，我也不知道。妳為什麼不打電話問妳爸爸？」

看妳的表情，明顯看得出來妳很不情願。在那個時期，妳和妳爸爸會處得很不好。「妳可以打電話給爸爸，幫我問一下嗎？不過千萬記得別告訴他是我要問的。」

「我覺得妳可以自己打給他。」

妳會開始發火。「老天，媽！自從妳和爸爸分開以後，我做功課就再也找不到人幫忙了。」

我很驚訝，妳不管在什麼狀況下都有辦法扯到我們離婚的事。「我不是幫過妳做功課嗎？」

「媽，那好像是好幾萬年前的事了吧？」

我沒跟妳計較。「只要辦得到，我會儘量幫妳寫這篇報告，可是我真的想不起來那個術語是什麼。」

妳氣沖沖的走回房間去了。

• • •

我一逮到機會就拚命練習七腳族語B，不管是跟其他語言學家一起練，還是自己練。解讀符號語言有一種新鮮感，過程非常扣人心弦，而這在七腳族語A上是感覺不到的。我畫符號越來越有進步，心裡很興奮。隨著時間過去，我畫出來的句子符號越來越像樣，越完整。我已經達到一種境界，不去想太多，反而畫得越好。我不再像從前一樣，在畫出符號之前，還要先小心翼翼的設計。我已經能夠不假思索的隨手畫出幾個筆劃。等整個符號畫完之後，我會發現，一開始畫的那些筆劃能夠很準確的傳達出我想說的意思。我已經逐漸發展出像七腳族那樣的能力。

更有趣的是，七腳族語B正逐漸改變我的思考方式。對我來說，所謂的思考，意味著腦海中有個聲音在說話。套一句我們語言學的術語，我腦海中的思緒就是一種音韻編碼。我腦海中說話的聲音，通常是英語，不過，並不一定非要用英語不可。高三畢業那年夏天，我參加了一個沉浸式語言教學班，學習俄語。到了夏天結束的時候，我已經用俄語在思考了，甚至連做夢都是，不過，那永遠是俄語的口語。不同的語言，相同的模式：腦海中有一個聲音在說話。

有沒有可能用一種非口語的語言來思考呢？這個構想一直令我十分著迷。我有一個朋友，父母都是聾子，所以他從小到大都只用美國手語。他告訴我，他思考的時候，常常不是用英語，而是用美國手語。我曾經很好奇，用手語在腦海中編碼，會是一種什麼樣的感覺？腦海中浮現的不是聲音，而是一雙想像的手，那是什麼感覺？

學習七腳族語B，讓我體會到一種前所未有的經驗。我的思緒，開始變成一種符號編碼。有時候，大白天，我會陷入一種虛無飄渺的感覺，腦海中浮現的思緒，不再是說話的聲音，而是一個個的符號，彷彿雪花在玻璃窗上逐漸蔓延擴散。

後來，當我更熟練了，腦海中的符號會在瞬間完整成形，建構出更複雜的訊息，只不過我思考的速度並沒有變快。我的思維並不是向前進，而是像符號一樣，不同的思緒很均衡的發展，形成整體。那符號似乎不只是一種語言，而幾乎更像是一種曼陀羅圖案。我發現自己會陷入一種冥想狀態，同時交叉思考一件事的前提和結果。思緒的串連並沒有固定方向，沒有所謂的「思緒列車」沿著一條軌道前進。在思索的過程中，所有的思緒都有同等的力量，同等的優先順序。

⁂

國務院派了一位官員來給美國的科學家作簡報，交代我們要和七腳族討論什麼議題。他叫霍斯納。我們坐在視訊會議室裡聽他大放厥詞。我們的麥克風關掉了，所以我和蓋瑞可以私下交頭接耳，不至於干擾到霍斯納。我們坐在那邊聽，蓋瑞不斷的翻白眼，我還真怕他眼球會扭到。

「他們大老遠跑到地球來，一定有什麼目的。」這位長官說。「看樣子，他們似乎不是要來征服地球，謝天謝地。可是，如果不是為了征服地球，那他們到底想要什麼？來看風景嗎？來研究人類嗎？來傳教嗎？不管他們想要什麼，我們這裡一定有什麼東西是他們想要的。說不定他們是要我們授權，讓他們可以在太陽系採礦。說不定他們想蒐集和人類有關的情報。說不定他們是想徵求我們的同意，向地球人傳教。不管是什麼，唯一可以確定的是，他們一定有某種目的。

「重點是，或許他們的目的，不見得是要來做生意，但那並不代表我們就不能和他們做生意。我們一定要搞清楚他們為什麼要來這裡，還有，我們這裡有什麼東西是他們想要的。一旦搞清楚了，我們就可以和他們進行貿易談判。

「我必須強調，我們和他們之間的關係，並不一定是對立的。目前的狀況，並不是他們得到了什麼，我們就一定會失去什麼，或是反過來。只要我們處理得當，我們人類和七腳族雙方都可以是贏家。」

「你的意思是，這是一種非零和遊戲嗎？」蓋瑞故意裝出一種不敢置信的口氣。「我的老天！」

・・・

「非零和遊戲。」

「什麼？」妳立刻轉身走回來。

「妳剛剛說雙方都能贏，我忽然想起來了，那叫做非零和遊戲。」

「對了！就是這個！」妳立刻把那個字眼打進電腦裡。「謝謝妳！媽！」

「我就知道我應該還記得。跟妳爸爸在一起這麼多年了，多少會耳濡目染嘛。」

「我就知道妳一定知道。」妳會說，然後突然抱我一下，我聞到妳頭髮上的蘋果香。「妳最棒了。」

・・・

「露依絲？」

「嗯？喔，不好意思，我有點失神了。你剛剛說什麼？」

「我剛剛說，妳認為這位霍斯納先生到底是來幹嘛？」

「我懶得想。」

「我自己倒是忍不住想了一下，我猜，這位長官的意思是：最好都不要麻煩到政府，最好外星人自己會摸摸鼻子走掉，問題是，外星人沒走。」

果然被蓋瑞料中，霍斯納又繼續鬼扯：「你們眼前最迫切的任務，就是趕快回想你們已經知道的東西，從中尋找對我們有幫助的情報。你們有沒有想到什麼線索，顯示外星人想要什麼？有什麼東西是他們覺得很有價值的？」

「噢，我們倒是一直沒想到應該要留意這種線索。」我說。「我們會趕快回想，長官。」

「對呀，我們怎麼都沒想到呢？」蓋瑞說。

「各位還有別的問題嗎？」

布卡德是負責德州沃斯堡三次元鏡的語言學家，他發言了。「這個問題，我們已經問過七腳族好幾次了，他們從頭到尾都說他們是來觀察的，而且從頭到尾都強調，情報是不能交換的。」

「他們當然希望我們相信這種說法。」霍斯納說。「可是你們想想看，有可能嗎？我知道七腳族偶爾會暫時停止跟我們交談，說不定那就是他們的心理戰術。也許，明天我們可以試試看，暫時停止——」

「欸，我先睡一下，等一下如果他有說到什麼好玩的，妳再叫醒我。」蓋瑞說。

「什麼，我才正想交代你等一下叫醒我。」

• • •

那一天，蓋瑞第一次跟我解釋費馬原理的時候曾經提到，幾乎每一個物理定律，都可以說是一種變分原理。然而，人類思考物理定律的時候，總是習慣從因果的角度來處理。我知道，有些物理屬性是人類覺得很容易懂的，例如動能，或是加速度。這些屬性，都是某個物體在單一時間點的屬性。當你要解釋某個事件的時候，這些屬性會引導你從順序或因果的角度來解釋。然後，當這個事件從某個時間點跳到下一個時間點，從過去到未來，事件就會出現因果關係，產生連鎖反應。

反過來，有些物理屬性是七腳族覺得很容易懂的，例如「作用力」，或是另外一些必須透過積分才能解釋的屬性。而這些屬性，必須在經歷一段時間之後才會出現。當你要解釋某個事件的時候，這些屬性會引導你從目的論的角度去解釋。也就是說，當你從頭到尾觀察整個事件，你就會發現事件有一個目標必須達成：極大值或極小值的目標。而且，你必須知道事件的起點和最終的結果，才能達成這個目標。也就是說，你必須知道事件的結果，整個事件才會開始。

我也漸漸懂了。

・・・

「為什麼？」妳又問了一次。那時候妳會是三歲。

「因為妳睡覺時間到了。」我會又說一次。我好不容易才幫妳洗好澡，換上睡衣，可是接下來就一籌莫展了。

「可是我還不想睡啊。」妳開始啜泣了。那時候，妳會站在書架前面，伸手去拿一卷錄影帶要看。這種動作，是妳最近發展出來的策略，用來轉移我的注意，逃避睡覺。

「我不管。妳還是一定要去睡覺。」

「可是為什麼？」

「因為我是妳媽，叫妳去睡，妳就去睡。」

未來我真的會說出這種話嗎？老天！拜託，誰來一槍斃了我吧。

我把妳抓起來挾在腋下走進房間，一路上妳嚎啕大哭，哭得好淒慘，但我唯一感覺得到的只有沮喪。小時候我曾經發誓，有一天等我當了人家的媽媽，我會公平對待自己的孩子，把他們當成心智成熟、能獨立思考的大人。事實證明，這一切都是空想。我會變成我媽的翻版。只要我願意，我可以努力避免自己變成那樣，但我終究無法停止那永無止境的、可怕的沈淪。

• • •

人真的有辦法預知未來嗎？我所謂的預知未來，不是瞎猜，而是真的知道未來會發生什麼事，百分之百確定，而且知道所有的細節。然而，這真的有可能嗎？有一次蓋瑞告訴我，所有的物理基本定律，在時間上都是對稱的，過去和未來，實質上是一樣的，不會改變。聽到這個，可能有人會說：「是啊，理論上。」但嚴格說來，大多數人都會回答：「不對。」因為人有自由意志。

那些人為什麼會說「不對」呢？我喜歡用一個阿根廷作家波赫士風格的故事來說明。想像有個女人面前擺著一本巨大的書，書名叫做《永恆全史》，書中依序記載了過去未來的每一件事。雖然那本書已經是原始版本的照相微縮版，但還是巨大得驚人，書中的紙頁薄得幾乎吹彈可破。那個女人手上拿著放大鏡，翻過一頁又一頁，最後終於翻到記載她一生的部份。她看到其中一段文字描寫她在翻閱這本《永恆全史》，於是就跳到下一段，看看那一天接下來她會做什麼。她看到上面寫著：她會根據她在《永恆全史》裡看到的內容採取行動，到賽馬場去押注一百塊美金，賭一匹名叫「狂飆」的馬贏，結果贏了二十倍，兩千美金。

有那麼一剎那，她想照著去做，但她不是那種會聽天由命的人，所以最後她壓抑了那股衝動，決定不去賭那匹馬。

但問題來了，《永恆全史》不可能會錯。這個故事的劇情有一個前提：你預知的未來，是已成事實的未來，不是可能的未來。如果這個故事是用希臘神話的方式來說，那麼，環境就會迫使她履行她的宿命，她絕對無力反抗。不過還好，希臘神話裡的預言都是出了名的模糊。而《永恆全史》記載的事情是很明確的，偏偏這個女人又絕不可能乖乖按照書中的記載去押注那匹賽馬。結果矛盾就產生了：根據故事的前提，《永恆全史》是絕對正確的，可是不管書上寫什麼，那個女人都有可能選擇不那樣做。這兩個事實怎麼可能同時並存呢？

很明顯，當然不可能。從邏輯的角度來看，《永恆全史》這種書是不可能存在的，原因就在於，書的存在必然會導致上述的矛盾。或許，有些人比較沒那麼嚴格，他們會說《永恆全史》是可以存在的，只要別讓任何人拿到：把書藏在特別的書庫裡，誰都不准看。

自由意志的存在，意味著我們不可能知道未來。我們之所以知道自己有自由意志，是因為我們體驗得到。人類的意識中，意志力是與生俱來的一部份。

但真的是這樣嗎？如果這個女人真的預知了未來，她會不會變？有沒有可能因為她知道自己會那樣做，所以她有一種迫切感，覺得自己應該要按照自己知道的那樣採取行動？

．．．

那天下班之前，我到蓋瑞的辦公室去找他。「這次該我請客了。想跟我去吃點東西嗎？」

「當然好啊，不過妳先等我一下。」說著他關掉電腦，收拾了一些文件，然後抬頭看著我。「嘿，今天晚上到我家吃飯吧，我來做菜。」

我一臉狐疑的看著他。「你會做菜？」

「只會做一道菜。」他說。「不過那可是拿手好菜。」

「好吧，我豁出去了。」

「太好了，不過我們得先去買點材料。」

「別太麻煩了——」

「我回家的路上就有一家超市，買菜一下子而已。」

我們各自開車，我跟在他車後面，開進停車場的時候，我差點跟丟。那是一家美食超市，店面不大，不過看起來很高級。店裡有很多不銹鋼架，上面擺滿了各式各樣的古怪廚具，旁邊還有一些玻璃罐，裡面裝著進口食物。

我跟在蓋瑞旁邊，看他拿了一些新鮮的羅勒、蕃茄、大蒜、義大利麵條。「隔壁還有一家海鮮超市，我們可以去那裡買一些新鮮蛤蜊。」他說。

「好像很不錯嘛。」我們經過廚房用具區，我瀏覽著架上的東西，有椒鹽研磨器、壓蒜器、沙拉夾鉗。最後，我的目光停留在一個木製沙拉碗上。

未來，妳三歲的時候，有一次妳會把廚房流理台上的一條抹布扯下來，結果抹布上那個沙拉碗也跟著掉下來，眼看著就要砸到妳頭上。我會立刻伸手去抓，可是沒抓到。碗緣在妳額頭上砸出了一道傷口，必須到醫院去縫一針。妳爸爸和我抱著妳在急診室等了好幾個鐘頭，妳一直哭，滿身都是凱撒沙拉醬。

我伸手把架上那個沙拉碗拿下來。我並不覺得那個舉動有什麼勉強，相反的，那是一種迫切感。未來，那個沙拉碗砸向妳頭上，我伸手去抓的那一刻，就是那種迫切感：那是一種直覺，覺得就是應該這樣做。

「這碗不錯嘛，可以買來用哦。」

蓋瑞打量著那個沙拉碗，很滿意的點著頭。「看吧，來這家超市買東西沒錯吧？」

「是啊。」然後我們就去排隊等結帳。

• • •

看看底下這個句子：「兔子可以吃了」。把「兔子」這個字當作「吃」的受詞，這個句子的意思就會是：晚餐準備好了。把「兔子」當作「吃」的主詞，這個句子就會變成另一種意思。如果有個小女孩對媽媽說出這句話，她的意思可能是要媽媽把兔子的飼料拿出來。這是兩種截然不同的意思。事實上，在一個家庭裡，這句話可能只有一種意思，不太可能兩種意思同時存在。這兩種意思都是對的，至於是哪種意思，必須看前後文才能確定。

接下來我們再思考一種物理現象：光線從某個角度照到水面，然後就會改變角度進入水裡。如果你解釋說，光之所以改變角度，是因為折射率不同，那麼，你看世界的方式就是人類的方式。另一方面，如果你解釋說，光會用最短的時間抵達目的地，那麼，你看世界的方式就和七腳族一樣了。這是兩種截然不同的解釋。

我們這個宇宙就像一種文法非常模糊的語言。任何一種物理現象就像是一句話，可以解釋成兩種截然不同的意思，一種是因果論，一種是目的論。這兩種意思都是對的，而且不管有多少前後文可以參照，兩種意思都同樣站得住腳。

當人類的祖先和七腳族的祖先剛開始發展出意識的時候，他們感知到的世界是同一個世界，可是他們對那個世界卻產生不同的理解，而這種分歧，最後的結果就是衍生出兩套截然不同的世界觀。人類發展出來的是一種前後順序的認知，而七腳族發展出來的是一種同時同步的認知。我們按照順序去體驗那些物理現象，然後就認為那是一種因果關係。而他們則是同時體驗那些現象，所以就認為所有的現象都有一個目標，一種極大值或極小值的目標。

我一次又一次夢見妳死亡的情景。在夢中，攀岩的人是我——竟然是我，妳想像得到嗎？——而妳只有三歲，被我塞在背包裡。我們已經快爬到那個岩石平台，只差幾公尺就可以休息了，可是妳等不及了，不肯等我爬到那上面。妳開始掙扎著從背包裡爬出來，我叫妳不要亂動，可是妳當然不會理我。妳漸漸爬出來的時候，我感覺得到妳的重量從背包的一邊轉移到另一邊，接著我感覺到妳左腳踩到我肩上，然後是右腳。我開始驚叫，可是卻又騰不出手去抓妳。妳往上爬的時候，我看得到妳運動鞋那波浪紋的鞋底。然後我看到妳一隻腳踩著的那個石塊突然鬆脫，妳整個人立刻往下滑，滑過我身邊，而我卻動彈不得。我往下看，看到妳的身形逐漸變小，最後消失無蹤。

而一轉眼，我忽然發現自己在太平間，有個管理員掀起白布露出妳的臉。我看到妳了，二十五歲的妳。

我從床上坐挺起來，那動作驚醒了蓋瑞。「我沒事。我只是嚇了一跳，一時認不出我在什麼地方。」

你迷迷糊糊的說：「那下次我們去妳家好了。」

我親了他一下。「沒關係，我喜歡你家。」我們蜷曲著抱在一起，我的背貼在他胸口，不知不覺又睡著了。

⋮

妳三歲的時候，我們一起爬樓梯。那是一座螺旋梯，我抓著妳的手，抓得緊緊的，可是妳卻掙脫我的手。「我自己會爬。」妳很堅持，然後就開始自己往上爬，為了證明自己可以，而那一刻，我會回想起那個夢。妳小時候，這種場面會不斷重複出現。我越來越相信，由於妳天性叛逆，而我拚命想保護妳，結果卻反而助長了妳對攀爬的熱愛。一開始是遊樂場裡的立體格攀爬架，然後是我們社區外圍綠地的樹林，最後是國家公園的峭壁。

⋯

我畫完了那個符號裡的最後一個子符號，放下粉筆，坐回椅子上。我往後靠到椅背上，打量著我剛畫好的符號。那是一個七腳族語B的句子符號，無比巨大，幾乎佔滿了我辦公室那整面黑板。句子裡有很多複雜的子句，而我很巧妙的把它們全部整合在一起。

看著這樣的句子，我可以理解為什麼他們會發展出七腳族語B這種符號文字，因為那確實比較適合他們這種具有同時同步意識的族類。對他們來說，說話反而是一種瓶頸，因為字必須有前後順序。相對的，用文字符號，一個頁面上的全部筆劃都可以同時看到。何必要用口語去束縛文字，要求文字必須和口語一樣有順序？他們永遠不會有那種念頭。符號文字會自然而然利用平面的優勢。符號文字不需要很吝嗇的一次只呈現一個語素，而是同時展示滿滿一整頁的語素。

由於七腳族語B讓我見識到一種同時同步的意識，我才終於搞懂了七腳族語A文法背後的根本用意。在七腳族語A裡，字的順序常會變動，而我潛意識裡講求順序，所以會認為那種變動沒有必要。而現在我終於明白，那是因為他們覺得口語受到順序的限制，所以想在有限的範圍裡增加一點彈性。儘管現在我已經能夠更輕易的駕馭七腳族語A，但對我來說，那還是很難取代七腳族語B。

我聽到有人在敲門，然後，我看到蓋瑞探頭進來。「韋伯上校很快就會到了。」

我做了個鬼臉。「好吧。」等一下我們要跟霹靂和果醬交談，韋伯上校想親自跟他們談，我必須充當翻譯。我學語言學並不是為了當翻譯，而且我痛恨當翻譯。

蓋瑞走進來，關上門，然後把我從椅子上拉起來，吻了我一下。

我微微一笑。「你是不是想趁他們還沒來之前，先讓我開心一下。」

「妳搞錯了，我是想讓自己開心一下。」

「你根本沒興趣跟七腳族他們談，對不對？你參與這項任務，目的只是為了要把我騙上床。」

「噢，我已經被妳看透了。」

我凝視著他。「很可能真的是這樣。」我說。

⋮

我記得未來，妳一個月大的時候，我跌跌撞撞下床，急著餵妳吸奶，在半夜兩點。妳的育兒室裡有一股獨特的「寶寶香」——那是尿布疹專用的藥膏味，爽身粉的香味，還有，牆角尿布桶裡傳來的陣陣「尿香」。我彎腰，手伸進嬰兒床，把嚎啕大哭的妳抱出來，坐到搖椅上開始餵妳吸奶。

「嬰兒」這個字源自拉丁文，本來的意思是「沒辦法說話」。然而，妳卻很有本事用另一種方式表達「我不舒服」，而且毫不遲疑說哭就哭，而且怎麼哭都哭不累。我不得不佩服，妳竟然有辦法哭得這麼渾身解數渾然忘我。妳一哭起來，立刻就會化身為一團怒火，全身每個細胞彷彿都會散發出怒氣。很妙的是，妳心情好的時候，全身彷彿散發出一團神聖光暈，如果現場有人要幫妳畫一幅像，我一定會堅持要他在妳頭上加一輪光環。然而，心情不好的時候，妳會變成專業級的高音喇叭，這時候如果有人要幫妳畫像，畫出來的應該是一個火災警鈴。

在人生的這個階段，對妳來說，沒有過去也沒有未來。在我把乳房塞到妳嘴邊之前，妳不會記得過去喝奶的滿足感，也不會期待未來會得到同樣的撫慰。一旦妳開始吸奶，狂風暴雨瞬間就轉為風平浪靜，世界又變得無限美好。妳唯一感覺得到的只有此時此刻，對妳來說，活著是一種現在式。在很多狀況下，能這樣活著，是很令人羨慕的。

如果「自由」和「束縛」代表的就是我們認知的那個意思，那麼這兩個字眼就不適合套用在七腳族身上。他們並不是自由行動，但也沒有受到束縛。他們並不算是依據自由意志為所欲為，但也不是一個口令一個動作的機器人。對七腳族來說，「知道」這個字眼，涵義是很獨特的。這不光是因為他們知道未來，所以他們付諸行動造就了後來的歷史事件，更是因為，他們的動機也吻合歷史的最終目標。他們的一切行動，都是為了要創造未來，讓他們所知道的未來成為事實。

自由並不是一種幻覺。在人類以順序為導向的意識背景下，自由是絕對真實的。而在七腳族以同時同步為導向的意識背景下，自由是不存在的，同樣的，所謂的強制也不存在。所以，自由是存在的，也是不存在的，兩者都絕對成立，而存在或不存在，就看是在哪一種意識背景下。

這種狀況，就像那幅很有名的錯視藝術圖。從某個角度看，那幅畫是一個漂亮優雅的女人，畫中的她，視線刻意避開觀賞者。而從另一個角度看，那幅畫變成一個長著鷹鉤鼻的醜陋老太婆，下巴低垂貼在胸口上。所以，自由存在或不存在，就像那幅畫，兩者沒有誰對誰錯的問題，兩者都是真實的，只不過，你沒辦法同時看到兩種圖像。

同樣的，預知未來和自由意志，這兩者也是無法共存的。從前，我能夠自由選擇，所以我就不可能預知未來。但現在已經反過來了，現在，我已經能夠預先看到未來，所以我絕不可能做出任何會跟未來相牴觸的事，包括告訴別人我所知道的未來。知道未來真相的人，口風會很緊，看過《永恆全史》的人，打死都不會承認他看過。

・・・

我打開錄影機，放進一卷錄影帶。那是德州沃斯堡三次元鏡的資料影片。有個外交官正在和那邊的七腳族討論，語言學家布卡德充當翻譯。

外交官正在滔滔不絕說明人類的道德信仰，努力為利他主義的概念鋪陳一點背景。我知道七腳族早就知道這場談話最後的結論是什麼，不過他們還是充滿熱忱的參與討論。

如果我把這種狀況告訴任何一個不明究理的人，她可能會問我，既然七腳族已經知道自己會說什麼，做什麼，那他們又何必說話呢？這是很合理的問題。只不過，語言並不只是用來溝通的，它同時也是行動的一種方式。根據言語行為理論，有些話本身就代表行動，說話的人只要說出那句話，就等於付諸行動，例如「你被捕了」，「我將這艘船命名為⋯」，「我保證」。像這類本身就代表行動的言語，光是知道要說什麼話是不夠的，就好像，婚禮上的每一個人都知道，等一下一定會聽到「現在我正式宣布你們成為夫妻」，可是一定要等到牧師親口說出那句話，婚禮才算完成。像這種本身就代表行動的話，說了才等於做了。

對七腳族來說，所有的語言都是一種行動。他們說話並不是為了溝通，而是為了實踐未來。七腳族和別人交談的時候，早就知道現場會說些什麼話，可是，為了讓他們看到的未來成為事實，他們必須把話說出來。

・・・

「一開始，金髮姑娘先嚐嚐熊爸爸的那碗麥片粥，可是碗裡全是球甘藍菜。她恨死了球甘藍菜。」

妳會大笑起來。「不對，這樣不對！」那時候我們會依偎著坐在沙發上，那本薄薄的、貴得要命的精裝童話書就攤開在我們大腿上。

我會繼續朗讀。「接下來，金髮姑娘嚐嚐熊媽媽那碗麥片粥，可是碗裡全是菠菜。她也恨死了菠菜。」

妳忽然伸手按住書上那一頁，阻止我繼續唸。「妳要唸得對才行啊！」

「我就是照著書上寫的唸啊！」我會很無辜的說。

「沒有！妳才沒有！故事才不是這樣！」

「噢，既然妳已經知道故事內容，為什麼還要我唸呢？」

「因為我想聽嘛。」

⋮

韋伯上校辦公室的冷氣很涼。這也算是一種補償，因為我必須耗在這裡跟他說話。

「他們很願意跟我們進行某種形式的交換。」我解釋說。「但這不是一種交易。就只是，我們給他們一些東西，他們也給我們一些東西。雙方都不會事先告訴對方要送什麼。」

韋伯上校微微皺起眉頭。「妳的意思是，他們願意跟我們交換禮物？」

我知道自己接下來會說什麼。「我們不應該把那當成是『送禮』。對我們來說，這是送禮，可是我們無法確定，這種交換行為對七腳族來說是不是送禮。」

「我們能不能——」他似乎絞盡腦汁在想該怎麼措辭。「——暗示他們我們想要什麼樣的禮物？」

「在這樣的交換行為裡，他們不會告訴別人自己想要什麼。我問過他們可不可以要求他們送特定的東西，他們說可以，不過，最後他們還是不會告訴我們會送什麼。」說到這裡我忽然想到，「表演（performance）」這個字眼，在語言學的詞法上，很類似那種「說出來就代表做了（performative）」的語言。當你和別人談話的時候，事先已經知道談話的內容，這種感受，可以用「表演」來形容：你會覺得自己像在演戲。

「不過，如果我們要求他們送某種東西，他們是不是比較有可能給我們？」韋伯上校問。現在我已經能夠預知未來，所以我早就知道這場談話的內容，而韋伯上校不知道。不過，他倒是真的按照我預知的劇本在扮演他的角色。

「這我不知道。」我說。「不過我認為可能性很低，因為他們沒這種習慣。」

「如果我們先送他們禮物，而且禮物很有價值，那麼，他們會不會因此回送我們比較有價值的禮物？」他有點脫離劇本了，不過我已經在腦海中審慎排練過這場獨一無二的戲，可以應付。

「不會。」我說。「據我們所知，他們七腳族交換東西的時候，是不管有沒有價值的。」

「真希望我們家那些親戚也跟他們一樣。」蓋瑞在旁邊嘀咕了一句。

我看著韋伯上校。他轉頭問蓋瑞：「你們和他們討論物理學，有沒有什麼新發現？」他又回歸劇本了，台詞分毫不差。

「如果你指的是人類不知道的東西，很抱歉，沒有。」蓋瑞說。「到目前為止，他們一直沒有改變遊戲規則。如果我們展示什麼東西給他們看，他們就會展示他們的版本，不過，他們從來沒有主動展示過任何東西，而且，如果我們問他們知道什麼，他們都不回答。」

人類之間的交談，通常是隨興的，樂於分享交流，可是從七腳族語B的角度來看，交談變成一種儀式，把該說的話說完。

韋伯上校臉色很難看。「好吧，我們就看看國務院對這種狀況有什麼看法。說不定我們可以安排某種交換禮物的儀式。」

每一種物理現象，都有因果論和目的論的兩種解釋，而同樣的，每一次語言交流也有兩種可能的解釋：第一種，傳達訊息。第二種，說完該說的話。

「韋伯上校，我覺得這個構想不錯。」我說。

這句廢話暗藏的弦外之音，只有我和蓋瑞聽得懂，很好笑的。別問我，我不想解釋。

⋯

現在我已經精通七腳族語B，可是我知道，我對真實世界的體驗還是和七腳族不一樣。我的意識還是人類的模式，使用的語言，依然是那種由因果順序所構成的語言。不管我在外星人的語言裡沉浸多久，我的意識還是無法徹底改變。我的世界觀，是人類和七腳族的混合體。

在我學會用七腳族語B來進行思考之前，我的意識就像一根煙，煙頭不斷燃燒著當下的時間，然後留下一截煙灰，越燒越長，有如一團銀光閃閃的細微粉末，儲存著我的記憶。我學會七腳族語B之後，我腦海中逐漸浮現新的記憶，未來的記憶。那記憶是巨大的塊狀，一塊又一塊不斷浮現，每一塊都容納著好幾年的時間。那一塊塊的記憶並沒有按照順序接連浮現，但最後總共組成了五十年的完整記憶。未來的記憶。這五十年的時間，我精通七腳族語B，能夠用它來思考。這五十年的時間，從我跟霹靂和果醬交談開始，直到我死亡為止。

一般說來，受到七腳族語B影響的，只有我的記憶，而我的意識還是像從前一樣繼續緩緩前進，彷彿一團銀色光暈隨著時間往前燃燒，唯一的差別在於，記憶的煙灰不只遺留在後方，也出現在前方，只是沒有真正燃燒過，我看不見。不過，在我完全沈浸在七腳族語B的時刻裡，我偶爾會瞥見未來的意識，在那一剎那同時體驗到過去和未來。我會看到未來的意識在時間外燃燒，變成一段長達五十年的餘燼，散發著幽微紅光。在那樣的時刻，我會感受到過去未來的一切都是同時發生的。那五十年的記憶裡，有我的後半生，也有妳完整的一生。

⋯

我畫出一個符號，內容是「執行建立端點／涵蓋我們」，意思是：「我們開始吧。」果醬的回應是同意。於是，幻燈片開始展示。七腳族提供的第二面顯示幕上開始展示一系列的圖片，包括符號和方程式，而我們也有一面螢幕展示同樣的東西。

這種「禮物交換儀式」總共有八次，這是我參加的第二次，而且只有我知道，這是最後一次了。三次元鏡的帳篷裡擠滿了人，在場的有德州沃斯堡來的布卡德，還有蓋瑞和一個核子物理學家，另外還有不同領域的生物學家，人類學家，軍方的一大堆星星，還有外交官。謝天謝地，他們裝了一台冷氣，感覺涼爽多了。現場展示這些圖片畫面都會錄影存檔，我們會稍後再研究錄影帶，看看七腳族的「禮物」是什麼。我們的「禮物」是拉斯科洞穴壁畫的圖片。

我們都擠在七腳族第二面顯示幕前面，看著圖片一張張跳過，拚命想理解圖片的內容。「你們是在做初步分析嗎？」韋伯上校問。

「那不是什麼回禮。」布卡德說。在前一次交換儀式裡，七腳族送給我們的，是先前我們給他們的有關人類的資訊。這激怒了國務院，但我們並沒有必要把那當成是羞辱，因為那可能只是意味著，交換的禮物有沒有價值並不重要。而且，我們當然也不能排除七腳族可能會送我們超光速引擎、低溫核融合，或是任何到許願池丟銅板才可能出現的奇蹟。

「那看起來像無機化學。」有個核子物理學家說。他指著一張快要跳過去的圖片。

蓋瑞點點頭。「這可能是一種材料科技。」他說。

「看樣子我們終於有點進展了。」韋伯上校說。

「我寧願多看一些動物的照片。」我輕輕嘀咕了一句，像小孩一樣嘟著嘴。我說得很小聲，只有蓋瑞聽得到。他對我微微一笑，用手肘頂了我一下。老實說，我寧願七腳族像前兩次交換的時候一樣，多跟我們講一些外星生物學。從先前聽到的內容判斷，在七腳族接觸過的外星生物當中，人類可能是和他們最像的。或者，我寧願他們多講一點七腳族的歷史。那些歷史前後不一，毫無連貫性，但我還是覺得很有趣。我很不希望七腳族告訴我們新科技，因為我真不敢想像政府會用那些東西來做什麼。

雙方在交換禮物的時候，我一直看著果醬，看看他有沒有什麼異常的舉動。結果，他一樣站在那裡幾乎紋風不動，沒有半點跡象顯示等一下就要發生的事。

過了一會兒，七腳族的顯示幕忽然變成一片空白，又過了一會兒，我們的螢幕也變空白了。蓋瑞和那一大群科學家全部擠在一台小電視螢幕前面。那螢幕裡正在重播七腳族展示的圖片。我聽得到他們七嘴八舌，好像在說什麼早知道應該找個固態物理學家到場。

韋伯上校忽然轉身。「你們兩個！」他指著我，然後指著布卡德。「馬上跟他們安排下一次交換禮物的時間和地點。」說完他又回去跟其他人擠在一起看那個重播的螢幕。

「馬上開始。」我說。接著我轉頭問布卡德：「這是無上的光榮哦，由你上場，還是由我上場？」

我知道布卡德精通七腳族語B的程度和我差不多。「這是妳的三次元鏡。」他說。「妳來主演。」

於是我又回到通訊電腦前面坐下。「我敢打賭，當年你還在念研究所的時候，一定做夢都沒想到有一天你會變成軍隊的翻譯工。」

「妳真他媽未卜先知。」他說。「到現在我還是做夢都想不到。」我們之間的對話，就像兩個間諜在公共場所交換情報，精心設計的暗語聽起來像閒話家常，卻絕對不會洩底。

我畫出一個符號，內容是「地點交換進行交談／涵蓋我們」，而且還特別調整了筆劃，顯示我心裡潛藏的想法。

果醬也畫出了回應的符號。按照劇本，在這個時間點，我應該要皺眉頭，而布卡德應該要問：「他是什麼意思？」完美的演出，他連口氣都拿捏得很精準。

我又畫了一個符號，請果醬說清楚。果醬回應的符號還是和前面一樣。然後，我看著他浮在波浪般的腳上，很優雅的滑向後面的門口，離開了那個房間。我們的表演也該落幕了。

韋伯上校立刻衝上前。「怎麼回事？他去哪裡？」

「他說現在七腳族要走了。」我說。「不光是他，他們全都要走了。」

「趕快叫他回來！問他那是什麼意思！」

「呃，我猜果醬身上應該沒帶呼叫器吧。」我說。

這時候，三次元鏡裡那個房間的影像忽然消失，瞬間就消失，我的眼睛一時適應不過來，過了好一會兒才看到裡面的影像變成帳篷另一頭。三次元鏡已經變成完全透明，而圍在重播螢幕旁邊那群人忽然鴉雀無聲。

「這裡究竟怎麼回事？」韋伯上校說。

蓋瑞走到三次元鏡前面，然後繞到後面，伸出一隻手摸摸背面，我看得到他手指按在鏡面上的指紋。「我想。」蓋瑞說。「我們剛剛看到的，是遠距離傳送過來的立體變形影像。」

我聽到靴子踩在草地上的沈重腳步聲，有個軍人從帳篷門口衝進來，衝得太快氣喘吁吁，手上拿著一具巨無霸的對講機。「報告長官！有消息——」

韋伯上校一把搶過他手上的對講機。

．．．

我還記得，看著妳剛出生的模樣是什麼感覺。那時候，妳爸爸會匆匆忙忙偷空到醫院的餐廳吃點東西，而妳會躺在嬰兒床上，我彎腰看著妳。

剛生完沒多久，我還覺得自己像條被擰乾的毛巾。妳看起來小得可憐，可是為什麼妳還在我肚子裡的時候，感覺卻是那麼巨大。我敢發誓，我肚子裡的空間應該裝得下一個更大更壯的小孩。妳的手看起來細瘦修長，還沒出現嬰兒肥。妳的臉還紅通通，滿是皺紋，緊閉著眼睛，眼皮腫脹。在這個階段，妳還是個小精靈，還沒有晉升為小天使。

我伸出一隻手指，輕撫著妳的小肚肚，發現妳的皮膚細嫩得不可思議，令我讚嘆。我不由得擔心，妳身上的絲質袍會不會像粗麻布一樣磨破妳的皮膚。接著，妳的身體開始蠕動起來，一隻腳用力往前踢，再換另一隻腳，同時身體還扭來扭去。我一下子就認出那個動作。妳還在我肚子裡的時候，就是那樣的動作，而且好幾次。原來，就是這個動作。

我好得意，這個動作就是鐵證，證明我們就是母女，那種關係是獨一無二的，這讓我信心滿滿，確定妳就是我肚子裡那個小寶貝。雖然我從來沒有親眼看過妳，但是當我看著滿房間的嬰兒，我還是有辦法一眼就認出妳。不是這個，也不是那個。等一下，那邊那個。

對了，就是她。她就是我女兒。

・・・

最後那次禮物交換儀式，是我們最後一次看到七腳族。突然間，全球各地所有的三次元鏡都變成透明，而他們的太空船也離開了地球軌道。後來，有人分析三次元鏡，發現那只不過是一片熔融石英，本身完全沒有運作機制。而最後那次交換儀式，他們給我們的資料，是一種全新等級的超導體原料，可是事後證明，那只是一個複製品，是日本剛完成不久的研究成果。全都是人類已經知道的東西，沒有別的。

後來我們一直都沒有查出七腳族為什麼要離開，也不知道他們為什麼要來，為什麼要做這些事。雖然現在我已經擁有預知未來的新意識，但我還是無法解答這些疑問。七腳族的行為，從因果順序的角度來看，應該可以找得到解釋，只是我們一直找不出答案。

我本來想多體驗一點七腳族的世界觀，多體會他們感覺到的一切，這樣一來，或許我就能夠徹底感受到未來的一切真的都是必要的，而不至於在驚濤駭浪中歷經磨難，度過我往後的人生。只可惜，我一直都辦不到。我會繼續練習七腳族的語言，而曾經參與過三次元鏡任務的其他語言學家也都一樣，只不過，我們全都無法再有更大的進展。我們的程度，一直停留在七腳族還在這裡的時候一樣。

接觸七腳族，改變了我的一生。我認識了妳爸爸，學會了七腳族語B，而正因為這兩件事，此刻我才有辦法預知到妳。此刻，我站在露台上，籠罩在銀色的月光的下。許多年以後，我會失去妳爸爸，也會失去妳。從此刻起，未來的一生，唯一能夠永遠陪伴我的，只有七腳族的語言。所以，我全神貫注，努力記住所有的細節。

從一開始，我就知道自己一生的終點，而我也選擇了這樣的人生道路。然而，我會走向最美好的人生，還是最痛苦的人生？我的人生會是極大值，還是極小值？

這些問題在我腦海中縈繞，這時候，妳爸爸問我：「妳想製造一個小嬰兒嗎？」我微微一笑回答說：「好啊。」然後，我從他懷裡往後退，我們手牽手走進屋裡，做愛，做出我預知的妳。

巴比倫之塔

假如那座巨塔橫倒在示拿平原上（譯註：示拿，Shinar，即古代兩河流域的巴比倫），那麼從一頭走到另一頭，足足要走兩天。而事實上，塔是豎立的，一個大男人要從地面爬到塔頂，就算身上沒有背任何東西，也得花上一個半月。問題是，爬上那座塔的人，很少是空著手的。大多數人都拉著一台載滿磚頭的拖車，也就拖慢了進度。一塊磚頭，從放上拖車的那一刻起，直到卸下車用來砌成巨塔，必須耗費四個月的時間。

．．．

希拉倫從小到大都在埃蘭生活，從來沒去過巴比倫。對他來說，巴比倫這個字眼，就只是一個遙遠城市的名字，意味著那裡的人會來埃蘭買銅，而銅錠都是送上開往波斯灣的船，沿著卡倫河運到幼發拉底河。這次，他終於要去了。有一個用野驢載貨的商隊要走陸路去巴比倫，他和另外幾個礦工跟著一起走。他們沿著一條沙塵飛揚的小路，從高原下來，穿越平原，最後終於來到那片青翠遼闊的田原。縱橫交錯的灌溉渠道和土堤，把田原分割成一塊塊的田地。

他們這輩子都未曾親眼看過那座巨塔，直到此刻。當他們還遠在十幾公里外，就已經看得到巨塔。眼前的景象是：遠遠的地平線上有一個小土塊，上面有一條像是亞麻線的細線向天空延伸，直上雲霄，在蒸騰的熱氣中閃爍搖曳。事實上，那個小土塊就是巴比倫城。當他們越走越近，眼前的小土塊漸漸變成巨大的城牆。然而，和巨塔比起來，城牆卻顯得那麼微不足道。他們眼裡只看得到巨塔。後來，他們視線往下移，看向河流平原，這才發現巨塔對城外造成了什麼影響。為了挖泥土來做磚頭，原本的平原被挖成一個巨大遼闊的窪地，幼發拉底河在低陷的河床上奔流。往城市南邊望去，可以看到一排又一排的窯，只是現在都已經熄火停工。

他們離城門越近，那座塔就顯得更高聳巨大，遠超過希拉倫所能想像的巨大。那像是一根巨大的柱子，寬度就像一整座神殿那麼廣闊，但卻是那麼高聳，往上無限延伸，最後隱沒在天際。他們全都仰著頭看，而天上的陽光太刺眼，他們不得不瞇著眼睛。

納尼是希拉倫的朋友。他看呆了，用手肘頂了希拉倫一下問：「我們就是要爬這個？爬到最上面？」

「爬到『上面』去挖，好像……不太正常。」

他們這群礦工來到西牆的大門，看到另一個商隊正要出城。他們成群湊近城牆邊的陰影，工頭貝里朝門塔上的守衛大喊：「我們是埃蘭來的礦工，是你們請我們來的。」

那些守衛似乎很開心，其中一個立刻回答說：「你們就是來挖開天頂的人嗎？」

「對。」

• • •

全城的人都在狂歡慶祝。八天前，最後一批磚頭送上巨塔之後，慶典就開始了，接下來還會持續兩天。每天晝夜不停，全城的人興高采烈，手舞足蹈，大吃大喝。

全城的人多半都是製磚工人，或是拖車腳夫。腳夫兩腿全是肌肉，因為每天爬高塔。每天早上都有一組腳夫往上爬，連爬四天，把磚頭移交給下一組人，然後在第五天拉著空車回到城裡。這樣的腳夫小組像鏈條一樣，一路串連到塔頂，不過，只有最底下那組人參加慶典。稍早之前，城裡已經派人把充足的酒肉送上去給住在塔上的腳夫，好讓整座巨塔的人都可以一起慶賀。那天晚上，希拉倫那群埃蘭來的礦工坐在土凳上，環繞著一張長桌，桌上有美食。城市廣場上擺滿了這樣的長桌。礦工和腳夫聊起來，打聽那座巨塔的傳聞。

「聽說，要是有一塊磚頭從塔頂掉下來，上面的砌磚工人會痛哭流涕，拚命扯頭髮，因為磚頭要花四個月才能補送上去，不過要是有人掉下去摔死了，根本沒人會當一回事，是真的嗎？」

有個腳夫名叫李嘉頓，很愛東拉西扯。他搖搖頭說：「噢，哪有這回事，別聽人胡說八道。磚頭會一車接一車不斷送到塔上，每天都有好幾千塊磚頭送到塔頂，所以對砌磚工人來說，少塊磚頭根本沒什麼大不了。」接著他忽然湊近那群礦工。「不過，倒是有種東西比人命更值錢：水泥小鏟刀。」

「小鏟刀？為什麼？」

「要是有個工人不小心掉了鏟刀，他就沒辦法繼續工作，要等底下再送一把上來。這樣一來，接連好幾個月他就沒辦法用工作換食物，就必須欠債。所以，弄掉了鏟刀才會讓人痛哭流涕。另一方面，要是有個人摔下去，上面就會多出一把鏟刀，其他人就會暗地鬆一口氣，因為下次再有人弄掉鏟刀，就可以用那把多出來的繼續工作，不致於欠債。」

希拉倫聽得心驚膽跳，那一剎那，他心頭一陣緊張，暗自計算他們這些礦工總共帶了幾把十字鎬。不過他很快就想通了。「是你在胡扯吧，那些工人沒帶備用的鏟刀嗎？跟整車的磚頭比起來，一把小鏟刀哪有多重？多帶一把根本不是問題。反過來，要是有人掉下去，那麼，除非塔頂上有多一個精通砌磚的工人，否則進度勢必會嚴重落後。要是沒有後備人手，他們就必須等人從底下爬上來。」

他一說完，所有的腳夫哄堂大笑起來。「這小子還挺有腦袋的，哄不了他。」李嘉頓笑著說，轉頭看看希拉倫。「那麼，等慶祝一結束，你們就要上去了嗎？」

希拉倫端起碗喝啤酒。「對。聽說會有西方的礦工來跟我們會合，可是我還沒看到他們。你知道他們嗎？」

「知道。他們是從一個叫埃及的地方來的，可是他們並不是跟你們一樣開採礦砂。他們開採的是石頭。」

「在埃蘭，我們也挖石頭啊。」納尼塞了滿嘴豬肉，邊吃邊說。

「和你們不一樣。他們切割大理石。」

「大理石？」他們在埃蘭開採石灰岩和雪花石膏，不過並沒有大理石。「你確定？」

「聽去過埃及的商隊說，他們那裡有石頭建造的階梯形金字塔和神殿，那石塊大得嚇人。而且，他們還用大理石做成巨大的雕像。」

「可是大理石很難切割啊！」

李嘉頓聳聳肩。「他們不覺得難。我們的皇家建築師認為，等你們到達天頂的時候，會需要他們的石匠。」

希拉倫點點頭，覺得很有可能。「你看到他們了嗎？」

「沒有，他們還沒到，還要再等幾天。不過，他們恐怕來不及在慶典結束之前趕到，到時候，你們埃蘭人就要先上去。」

「你會陪我們上去吧？」

「會，不過只有前四天，然後我就得回來了，而你們很有福氣，可以繼續爬上去。」

「你為什麼覺得我們很有福氣？」

「我一直很渴望能到塔頂。我曾經在高層的小組拉過拖車，爬到十二天的高度，可惜最高就只到那裡了。你們會爬到更高。」李嘉頓苦笑了一下。「我很羨慕你們，你們摸得到天頂。」

摸到天頂，然後用十字鎬鑿開天頂。想到這個，希拉倫忽然有點不自在。「這沒什麼好羨慕的——」

「沒錯。」納尼說。「等我們完工，所有的人都摸得到天頂。」

•••

第二天早上，希拉倫自己跑去看巨塔。他站在環繞巨塔的大廣場上，看到巨塔旁邊有一座神殿。如果這裡只有那座神殿，看起來會很壯觀，可是旁邊有那座巨塔，神殿就顯得很不起眼。

他感覺得到巨塔很堅固。他聽說過，他們打算把巨塔造得很堅固，比任何一座神殿都更堅固。整座巨塔都是用燒製磚建造的，不像神殿用的是曬乾的泥磚，只在表面砌上一層燒製磚。巨塔是用柏油來砌磚，柏油會滲進磚頭裡，把所有的磚頭緊緊黏住，堅固得像是整塊的巨大磚頭。

巨塔的基座，看起來就像一般神殿最底下的兩層平台一樣。那是巨大的四方形平台，每邊大約一百公尺寬，高二十公尺，南面那一側有三道平行的階梯。平台頂上是第二層平台，比較小，只能從中間那道主階梯上去。巨塔就豎立在第二層平台頂上。

巨塔每一邊大約三十公尺寬，有如一根巨大的方柱撐著天空。有一條凹槽般的斜坡走道，繞著巨塔緩緩盤旋而上，乍看之下像是皮鞭把手上纏繞著皮條。不對，希拉倫再仔細一看，發現那是兩條走道，間隔著平行向上纏繞。每一條走道外側都撐著幾根寬扁的柱子，用來給工人遮蔭。他沿著巨塔往上看，看到的是斜坡和磚砌柱面不斷交替，到更高處就分不清楚了，而巨塔依然直上天際，最後再也看不到盡頭。希拉倫眨眨眼，瞇起眼睛拚命想看清楚，可是卻開始感到暈眩。他往後退了幾步，打了個哆嗦，然後轉身走開。

希拉倫忽然想起小時候聽過的故事，那是大洪水之後的故事。故事裡說，大洪水之後，人類又逐漸重新散佈到大地上的每個角落，而他們居住的土地範圍，比大洪水前更寬廣。故事裡說，人類駕船航行到世界的邊緣，眼看著海水滾滾向下流瀉，沖向底下煙霧瀰漫的黑水深淵。這時候，人類終於明白這片大地是有限的，並沒有那麼大，於是他們很想看看大地的邊界之外還有些什麼，想看看耶和華神創造的其他事物。故事裡說，人類看向天空，心裡想著天上那個盛滿天堂之水的巨大水盆，耶和華就住在那個大水盆上方，他們很想知道那裡是什麼樣子。故事裡說，好幾百年前，人類如何開始建造那座巨塔。那就像是一座通往天堂的擎天巨柱，一道階梯，人類可以爬上去，親眼看看耶和華所創造的一切，而耶和華也可以爬下來，看看人類所創造的一切。

長久以來，希拉倫一直覺得這個故事很令人振奮，因為故事裡那成千上萬的人努力不懈拚命工作，只為了想多瞭解耶和華，儘管歷經千辛萬苦，卻滿心喜悅。不久前，巴比倫人到埃蘭招募礦工的時候，希拉倫還覺得很興奮。但此刻，當他站在巨大的基座前，他的感覺忽然徹底翻轉，覺得人類不應該造出那麼高的東西。當他沿著巨塔往上看，忽然感覺自己的雙腳彷彿已經不是踏在地面上。

他應該爬上去嗎？

•
•
•

要開始登塔的那天早上，第二層平台上擠滿了堅固結實的兩輪拖車，井然有序的排成好幾列。很多車上載的全是食物，裝成一袋袋，有大麥、小麥、扁豆、洋蔥、棗子、黃瓜、長條麵包、魚乾等等。另外還有數不清的陶罐，裡面裝的是水、棗子酒、啤酒、羊奶和棕櫚油。另外一些車上裝著別的貨物，看起來像是市集上賣的那種，例如銅盆、蘆葦籃、亞麻布匹、木凳木桌。另外還有一頭肥牛和一頭肥羊，幾個祭司正在幫牠們安裝遮眼罩，讓牠們看不到旁邊，這樣就不至於怕得不敢往上爬。到了塔頂，牛羊就會被殺來獻祭。

還有些拖車裝了礦工的十字鎬、鐵鎚，還有小型熔鐵爐的材料工具。他們的工頭還安排了另外幾台拖車，上面載了木材和一捆捆的蘆葦。

李嘉頓站在其中一台車旁邊，把捆木材的繩子綁緊。希拉倫走到他旁邊。「這些木材是哪來的？我們從埃蘭出發之後，一路上都沒看到森林。」

「當年開始建這座塔的時候，我們在北方種了一大片森林。砍下來的木材就丟到水裡，沿著幼發拉底河漂送到這裡。」

「你們種了整座森林？」

「開始建塔的時候，建築師就已經明白，燒窯做磚頭需要非常大量的木材當燃料，那需求量實在太大，平原上那些樹根本應付不了，所以他們種了一整座森林，而且還派一批人在那裡照顧，負責澆水，每砍掉一棵樹就種一棵新的。」

希拉倫很驚訝。「需要的木材全都是那裡供應的嗎？」

「大部份。北方還有另外幾座森林，樹也都砍了，木材也是沿河運到這裡。」他邊說邊檢查車輪，然後拿起隨身攜帶的皮壺，拔掉壺塞，在車輪和輪軸之間滴了一些油。

納尼走到他們旁邊，看著眼前巴比倫城的街道。「我這輩子從來沒有爬過這麼高，從上面這樣看一整座城市。」

「我也沒有。」希拉倫說。而李嘉頓就只是在旁邊淡淡一笑。

「走吧，拖車都準備好了。」

沒多久，所有的人都被分配好了，兩個人一組拖一台車。那兩個人站到拖車的兩條拉桿中間，拉桿上綁著繩圈，是用來拖拉的。礦工的拖車被安插在腳夫的車隊中間，以免他們因為跟不上而落在後面。李嘉頓的車就跟在希拉倫和納尼的車後面。

「記住，」李嘉頓說：「跟前面那台車要保持大概五公尺的距離，還有，每隔一個鐘頭，兩個人就要交換位置，因為轉彎的時候，只能靠右邊的人使力。」

腳夫開始陸續拖著車走上斜坡。希拉倫和納尼也彎下腰，各自把繩圈套到外側的肩上，然後一起站起來，把拖車的前端往上抬離地面。

「好，開始拖！」李嘉頓喊了一聲。

他們彎身向前，肩頭用力撐住繩圈，車子開始動了。車子一動，拉起來似乎變得比較輕鬆。他們繞著平台走了一圈，來到斜坡的起點，這時候，他們不由得又開始彎腰用力拖。

「是誰說這台拖車比較輕的？」希拉倫嘀咕了一句。

斜坡走道夠寬，必要的時候車子旁邊還可以讓人經過。走道是磚頭鋪成的，上面有兩道輪轍，那是幾百年來被車輪壓出來的。走道外側的柱子又寬又扁，形成一道道的牆柱。走道的頂部是拱形，因為內側牆面較高處的方形磚頭依弧線往右堆砌，而外側牆柱較高處的磚頭也同樣依弧線往左堆砌，兩道弧形在中央會合形成拱形，具有支撐的作用。由於牆柱很寬，排列得相當緊密，整條走道感覺上像一條隧道，除非刻意探頭往外看，否則不容易感覺得到自己在塔上。

「你們採礦的時候會唱歌嗎？」李嘉頓問。

「挖到比較鬆軟的礦石，我們就會唱。」納尼回答。

「那你們唱一首採礦歌來聽聽看吧。」

於是他們呼喚其他礦工一起唱歌，沒多久，大家就唱起來了。

•••

地面上的塔影越來越短，他們也越爬越高。由於牆柱遮蔽了陽光，涼風吹拂，所以，比起地面城裡狹窄的巷子，這裡感覺涼爽多了。每到中午，那些巷子裡都會被太陽曬得滾燙，要是有蜥蜴從地上爬過去，都可能會被燙死。那些礦工偶爾探頭看看外面，會看到幼發拉底河幽暗的河面，看到綿延幾十公里的翠綠田野，看到交錯縱橫的灌溉渠道在陽光下閃閃發亮。巴比倫城裡街道密集，房屋櫛比鱗次，看起來錯綜複雜。由於房子多半是白色的石膏粉刷，整座城市看起來熠熠閃亮。當他們越爬越高，看到環繞著巨塔基座的整個城區範圍越縮越小，幾乎快看不清楚了。

後來又輪到希拉倫拖右邊的繩圈，位置靠近走道的外緣，這時候，他忽然聽到底下那層上坡走道傳來喊叫聲。他本來想探頭出去看看旁邊，但很快就打消了念頭，因為他不想打亂前進的步伐，更何況，就算探頭出去也看不清楚底下的走道。「底下怎麼回事？」他回頭問後面的李嘉頓。

「有一個你們的礦工夥伴忽然開始懼高。第一次登塔的人，偶爾會有一兩個出現這種毛病。那個人會趴在地上不敢動，沒辦法繼續往上爬。不過，很少看到有人這麼快就開始懼高。」

希拉倫知道是怎麼回事了。「我們埃蘭那邊，有些想當礦工的新人也會出現類似的問題。有人嚇得根本不敢進礦坑，因為怕被活埋。」

「真的？」李嘉頓說。「這我倒沒聽說過。不過，你們兩個還好吧？會懼高了嗎？」

「完全沒感覺。」希拉倫嘴裡這麼說，眼睛卻瞄向納尼。他們兩個心裡有數。

「你會緊張，手心在冒汗了對吧？」納尼嘀咕了一句。

希拉倫點點頭，兩手在粗糙的繩子上搓了幾下。

「剛剛我在右邊靠外側的時候，就開始有感覺了。」

「也許我們應該學那隻牛和羊，把眼睛旁邊遮起來。」希拉倫嘀咕著開了個玩笑。

「等我們爬到更高的地方，到時候，我們會不會也開始懼高啊？你覺得呢？」

希拉倫想了一下。他們有一個礦工同伴竟然這麼快就開始懼高，這可不是什麼好兆頭。但接著他立刻搖搖頭甩開這個想法。已經有好幾千個人爬上去，完全不會懼高，那麼，如果因為某個夥伴懼高而影響到全體礦工，那實在太可笑了。「我們只是還不太習慣。我們還有好幾個月的時間可以學會習慣這種高度。等我們到塔頂的時候，說不定還會巴不得塔蓋得更高。」

「我才不會。」納尼說。「我不覺得我會想把這玩意兒拖到更高的地方。」說完兩人大笑起來。

⋯

那天晚上，他們吃了大麥、洋蔥和扁豆當晚餐。巨塔中間有狹窄的走廊貫穿兩側，他們就睡在裡面。第二天早上醒來之後，那群礦工幾乎沒辦法再走路，因為兩腿太痠痛。腳夫們都覺得好笑，拿藥膏給他們按摩肌肉，然後把礦工車上的東西平均分配到其他拖車上，減輕他們的負擔。

爬到這個高度，希拉倫往下看的時候開始會感到兩腿發軟。在這個高度，風吹個不停，他心裡想，等爬得更高，風一定更大。他很好奇，不知道是否曾經有人不小心被風吹掉下去。從這麼高的地方摔下去，那個人在撞到地面之前還有很多時間可以禱告。想到這裡，希拉倫不由得打了個哆嗦。

第二天，除了礦工兩腿痠痛之外，其他一切都和前一天差不多。到這個高度，他們能看得更遠了，眼前大地的遼闊景象令他們驚嘆。他們看得到田野外的沙漠，而沙漠上的商隊看起來比幾隻小蟲排成一列還更小。這一天，這群礦工裡不再有人像昨天那個人一樣，因畏懼高沒辦法繼續走。一整天，他們不斷往上爬，途中沒有任何狀況。

第三天，礦工的兩腿痠痛依然不見起色，希拉倫感覺自己活像跛腳的老人。一直到了第四天，他們的腿才漸漸不再痠痛，於是他們就把放在腳夫車上的東西拿回來自己拖。他們一直爬到傍晚才停下來，這時候，第二組腳夫正拉著空車飛快沿著下坡走道下來了。上坡車隊和下坡車隊並不會迎面接觸，而是隔著巨塔停在同一層的兩側，不過，中間有走廊連接。當兩個車隊來到同一層，他們會進走廊交換拖車。

第一組腳夫把礦工介紹給第二組腳夫認識。那天晚上，他們聚在一起吃喝聊天。隔天早上，第一組腳夫準備好了，等著把空車拖回巴比倫，這時候，李嘉頓走到希拉倫和納尼面前，跟他們道別。

「好好照顧你們的拖車，它們去過塔頂好幾次，沒有任何人像它們一樣去過那麼多次。」

「你連拖車也羨慕嗎？」納尼問他。

「不是啦。每次拖車上到塔頂之後，就必須拖下去回到城裡。要是我到了塔頂，叫我再下去，我一定受不了。」

⋮

那天傍晚，第二組車隊停下來休息的時候，希拉倫後面那台車的腳夫突然走過來，要帶他和納尼去看一樣東西。他叫庫達。

「你們一定沒在這麼高的地方看過夕陽吧。來，過來看看。」庫達走到走道邊緣，坐下來，兩腳懸空。他注意到希拉倫和納尼還在猶豫。「來吧，如果你們有興趣看看，可以過來趴在邊緣，頭伸出去看就好。」希拉倫不想讓人覺得他是個膽小鬼，但他實在鼓不起勇氣去坐在懸崖邊，看著腳底下幾千公尺深的地方，於是他趴下來，只把頭伸出去。納尼也走過來趴在他旁邊。

「等一下太陽快下山的時候，你們注意看巨塔的側邊。」希拉倫往下瞄了一眼，立刻轉移視線看向前方的地平線。

「這裡的夕陽有什麼不一樣嗎？」

「想想看，當夕陽落到西邊的山頂後面，整片示拿平原就會變暗，可是我們這裡比山還高，所以還看得到夕陽。太陽必須再往下降一點，我們這裡才會變成晚上。」

希拉倫明白了，驚訝得張大了嘴。「當一個地方被山的黑影籠罩，就代表夜晚降臨。夜晚會先降臨到平地，然後才會到這裡。」

庫達點點頭。「你們會看到黑夜沿著巨塔往上爬，從地面一直爬到天空。那速度很快，不過你們還是看得到。」

他盯著太陽那團火紅的圓球，看了一會兒，接著忽然往下看，伸手指著下面。「趕快看！」

希拉倫和納尼往下看，看到巨塔最底下那小小的巴比倫城已經被黑影籠罩，而黑影繼續沿著巨塔往上竄，彷彿一團巨大的黑色棚蓋往上展開。一開始速度比較慢，希拉倫感覺自己還有辦法計算那速度是幾秒，後來，當黑影逐漸逼近，速度就越來越快，一眨眼就掃過他們。然後，他們就已經陷入黑夜中。

希拉倫立刻翻身往上看，還來得及看到黑影迅速吞沒了巨塔上方。後來，當太陽沈落到那遙遠的世界邊緣之外，整個天空也逐漸變暗。

「很壯觀，對吧？」庫達問。

希拉倫沒說話。這輩子直到此刻，他才懂了什麼叫夜晚。夜晚，就是大地的陰影投映在天空上。

・・・

又繼續爬了兩天之後，希拉倫漸漸習慣了這種高度。儘管現在的高度已經超過兩千公尺，他已經有勇氣站在走道邊緣看著塔底下。他伸手扶著牆柱邊緣，小心翼翼探頭出去往上看。他注意到巨塔看起來已經不再像是一根平滑的柱子。

他問庫達：「巨塔上面那部分看起來好像比較寬，怎麼會這樣？」

「你仔細看。上面有木頭露台從側邊延伸出來，是用柏木做的，用麻繩懸吊固定。」

希拉倫瞇起眼睛看。「露台？那是做什麼用的？」

「上面鋪了泥土，可以用來種菜。在這個高度，雨水很少，所以主要是種洋蔥。更高的地方，雨水比較多，你就會看到他們種豆子。」

納尼問：「上面的雨水為什麼不會降下來？」

庫達很驚訝他怎麼會問這種笨問題。「雨水還來不及落下來就已經乾掉了，當然是這樣。」

納尼聳聳肩。「噢，當然是。」

這天還不到傍晚，他們就已經抵達露台那一層。那是一片片的平台，用粗重的繩索吊著，繩索另一頭就綁在上面那層露台底下的塔牆上，上面種滿了洋蔥。每一層露台的塔內都有好幾間狹小的房間，腳夫的家人就住在那裡。他們看到有些女人坐在房間門口縫袍子，有些在菜園裡挖洋蔥。幾個小孩在斜坡上跑來跑去，在拖車之間穿梭，互相追逐嬉鬧。他們沿著露台邊緣跑來跑去，看起來一點都不怕。那些女人小孩很快就認出他們是礦工，立刻對他們揮手微笑。

到了晚餐時間，所有的拖車都已經停好，上面的食物和物品都被卸下來讓這裡的人使用。那些腳夫各自和自己的家人打招呼，而且邀請礦工和他們一起吃晚飯。庫達邀請希拉倫和納尼到他家一起吃飯。晚餐很豐盛，有魚乾、麵包、棗子酒和水果。

希拉倫發現，巨塔的這個區段似乎形成了某種小鎮，上下的兩條斜坡走道就像鎮上的街道一樣。這裡有一座小小的神殿，慶典儀式都在裡面進行。另外，這裡還有特設的執法官，負責仲裁糾紛。這裡也有商店，貨品都是車隊送來的。當然，這個小鎮和車隊是一體的，兩者密不可分，彼此不可或缺。有小鎮才有車隊，有車隊才有小鎮。然而，所謂的車隊，本質上就只是一段旅程，從某個地點開始，在另一個地點結束。這個小鎮並沒有打算永久存在，因為它只不過是一段延續了幾百年的旅程的一部份。

吃過晚飯後，希拉倫問庫達一家人：「你們有人下去過巴比倫嗎？」

庫達的太太艾莉登回答說：「沒有。我們有必要下去嗎？那路程太遠了，更何況，這裡我們什麼都不缺。」

「難道你們都不會渴望在真正的地面上走路嗎？」

庫達聳聳肩。「我們住的地方，是在去天堂的半路上，我們所做的一切，全都是為了讓這條路繼續往上延伸。一旦我們要離開這座巨塔的時候，我們會走上坡那條路，不是下坡。」

・・・

礦工繼續往上爬，時間一天天過去，有一天，他們站在走道邊緣，往上看看，往下看看，赫然發覺在這個高度，不管是往上還是往下看，巨塔看起來都一樣。往下看，巨塔一直往底下的平原延伸，可是似乎在距離地面還很遙遠的地方就已經看不到盡頭。同樣的，往上看，當巨塔的盡頭已經看不見了，礦工們卻還是看不到天頂。他們眼睛看得到的，就只有一截懸浮的巨塔。不管是往上看還是往下看，都同樣令人驚駭，因為你再也感覺不到巨塔延伸到地面或是天上，那種安全感消失了。他們感覺自己似乎不再屬於那片大地，而巨塔有如一截懸在半空中的繩子，不著天也不著地。

在爬這段巨塔的期間，希拉倫有好幾次感到很沮喪，感覺自己彷彿被放逐了，跟這個世界隔絕了。彷彿，大地拋棄了他，因為他背叛了大地，而天堂也藐視他，不肯接納他。他渴望耶和華能給他們一點啟示，讓他們知道這樣的冒險行動是祂所允許的，否則，他們怎麼能繼續待在這個地方？他們的心靈幾乎感受不到這地方是歡迎他們的。

住在這個高度，塔上的人完全不會因為自己懸在半空中而感到不安。每當有居民看到這群礦工，總是很親切的招呼他們，祝福他們能夠順利鑿開天頂。這些人住的地方，籠罩在雲霧中，濕氣瀰漫。暴風雨不是出現在他們頭頂上，就是在他們腳底下。他們在半空中採收果菜，可是卻從來不擔心這個地方不適合人居住。他們並沒有得到神的安慰和鼓勵，然而他們內心卻沒有半點疑惑。

幾個星期後，每當他們往上多爬一天，就會感覺到，在太陽和月亮高懸天空的時刻，太陽和月亮似乎越來越逼近了。銀色的月光遍灑在巨塔南側，而看著那輪明月，彷彿看到上帝睜開一隻炯炯發亮的眼睛凝視著他們。沒多久，他們爬到了和月亮平行的高度，這時候，月亮正好從附近經過。他們已經來到第一個天體的高度。他們瞇著眼睛看月亮，看著月亮坑坑洞洞的表面，看著月亮完全不需要任何支撐就能夠在半空中穩穩的運行，內心暗暗驚嘆。

然後，他們離太陽越來越近了。目前正是夏天，當太陽來到巴比倫正上方，從巨塔旁邊經過的時候，位置非常逼近。在這個高度，巨塔上下幾層都沒有人住，也沒有露台，因為溫度太高，大麥會被烤焦。在巨塔這一段，用來砌磚頭的不是柏油，而是陶土，因為柏油會被烤軟變成泥狀，而陶土在高溫下反而會變硬。為了抵擋白天的高溫，這裡的牆柱排列更緊密，幾乎變成一整面牆，走道幾乎被圍成隧道，牆柱間只剩一條條的窄縫，只能透進一道薄薄的金色陽光，而風吹進來的時候會發出呼嘯聲。

到目前為止，腳夫的作息是很規律的，可是越來越接近太陽的時候，他們不得不開始調整作息。他們一天比一天更早出發，儘量利用沒有陽光的時間來拖車。當他們來到和太陽平行的高度，他們就只利用夜晚拖車，白天的時間，連吹進來的風都是熱的，讓人滿身大汗，他們會脫光衣服，想辦法讓自己睡一覺。礦工們不太敢睡，因為他們擔心，萬一真的睡著了，可能會在睡夢中被烤死，再也醒不過來。至於那些腳夫，他們已經在這個路段走了很多趟，倒是從來沒有人熱死。後來，他們終於爬到比太陽更高的位置，這時候，他們的作息又回復到和先前一樣。

現在，陽光變成是從底下照上來的，感覺極度反常。在這裡，露台有一部分木板會被拆掉，只留下幾條通道，這樣陽光就能夠照上來。通道上還留著泥土，土裡的蔬菜會往旁邊長，往下垂彎，才吸收得到陽光。

接下來，他們逐漸接近星星的高度，看到巨塔四周散佈著那些炙熱的小圓球。希拉倫本來以為星星會很密集，然而，儘管這裡還多了一些地面上看不到的小星星，感覺上卻是疏疏落落，分散得很開。而且，星星並不是分佈在完全相同的高度，而是有高有低，再往上走一萬多公尺，都還是星星散佈的範圍。很難判斷那些星星距離多遠，因為星星的大小無法確定。不過，偶爾會有一顆星星非常逼近，這時候，唯一能夠確定的，就是星星飛行的速度快得嚇人。希拉倫漸漸明白，天上的星星月亮太陽都必須飛得非常快，才能夠在一天時間裡從世界的一頭飛到另一頭。

白天的時間，天空的顏色比從地面上看起來更淡，變成淡藍色，這顯示他們已經接近天頂了。希拉倫偶爾會仔細看著天空，發現大白天依然看得到星星，覺得很驚訝。在大太陽底下，從地面上根本看不到星星，可是到了這個高度，看得一清二楚。

有一天，納尼匆匆忙忙跑來找他，嘴裡喊著：「有一顆星星撞到巨塔！」

「什麼！」希拉倫嚇了一跳，拚命轉頭看看四周，感覺彷彿被人打了一拳。

「不是啦！不是現在！是很久以前，大概一百多年前。剛剛我在聽一個住在這裡的人講故事，他說當年他祖父親眼看到過。」

於是他們走進走廊，看到幾個礦工圍著一個乾癟癟的老人，聽到他正在說：「——撞到上面一千公尺高的牆壁裡。現在還看得到當年留下的痕跡，看起來像一個大凹洞。」

「那顆星星後來怎麼樣了？」

「它燒得滋滋作響，而且亮得很刺眼。有人想把它挖出來，放回天空繼續飛，可是它實在太燙了，根本無法靠近，而且他們也不敢潑水澆熄它。過了幾個禮拜，那顆星星終於冷了，變成一團歪七扭八的黑色天堂金屬，而且很大，足足有一個人兩手環抱那麼大。」

「這麼大啊！」納尼口氣滿是驚訝。從前，偶爾會有星星自己掉到地面上，有時候，有人會撿到那種小小的天堂金屬塊，感覺比最高級的黃銅還硬。那種金屬沒辦法用火燒熔重新鑄造，只能燒得火紅用鐵鎚敲，做成護身符。

「真的！從來沒聽說過有人在地面上發現這麼大塊的金屬。真不敢想像用這麼大塊的金屬會做出什麼樣的工具！」

「你們該沒有嘗試要把那塊金屬敲打成工具吧？」希拉倫很緊張的問他們。

「噢，沒有啦！大家都不敢碰它。全塔的人都回到地面，等著耶和華降罪懲罰大家，因為他們干擾了宇宙的運行。他們等了好幾個月，卻一直看不到任何跡象。後來，他們終於又回到塔上，把那顆星星挖出來，放在底下城裡的神殿上。」

現場鴉雀無聲，過了一會兒，有個礦工終於開口說：「我聽過不少巨塔的故事，可是卻沒聽說過這件事。」

「因為那是一種罪惡，不能隨便說的。」

• • •

他們沿著巨塔越爬越高，天空的藍色也變得越來越淡，直到有一天早上，希拉倫醒來的時候，走到斜坡邊緣往外看，嚇得驚叫起來。他發現，先前淡藍的天空忽然變成一片白色的平面，就在他們頭頂上方沒多遠，往四面八方無限延伸。他們已經靠得夠近，已經足以看清楚天頂真正的樣子。那看起來就像一片堅硬的殼，遮住了整個天空。所有的礦工都在竊竊私語，傻呼呼的抬頭看著上面，而那些住在塔上的人都在笑他們。

他們繼續往上爬，沒多久，他們就很驚訝的發現自己距離天頂有多近。整片天頂是一片空白，會蒙蔽人的視覺，讓人遠遠看不清楚它真正的樣子，然後等靠得夠近，它才驟然顯現，似乎就在他們頭頂上。此刻，他們並不是爬上了天空，而是爬到一片光滑無瑕的平面底下。那平面往四面八方無限延伸，寬闊得無窮無盡。

看著那片天頂，希拉倫忽然發現自己的感官知覺陷入錯亂。有時候，當他看著天頂，他會感覺整個世界彷彿上下顛倒，要是他跌倒了，他會「往上」掉落到那片天頂上。不過，當他感官恢復正常的時候，他會感覺天頂確實就在他頭頂上，而且重得讓人感覺到無比的壓迫。天頂就像底下的大地一樣，也是一層厚厚的沈重岩石，可是卻完全沒有支撐。從前在礦坑裡，他從來不曾害怕坑頂會塌下來，但此刻他忽然感到一種前所未有的恐懼，很怕天頂會塌下來。

也有些時候，他會感覺天頂彷彿一面垂直的峭壁，高到無法想像，而模糊的大地也像是遙遠的另一面峭壁，巨塔就像一條繩子，把兩邊連接起來。還有一種最可怕的，就是在某些時刻，他會感覺沒有上也沒有下，身體不知道該落向何方。那種感覺有點像懼高，可是更可怕。他常常睡得很不安穩，驚醒過來，發覺自己滿身大汗，十指彎成爪狀，彷彿拚命想抓住磚頭地板。

納尼和另外好幾個礦工也都是一副睡眼惺忪的樣子，可是卻沒人開口說自己為什麼睡不好。工頭貝里本來以為他們會越爬越快，但正好相反，他們越爬越慢。目睹天頂景象，在他們內心激起的不是渴望，而是不安。其他腳夫對這群礦工逐漸失去耐性。希拉倫很想知道，這群人住在天頂底下，這樣的生活環境塑造出來的，究竟是什麼樣的人？住在這種地方，卻不會發瘋，他們是怎麼辦到的？難道他們是漸漸習慣了嗎？這裡的孩子從一出生就看著那片堅硬的天頂，如果他們回到地面，腳踩到土地上，他們會不會驚聲慘叫？

也許人本來就不應該住這種地方。如果人天生就有一種本能，不想太靠近天堂，那麼就應該乖乖待在地面上。

最後他們終於爬到了塔頂，這時候，原先那種方向錯亂的茫然感消失了，也許是免疫了吧。此刻，站在塔頂的平台上，礦工們看著那壯麗的景象。那是人類肉眼所能看到的最壯麗的景象。在底下無窮遠處，是一大片色彩繽紛的土地和海洋，在雲霧中若隱若現，遼闊得無窮無盡，遠超過視力所能及的範圍。而頭頂上就是整個世界的屋頂，天空最高處的盡頭，也就是說，這裡已經是人類所能抵達的最高的地方。耶和華所創造的天地萬物，從這裡能看得到的，已經是最完整最多的了。

祭司帶領大家向耶和華禱告，感謝耶和華允許他們看到這麼多祂所創造的一切，而且祈求耶和華原諒，因為他們還不滿足，還想看更多。

• • •

塔頂上，有人正在砌磚頭。一坨坨的瀝青被丟進一個大鐵鍋裡熔化，滾燙蒸騰，散發出濃郁刺鼻的氣味。對那群礦工來說，那股氣味是這四個月來聞到的最像地面上的味道，所以他們都伸長了鼻子猛嗅，趁那股味道還沒被風吹散之前多吸幾口。在平地上，從地面裂縫滲出來的瀝青是泥狀的，而在塔頂上，瀝青會凝固，黏住磚頭，所以整座巨塔就彷彿是大地長出一隻手，一直伸到天空。

在這裡，砌磚工人還正忙著，渾身沾滿了瀝青。他們抹上瀝青漿，然後把沈重的磚頭疊上去，疊放的位置百分之百精準。有人看到天頂會暈眩，但某些人是絕對不能容許自己出現這種毛病，尤其是這些砌磚工人，因為整座巨塔必須保持絕對的垂直，不容有分毫偏差，而這全靠他們。現在，砌磚工人的任務終於快完成了，而這群礦工歷經四月的攀爬之後，已經準備好要接手，開始執行他們的任務。

沒多久，那群埃及人也來了。他們皮膚黝黑，身材瘦小，下巴鬍鬚稀疏。他們的推車裡載著玄武岩做成的槌子、青銅製的工具，還有三角木。他們的工頭叫森姆特。森姆特過來找埃蘭人的工頭貝里，一起商量要怎麼鑿穿天頂。埃及人用他們帶來的工具做了小熔鐵爐，把青銅工具丟下去熔燒，重新打造，因為那些工具在採礦的時候都已經被敲鈍了。埃蘭人也一樣。

天頂已經在他們頭頂上，只要伸長手差一點點就摸得到。有人跳起來摸了幾下，感覺平滑冰涼。那像是質地細密的白色大理石，純白無雜色，沒有斑點，表面絕對平滑。而問題就出在這裡。

很久以前，耶和華曾經釋放了一場大洪水，而水分別來自天上和地底下。黑暗深淵裡的水從水泉裡噴湧而出，天堂的水則是從天頂的閘門傾瀉而下。現在，人類已經觸摸到天頂，可是卻看不到閘門的痕跡。他們的視線沿著天頂四面八方仔細搜尋，卻看不到半個開口、窗口，整片大理石面上看不到半條縫。

看起來，塔頂正對的位置，正好是天頂眾多水庫之間的相隔地帶，運氣很不錯。如果看得到閘門，鑿穿天頂就會有危險，因為水庫裡的水會全部流出來，那意味著示拿平原會在雨季還沒來臨之前就降下大雨，而且雨勢會比冬雨大，導致幼發拉底河氾濫成災。等水庫裡的水流乾了，雨應該就會停了，但耶和華很可能會為了懲罰他們，讓大雨一直下，直到巨塔倒塌，巴比倫城被泥漿淹沒。

而且，就算看不到閘門，風險依然存在。說不定閘門是肉眼看不見的，水庫就在他們頭頂上。或者，說不定水庫太過巨大，距離最近的閘門還在十幾公里外，而水庫還是在他們頭頂上。

該怎麼進行呢？他們爭執不休。

「耶和華絕對不會把巨塔沖垮。」有個叫科迪薩的砌磚工人爭辯說。「如果巨塔是一種褻瀆，耶和華早就出手摧毀了。不過，這座巨塔我們已經蓋了好幾百年，卻從來沒看到過任何跡象顯示耶和華不高興。我相信，在我們鑿穿天頂之前，耶和華一定會先把水庫裡的水弄乾。」

「如果耶和華贊成我們的冒險行動，那他應該早就幫我們在天頂底下架好樓梯了。」有個叫伊魯提的埃蘭礦工反駁說。「耶和華或許不會阻撓我們，但也不會幫助我們。如果我們鑿穿了水庫，大水就會朝我們頭上沖下來。」

這時候，希拉倫再也藏不住他心中的疑慮。「萬一水流不停，怎麼辦？」他問。「耶和華或許不會懲罰我們，不過，祂可以讓我們自行判斷，自行承擔後果。」

「你們這些埃蘭礦工啊。」科迪薩說。「就算你們剛來這裡沒多久，也該有點基本常識吧。我們的一切努力，都是出於對耶和華的愛，一輩子都是這樣，還有我們的父親祖父，甚至更久以前的歷代祖先，也都是一樣。我們所做的一切，問心無愧，耶和華不會嚴厲審判像我們這樣的人。」

「沒錯，我們所做的一切，確實是基於純正的動機，只可惜，那並不代表我們的方法是明智的。人類是耶和華用泥土塑造的，我們本來應該生活在土地上，而現在，我們選擇遠離大地，那麼，你有把握我們選擇的路途是正確的嗎？我們從來沒聽過耶和華說我們的選擇是正確的。現在，我們明知道頭頂上有大水，可是卻還是站在這裡準備鑿穿天頂。萬一我們判斷錯誤，你真的有把握耶和華會保護我們，不會讓我們自食惡果？」

「希拉倫只是提醒大家要小心，這我同意。」貝里說。「我們一定要做好萬全的準備，以免第二次大洪水淹沒我們的世界，尤其不能讓可怕的大雨落在示拿平原上。我先前和埃及的森姆特討論過一些問題，他拿了一種設計圖給我看。他們用那種技術封閉他們國王的陵墓。我相信，我們開挖的時候，他們的方法可以確保我們安全無虞。」

・・・

祭司舉行了儀式，唸了很多禱詞，燒了很多香，祭獻了公牛和公羊。然後，礦工們就開工了。

先前還在半路上快抵達塔頂的時候，這群礦工就已經注意到，槌子和十字鎬顯然並不實用，敲敲打打對付不了那堅硬的大理石天頂。就算他們沿著水平的方向開鑿通道，在大理石上敲一整天恐怕也只能前進個兩、三公分，如果往上鑿，那恐怕會慢得更離譜。於是，他們決定用火燒。

他們選定天頂的某個位置，用他們帶來的木柴在底下升一堆火，一整天不斷的添加木柴。在火焰的高溫下，大理石開始裂開剝落。等火熄了，礦工就在大理石上潑水，讓裂縫變得更大，這時候他們才開始敲，鑿出一塊又一塊的巨大石塊，重重的落在塔頂上。像這樣用火燒，他們一天就能夠前進大約五十公分。

他們挖的坑道，並不是垂直的，而是像樓梯一樣的斜角，這樣他們就能夠在塔頂上建一座階梯平台，銜接到坑道口。因為是用火燒的緣故，坑道兩邊的牆面和腳底下都很平滑，他們用木板在腳下搭成階梯，這樣腳就不會往下滑。在坑道的盡頭，他們用磚頭堆成一個小平台，用來升火。就這樣，他們慢慢在天頂挖出一條五公尺深的坑道，接著改成水平的方向往前挖，往兩邊鑿，鑿出一個房間。礦工們用火燒，把石頭燒裂，再敲成石塊，送到坑道外，然後就換埃及人接手了。埃及人挖石頭的方法並不是用火燒。他們手上只拿著槌子和圓球形的粗玄武岩，準備挖出一大塊大理石，用來做滑門。

他們先在一面牆上畫出一個方形，然後用切削的方式，沿著方形左右上三邊外圍的牆面往內削鑿，慢慢的，一個巨大的大理石方塊漸漸浮現成形。希拉倫和幾個礦工想過去幫忙，可是卻發覺那太難了，因為埃及人挖石頭並不是用磨的，而是用鎚子敲，削出薄薄的一片又一片，那敲打的力道必須剛剛好，下手太重或太輕都不行。

幾個星期後，那個大石塊終於成形了，只剩下底部還連著地面。那石塊比一個人還高，四邊又更寬。為了把石塊從地面剝離，他們在石塊底部四周邊緣鑿出一條細溝，把乾的三角木敲進細溝裡，然後又在三角木尾端敲進更薄的三角木，讓前面的三角木裂開，再把水灌進裂縫裡，讓木頭膨脹。石塊底部的細溝逐漸往內裂開，過了幾個小時，石塊就脫離了地面。

接下來，礦工在房間右邊的牆面上繼續用火燒，鑿出一個往上斜的狹窄坑洞，然後在房間口前面的地板上鑿出一條往左微微下斜的滑槽，尾端在房間口左側，大概有五十公分深，右端正好銜接到右邊的坑洞口，正好在房間口形成一道斜坡滑槽。埃及人把大石塊放在滑槽裡，邊拉邊推，塞進右邊的坑洞裡，差不多正好把坑洞塞滿。接下來，他們開始在滑槽裡放泥磚，從左邊的滑槽尾端開始，向右排成長長的一列，乍看之下彷彿一條長長的小柱子，頂住右邊坑洞裡的大石塊。

石塊往下滑，就會堵住房間口，水就不會灌進底下的坑道，這樣一來，埃蘭礦工就可以安心繼續往上挖坑道。要是他們鑿穿了水庫底，天堂的水流進坑道，他們可以把泥磚逐一敲碎，石塊就會往下滑到滑槽尾端，堵住房間口。萬一灌進坑道的水勢太強，所有的人都被沖到底下的坑道，泥磚還是會漸漸溶化，石塊還是會往下滑。大水被擋住之後，他們就可以換個方向繼續挖坑道，避開水庫。

埃蘭礦工來到房間左邊的牆壁前面，一樣用火燒，繼續挖坑道。為了讓空氣流通，外面的人拿牛皮用木框繃緊，四面斜架在塔頂上，正對著坑道口底下，像一座帳篷，這樣一來，天頂底下四面八方吹來的風就會轉向灌進坑道，讓火燒得起來，而火熄了之後可以吹散煙霧，礦工們才不會被煙嗆到。

石塊安置好之後，埃及人也沒閒著。埃蘭礦工在前面挖坑道的時候，埃及人也忙著在後面把坑道地面的木階梯拿走，重新在地面上鑿出階梯。他們一樣用三角木灌水的方式，剝掉石塊，形成階梯。

⋯

埃蘭礦工忙個不停，坑道越挖越長。雖然坑道有規律的交換方向，像一條鋸齒狀的線，但整體來說還是垂直向上延伸。一路上他們還另外鑿了好幾個房間，設置石塊滑門，所以，萬一他們鑿穿了水庫，只有最上面那段坑道會被水淹沒。另外有些礦工在底下的天頂表面挖了幾條凹槽，用來懸吊木板走道和工作平台。木板走道從塔頂向四方延伸，尾端就是工作平台。他們站在這些平台上，向上鑿出好幾條副坑道，在天頂深處和主坑道銜接。他們引導風向灌進副坑道，形成一種換氣系統，把主坑道深處的煙吹出來。

就這樣，他們持續工作了四年。現在，拖車隊拉上來的，不再是磚頭，而是用來燒火的木柴和水。很多人搬到天頂的坑道裡去住，在原來的工作平台上種蔬菜，而那些菜葉都是往下垂彎的。礦工們就這樣住在天堂的邊緣，有些人還結了婚，生了孩子，而且，很少有人再回到地面上。

‧‧‧

希拉倫臉上蒙著一塊濕布面罩，從木階梯上往下跳到石頭地板上。他剛在坑道盡頭的火堆裡添了不少木柴，火還會持續燒上幾個小時，他打算到下層的坑道去休息一下，那裡比較沒有煙霧。

這時候，他忽然聽到遠遠傳來一陣碎裂聲，聽起來彷彿一座岩石山脈被劈裂了，接下來他聽到持續的轟隆聲，越來越大聲。然後，一股湍急的水流沖進坑道裡。

那一剎那，希拉倫嚇得渾身僵直，那水冰冷刺骨，沖擊他的雙腿，把他沖倒在地。他掙扎著站起來，拚命喘氣，抓住階梯，身體在水流的沖擊下硬撐著。

水庫被他們鑿穿了。

他必須趕快下去，趕到距離最近的一間滑門室，以免門被關上。他有一股衝動想跳下階梯，可是心裡明白，一旦跳下去，他一定會摔倒，被洶湧的水流沖走，撞死在石頭上。於是，他鼓起勇氣，盡他所能用最快的速度踩著階梯往下走，一階一階的走。

他滑倒了好幾次，每次一滑就往下滑落十幾層階梯，階梯在他背上摩擦，但他完全感覺不到痛。在整個過程中，他一直覺得坑道一定會坍塌，把他壓得粉身碎骨。也有可能，整片天頂會裂開，露出底下的天空，而他會隨著傾盆大雨摔落到地面上。耶和華終於出手懲罰他們了，這會是第二次大洪水。

還有多遠才會到下一座石塊滑門？坑道好長，彷彿永無止境，而水沖下來的速度越來越快，他幾乎是狂奔跑下階梯。

突然間，他絆倒了，跌進淺水裡濺起水花，這才發覺自己已經跑到階梯盡頭，跌進滑門室。這裡水位已經高過他的膝蓋。

他站起來，看到兩個礦工同伴——丹奇亞和艾胡尼。他們也注意到他了。他們站在大石塊前面，而石塊已經把出口擋住了。

希拉倫大叫了一聲：「糟糕！」

「門被他們關起來了！」丹奇亞慘叫。「他們竟然不等我們！」

「你後面還有別人嗎？」艾胡尼大喊，口氣中似乎不抱什麼希望。「說不定我們可以把石頭推開。」

「沒有別人了！」希拉倫說。「他們有辦法從另外一邊推開嗎？」

「我們再怎麼叫，他們也聽不到！」艾胡尼用鎚子猛敲大理石塊，可是卻聽不到聲音，因為全被轟隆隆的水聲掩蓋了。希拉倫轉頭看看小房間四周，這時候，他才注意到有個埃及人浮在水裡，臉朝下。

「他從階梯上掉下來摔死的！」丹奇亞大喊。

「我們真的沒別的辦法了嗎？」

艾胡尼仰頭看著上面。「耶和華！求祢饒了我們！」

水越漲越高，他們三個站在水裡拚命禱告，但希拉倫心裡明白，禱告是沒用的：他的厄運終於降臨。耶和華並沒有要人類建造巨塔，也沒有叫他們鑿穿天頂。是人類自己決定要建的。從前在地面上，不管做什麼，只要觸怒了上帝，人就會死，而現在，他們做了這件事，結果當然也是一樣。儘管他們問心無愧，還是一樣逃不掉自食惡果的命運。

水已經淹到了胸口。「我們爬上去！」希拉倫大喊。

他們迎著水流的沖擊，沿著坑道拚命往上爬，而水面就在他們腳邊逐漸上升。坑道裡本來有一些照明用的火把，現在都已經被水澆熄，所以他們只能摸著一片漆黑繼續爬，邊爬邊喃喃禱告，只不過，他們的禱告連自己也聽不見。坑道頂端的木階梯早就被大水沖垮，堆積在坑道後段。他們爬過那堆階梯殘骸，爬到前方平滑的斜坡地面，然後就在那裡等著，等水升上來，他們就可以藉著水往上浮。

沒有人說話，連禱告都沒力氣了。他們就這樣默默等著。希拉倫忽然覺得，自己彷佛是站在耶和華黝黑的咽喉裡，這位全能的主正在大口吞水，準備把這幾個罪人連水一起吞進肚子裡。

水面持續上升，他們泡在水裡跟著往上浮，後來，希拉倫感覺雙手似乎摸到了坑頂，而且他注意到旁邊有個大裂縫，水正從那裡灌進來。這時候，坑頂只剩一點狹小的空間還有空氣。希拉倫大喊：「等這裡水滿了，我們就從裂縫游出去，游到上面的天堂！」

他不確定另外兩個伙伴有沒有聽到他說話。這時候，水淹到坑頂了，於是他深深吸了最後一口氣，游進裂縫裡。就算他死了，也從來不曾有任何人比他死得更靠近天堂。

裂縫有好幾公尺深。一穿過裂縫，希拉倫雙手忽然摸不到岩石，雙手雙腳在水中胡亂揮舞。有那麼一剎那，他感覺似乎有一股水流在推動他，但過了一會兒，他又無法確定那是不是水流。四周一片漆黑，他再度感覺到那種失去方向的茫然，就像當初剛靠近天頂時的感覺一樣。他摸不清方向，甚至分不清上下。他在水裡猛推雙手，猛踢雙腿，可是卻不知道自己有沒有在動。

他感到好無助。他有可能是在靜止的水裡漂流，也有可能是被急速的水流捲著走。他唯一感覺得到的，就是奇冷刺骨，冷得全身僵硬發麻。他一直看不到光。難道這個水庫沒有他可以浮上去的水面嗎？

後來，他終於碰到石頭了。他伸手去摸，感覺到石面上有一道裂縫。難道他又回到原點了嗎？水流的力量正把他拖進裂縫，而他卻無力掙扎。接著，他被吸進裂縫，進入一條長長的坑道，身體在坑道壁上擦撞。那條坑道好深，感覺像是一條他生平碰過最深的礦坑。他感覺自己的肺快爆炸了，而那條坑道卻還漫無止境。後來，他終於憋不住氣了，肺裡的最後一口氣逐漸從嘴巴冒出來。他快淹死了，無邊的黑暗彷彿正逐漸吞噬他的肺。

這時候，坑道忽然變開闊，一道急速的水流把他拖著走，接著他感覺自己浮出水面，水面有空氣！然後，他就失去知覺了。

．．．

醒來的時候，希拉倫臉貼在石頭上。他什麼都看不見，但感覺得到手泡在水裡。他翻身仰躺，呻吟了幾聲，雙手雙腿都在痛。他衣服全磨爛了，渾身赤裸，全身不是皮破血流，就是被水泡得皮膚起皺。然而，他畢竟能呼吸了。

好一會兒，他終於站得起來了。水從他腳邊快速流過。他往某個方向跨出一步，發覺水變深，於是轉身往反方向跨出另一步，踩上去，發覺石頭地面是乾的，而且感覺得出來，那是頁岩。

四下一片漆黑，感覺像是置身在沒有火把的礦坑裡。他用破了皮的指尖摸索著地面前進，爬著爬著，感覺坡度陡然升高，變成一面牆。他像隻瞎了眼的動物一樣，在地上慢慢來回爬來爬去，突然間，他發現水是從哪裡來的了。地面上有個洞口。他想起來了！他原本在水庫裡，後來從這個洞口噴出來。然後他又繼續在地上爬了好幾個鐘頭。如果這裡是個洞穴，這洞穴一定大得嚇人。

後來，他爬到一個地方，地面漸漸變成斜坡。這裡有路通到上面嗎？說不定爬上去就是天堂了。

希拉倫繼續爬，不知道自己爬了多久，而他就只是一直爬，已經不在乎自己還記不記得剛剛的路線，因為如果忘記了，他就沒辦法回到原來的地方。一路上，他遇到幾條坑道，只要是往上的坑道，他一定爬進去。有時候碰到往下的坑道，如果沒有別的路可以選，他還是一樣會爬進去。先前淹在水裡，他不知道自己喝了多少水。應該是多到難以想像。可是現在，他又覺得渴了，而且很餓。

後來，他終於看到光了。他立刻拔腿狂奔，衝出坑口。

那光線好刺眼，逼得他緊緊閉上眼睛。他跪倒在地上，握著拳頭遮住臉。那是耶和華身上的光芒嗎？他的眼睛承受得了那種光嗎？過了幾分鐘，他終於睜開眼睛，發現眼前是一片沙漠。他回頭去看，後面是連綿的山脈，剛剛他就是從山腳下的一個洞穴裡爬出來的。眼前的沙漠遍佈著岩石和黃沙，連綿無盡直到遠處的地平線。

難道天堂看起來和大地一模一樣？難道耶和華住在這種地方？也許這裡只是另一個國度，只是耶和華創造的整個宇宙的另一個部份。這裡只是他的世界上面的另一片大地，而耶和華住在更高的地方。

希拉倫瞇起眼睛看著那片黃沙滾滾的大地，看到遠處的地平線上有一個隊伍在緩緩移動。那是商隊嗎？

他朝那個方向跑過去，邊跑邊大喊。他的喉嚨已經嘶啞，但還是聲嘶力竭的大喊，直到自己喘不過氣來。隊伍最後面那個人影看到他了，立刻叫全隊停下腳步。希拉倫一直朝他們跑過去。

那個人影似乎是人類，不是神，穿著打扮看起來就像是在沙漠旅行的人。那個人舉起手上的水袋。水希拉倫拿起水袋猛喝，直到喝不下去才停下來一直喘氣。

後來，他把水袋還給那個人，喘著氣問：「這是什麼地方？」

「你碰上強盜了嗎？我們要去烏魯克。」

希拉倫瞪大眼睛看著他，氣得大喊：「你敢騙我！」那個人立刻往後退，打量著希拉倫，以為他是被太陽曬到發瘋了。這時隊伍裡有另一個人走過來，看看怎麼回事。希拉倫又大喊：「烏魯克在示拿平原啊！」

「沒錯。你不是要去示拿平原嗎？」那個人站到他伙伴旁邊。

「我是從——我在——」希拉倫說到一半停住了，然後問：「你們知道巴比倫嗎？」

「噢，你就是要去巴比倫嗎？那裡在烏魯克北方，路很好走。」

「巨塔。你們知道那座巨塔嗎？」

「當然知道。那是通往天堂的巨柱。聽說已經有人正在塔頂上鑿穿天頂。」

希拉倫跌坐在地上。

「你還好嗎？」商隊那兩個人交頭接耳竊竊私語，然後跑回去和隊上的人商量，然而希拉倫根本沒在看他們。

他竟然在示拿平原上。他竟然又回到地面了。他穿越了天堂的水庫，結果又回到地面。難道是耶和華把他送到這裡，以免他爬到更高的地方？然而，希拉倫並沒有看到任何跡象顯示耶和華注意到他。他並沒有看到耶和華展現甚麼神蹟，把他送到這裡。就他自己所知道的，他只不過是游泳穿越水庫，結果就到了剛剛的洞穴裡。

不知道為什麼，天頂竟然就在地面下，彷彿是相鄰的，然而，天頂和大地不是相隔幾十公里嗎？怎麼可能呢？相隔這麼遠的兩個地方，怎麼會連在一起？希拉倫拚命思索，想得頭都開始痛。

後來，希拉倫忽然想通了：這個世界就像一個滾筒印章，如果你把滾筒放在泥板上滾動，滾筒上的雕刻圖案就會印在泥板上，而那個圖案裡有兩個人形在滾筒上是連在一起的，可是印到泥板上，那兩個人形可能會出現在泥板的兩端。整個世界就像這樣的滾筒印章。人類以為大地和天堂是在泥板的兩端，中間是天空和星星，然而，整個世界卻是以某種奧妙的方式捲成圓筒狀，天堂和大地是連在一起的。

現在，他終於徹底明白，耶和華為甚麼沒有摧毀巨塔，為什麼沒有因為人類意圖脫離既定的疆界而懲罰他們。因為，在經過漫長的旅程之後，他們只是又回到了起點。幾百年來，他們歷盡千辛萬苦，想看到更多耶和華所創造的一切，沒想到，這整個世界依然是他們已知的世界。然而，經由他們的努力，人類終於見識到耶和華的鬼斧神工，見識到耶和華創造的世界是何等的神奇奧妙。透過這樣的結構，耶和華創造的世界被展現出來，同時也被隱藏了。

這樣，人類就會知道自己在宇宙間的地位。

希拉倫掙扎著站起來。他太過驚嘆，不由得兩腿發軟。他搖搖晃晃走過去找商隊的人。他要回巴比倫。說不定他還會再見到李嘉頓。他要傳話給塔頂上的人，告訴他們，這世界是什麼形狀。

智慧的界線

那是一層冰，我的臉貼在底下摩擦著，感覺很粗糙，不過倒不覺得冷。手沒地方抓，手套老是滑掉。我看見有人在冰上跑來跑去，可惜他們都無計可施。我猛揮拳頭拚命想把冰敲碎，可是手臂在水裡動作好慢，而且我的肺好像快爆炸了，意識越來越模糊。我感覺自己彷彿正在溶化——

我忽然驚醒過來，驚叫個不停，心臟怦怦狂跳。老天！我掀開毯子坐在床沿。

先前，我記不得當時的情景，只記得掉進了結冰的水面。醫師說我的記憶被壓在腦海的思維深處。現在我想起來了，這是我生平最恐怖的噩夢。

我雙手緊緊抓住羽絨厚被，渾身顫抖。我努力讓自己冷靜下來，放慢呼吸，可是卻忍不住一直啜泣。夢裡的感覺太真實了：原來死亡就是這種感覺。

我困在水裡將近一個小時，等到被人救出來的時候，我差不多已經變成植物人了。現在我已經復原了嗎？這是醫院第一次用他們研發的新藥來治療大腦嚴重受損的病人。新藥有效嗎？

・・・

我一直做噩夢，同樣的噩夢一次又一次，到第三次驚醒過來，我知道自己再也睡不著了。於是接下來的幾個小時，我輾轉難眠提心吊膽，一直熬到天亮。治療的結果就是這樣嗎？我是不是快發瘋了？

明天要去醫院找住院醫師做每週一次的例行檢查。希望他能解答我的疑問。

・・・

我開車前往波士頓市中心，再過半個鐘頭就能讓胡伯醫師替我檢查了。診療室的黃色屏風後面有一張輪床，我就坐在床上。有一面牆上伸出一面螢幕，正面朝上，大概在腰部的高度，視域角度調整得很窄，從我的角度看去是一片空白。醫師在鍵盤打字，可能正要調出我的檔案，然後開始幫我做檢查。他拿著筆形手電筒檢查我的眼球時，我告訴他我做了噩夢。

「李昂，發生那次意外之前有做過噩夢嗎？」醫師邊問邊掏出一把小鎚子，敲敲我的手肘、膝蓋和腳踝。

「從來沒有。這是藥的副作用嗎？」

「沒有任何副作用。荷爾蒙K療法能夠讓大量的受損神經細胞再生，對你的大腦來說，這是很大的變化，大腦必須大幅自我調整才有辦法適應這種變化。你做噩夢可能只是大腦在自我調整的現象。」

「這種現象會永久持續下去嗎？」

「應該不會。」他說。「等大腦適應了所有的這些傳輸通道之後，你應該就沒事了。來，你用食指摸摸鼻尖，然後再摸摸我的手指。」

我遵照他的指示做了那些動作。接下來他叫我用每一根指頭快速和拇指碰觸，然後又要我走直線，彷彿警察在測試我有沒有酒後駕車。然後，他開始問我問題。

「一般的鞋子是由哪些部分組成的？」

「鞋底、鞋跟、鞋帶，呃，還有用來穿鞋帶的孔叫做……鞋眼，還有鞋舌，就是鞋帶下面那片……」

「很好。接下來，你跟著我唸這幾個數字：39174……」

「……62。」

胡伯醫師嚇了一跳。「你說什麼？」

「3917462。我還在住院的時候，你第一次幫我做檢查就是用這幾個數字。看樣子，你常常用這幾個數字來測試病人對吧。」

「我不是要你把它背下來，這幾個數字是用來測試即時記憶的。」

「可是我並不是硬背下來的。你一說我就記住了。」

「那麼，你記得我第二次幫你檢查的時候說的那幾個數字嗎？」

我停頓了一下。「4081592。」

他又嚇了一跳。「大多數人如果只聽一遍，是不可能記得住這麼多數字的。你是刻意記住的嗎？」

我搖搖頭。「沒有，我連電話號碼都懶得記，一直用自動撥號。」

他站起來走到一台電腦終端機前面，敲了幾個數字鍵。「再試試這幾個數字。」他讀了一串十二位數，我立刻跟著唸出來。「你能倒過來背嗎？」我又倒背出來。他皺起眉頭，開始在鍵盤上打字，在我的檔案裡輸入一些資料。

• • •

我在精神科的測驗室裡，坐在一台終端機前面。胡伯醫師通常都在這裡幫病人做智力測驗。有一面牆上嵌著一面小小的鏡子，後面可能裝著監視器。說不定監視器現在正在錄影，於是我朝鏡子笑一笑，揮揮手。每次我到自動櫃員機提款，總是會對藏在機器裡的監視器微笑揮手。

胡伯醫師走進來，手上拿著一份我的測驗結果。「嗨，李昂，你的測驗結果……非常好。兩項測驗的總體百分比排名，你都超越了99%的人。」

我驚訝得下巴都掉下來。「你在開玩笑嗎？」

「不是不是。」他自己都覺得有點難以置信。「這個分數並不是代表你答對了多少題，而是代表比起一般人——」

「我知道那是什麼意思。」我心不在焉的說。「唸高中的時候他們也幫我們做過智力測驗，當時我的排名只有70%。」可是現在，99%。我拚命想，自己到底有什麼地方顯示出高智商。高智商是什麼樣的感覺？

他坐到桌上，眼睛還盯著列印出來的資料。「你沒有上過大學吧？」

他這句話引起了我的注意。「上過，只不過沒畢業，因為我對教育的看法和教授不太一樣。」

「我明白了。」說不定他會以為我是當掉被退學的。「嗯，顯然你後來進步很多。這有一部份是因為你年紀大了，智商自然會慢慢提高，不過最主要的原因是荷爾蒙K治療的成果。」

「這種副作用可真神奇。」

「你先別太興奮。測驗分數高並不代表你在現實生活中就一定能怎麼樣。」趁胡伯醫師沒注意，我翻了翻白眼。發生了這麼神奇的事，他卻只會說這些陳腔濫調。「我想再做一些測驗，進一步觀察你這個案例。你明天可以再來一趟嗎？」

・・・

我正在修整一張全像圖的時候，電話忽然響了。我猶豫了好一會兒，不知道該接電話還是繼續工作，但最後還是心不甘情不願的接了電話。我在編修東西的時候，通常都是讓答錄機去接，不過，現在我必須讓別人知道我又開始工作了。住院期間我流失了很多業務，這是自由業者必須承擔的風險之一。我拿起電話說：「葛雷克全像攝影公司，我是李昂葛雷克。」

「嗨，李昂，我是傑瑞。」

「嗨，傑瑞，什麼事？」我還在研究螢幕上那張圖：一對螺旋形齒輪，互相密合，象徵合作。我覺得那真是老套，偏偏客戶就是要用這個做廣告。

「今天晚上要不要去看電影？我和蘇還有陶莉要去看《金屬之眼》。」

「今天晚上？噢，不行。今天晚上我要去漢寧劇場看一場表演，是一個女演員的獨角戲，最後一場了。」齒輪牙表面有一些刮痕，看起來油油的。我把滑鼠遊標移動到輪牙表面，點了一下，然後輸入要調整的參數。

「那齣戲叫什麼？」

「《對稱》，是獨角詩劇。」我調整亮度，消除齒輪牙咬合處的一些陰影。「想一起去看嗎？」

「是莎士比亞風格的獨白嗎？」

調整過頭了：亮度太強，邊緣的色彩太亮了。於是我給反光強度設了上限。「不是，是一部意識流作品，四種韻律交替，抑揚格只是其中的一種。所有的評論家都說那是驚天動地的偉大作品。」

「沒想到你竟然是個詩歌迷。」

我又檢查了一次所有的數據，然後讓電腦重新計算咬合模式。「平常我沒那麼喜歡，不過這齣戲好像真的很有意思。想去看嗎？」

「謝了，我還是寧願去看電影。」

「那好，祝你們玩得開心。說不定下禮拜我們可以聚聚。」我們說了再見，掛上電話。我等著電腦結束計算。

這時，我忽然想到剛剛有點不太尋常。從前打電話的時候，我就沒辦法同時做好修圖的工作。這次我竟然能夠一心二用，而且毫不費力。

這樣的驚喜會不會永遠持續下去？現在我已經不會再做噩夢，心情也輕鬆多了，然後，我最先注意到的是，我閱讀速度變快了，理解力也變好了。書架上有些書我一直很想讀，可是卻找不出時間，現在我不但都讀了，就連那些更艱深的技術資料也讀得懂了。從前唸大學的時候，我就接受了一個事實：我感興趣的東西很多，可是卻沒辦法每一樣都去研究，現在發現自己好像有可能做到，真令人振奮。前幾天我買了一大堆書回來的時候，真的非常開心。

現在又發現自己能夠一心二用，同時做好兩件事，這是從前的我根本不敢想像的。我忍不住在書桌前站起來大喊大叫，好像我心愛的棒球隊剛剛意想不到的打出滿貫全壘打。就是這個感覺。

．．．

神經科主任薛伊接管了我的病歷，可能是想搶功勞吧。我幾乎不認識他，但他那副模樣卻彷彿我是他多年的老病號。

他請我到他的辦公室談話。他問我問題的時候，雙手十指交叉，手肘撐在桌上。「現在你智商變高了，感覺怎麼樣？」

真是個蠢問題。「當然很高興。」

「很好。」薛伊醫師說。「到目前為止，我們沒有發現荷爾蒙K的治療有任何負面的後果。那次事故造成的大腦受損，並不需要進一步治療。」我點點頭。「不過，我們正在進行一項研究，想進一步瞭解荷爾蒙對智力的影響。如果你願意的話，我們想再給你打一針荷爾蒙，然後觀察後續的效應。」

這番話突然引起我的注意。終於有精彩的東西可以聽了。「我願意。」

「你應該明白，這純粹是為了研究，不是治療。也許那會對你有好處，提高你的智力，不過，從醫療的角度來看，以你的健康狀況，其實已經不需要再追加注射了。」

「這我明白。接下來，我應該要簽一份同意書吧。」

「是的。另外，因為你參與研究，我們還可以付你一些酬勞。」他說了一個數字，但我幾乎沒在聽。

「這樣很好。」我忍不住開始想像注射後會出現什麼結果，那對我會有什麼影響。我感覺到一股興奮的戰慄流竄我全身。

「另外我們還必須要求你簽署一份保密協定。顯然這種藥的效果非常令人振奮，不過，目前時機還沒成熟，我們不想太早對外公佈。」

「那當然，薛伊醫師。另外，先前還有別人追加過注射嗎？」

「當然有。放心，我們不會把你當實驗品。我向你保證，這種藥從來沒有出現過任何副作用，絕對無害。」

「那麼，這種藥在他們身上產生了什麼效果？」

「最好還是不要給你任何暗示，不然你就會想像自己體驗到我所提到的那些現象。」

薛伊那種例行公事的回答，一副他對病人心理瞭如指掌的樣子。於是我繼續追問：「你至少可以告訴我他們的智力提昇了多少吧？」

「這因人而異。你不能把別人的經驗套在自己身上。」

我強忍著不露出失望的表情。「好吧，薛伊醫師。」

⋯

就算薛伊不肯告訴我關於荷爾蒙K的資訊，我自己也查得到。我用家裡的終端機登入資訊網路。我進入美國食品藥品管理局的公共資料庫之後，開始仔細閱讀他們目前收到的新藥臨床實驗申報資料。我發現，任何新藥都必須提出申請，審查通過之後才能進行人體實驗。

荷爾蒙K的人體實驗申請是索瑞森藥廠提出的，這家藥廠正在研究可以促使中樞神經系統細胞再生的合成荷爾蒙。資料庫裡有很多藥物實驗報告，對象包括失氧狀態下的狗、狒狒。所有的動物都徹底痊癒了。這種藥毒性很低，通過長期觀察，沒有出現任何有害的結果。

大腦皮層採樣的結果令人振奮。大腦受損的動物長出了新的神經細胞，而且新細胞具有更多樹突，然而健康動物服藥後大腦卻沒有變化。研究人員的結論是：荷爾蒙K只更新受傷的神經細胞，並不更新健康的神經細胞。對於大腦受損的動物，新生的樹突似乎並沒有危害。正子電腦斷層掃描的結果顯示，大腦的新陳代謝沒有顯示出變化，而動物在智力測驗中的表現同樣沒有變化。

索瑞森公司的研究人員在人體臨床實驗申請資料中提出的方案是，先在健康的人身上實驗荷爾蒙K，然後再將實驗範圍擴大到其他幾種病人：中風患者、阿茲海默症患者，以及像我這種長期處於植物人狀態的病人。我沒辦法進入病歷檔案查看實驗進展，因為就算試驗對象都是匿名，依然只有進行實驗的醫師才有權查閱病歷檔案。

對動物進行研究還是無法解答一個問題：人類的智力是如何提高的？合理的猜測是：智力提

高的程度與荷爾蒙催生的神經細胞數量成正比，而新生細胞數量的多寡又必須先看大腦受傷的程度有多嚴重。這有可能意味著，深度休克的病人智力會提昇最多。當然，我必須先瞭解其他病人的進展才能證實這個理論，而這需要時間。

下一個問題是：智力提昇會不會停止？多注射荷爾蒙能不能進一步提高智力？我必須搶先醫師一步，提前知道答案。

．．．

我並不緊張：事實上我感覺非常放鬆。我就是趴著，慢慢呼吸。我感覺得到背部已經麻了，因為他們幫我做了局部麻醉，然後在我的脊髓裡打了一針荷爾蒙K。這種藥不能靜脈注射，因為荷爾蒙無法經由血液進入大腦。這是我記得的第一針，而先前打的那兩針是聽別人說我才知道的。打第一針的時候我還昏迷不醒，打第二針的時候雖然醒了，可是卻還沒有認知能力。

．．．

我又做了更多噩夢。這些夢並不全都那麼可怕，但卻是我做過的夢裡最古怪最離奇的，而夢裡的東西都是我沒見過的。我常常在床上翻騰扭滾揮舞手腳，驚叫著醒過來。不過這次，我知道這些噩夢都會過去的。

・・・

目前，醫院裡有好幾位心理學家在研究我。看著他們如何分析我的智力，是一件十分有趣的事。其中一位醫師負責觀察我的各種技能發展，包括學習能力、記憶力、應用能力與應變能力。另一位醫師則從數學和邏輯推理的角度觀察我，例如語言交流能力和空間想像力。

這一切讓我回想起大學時代。當年我就注意到，這些所謂的專家，每個人都有一套自己偏愛的理論，每個人都在斷章取義，扭曲證據。現在這些人比從前那些專家更難讓我信服，從他們身上我還是學不到任何東西。他們這種分門別類的觀察方式根本分析不出我真正的能力。因為，不需要否認——我樣樣精通。

我什麼都學，從新型的方程式到外語語法，甚至連引擎的操作原理都學。而無論學什麼，我都能夠徹底融會貫通，靈活運用。無論學什麼，我都不必死背公式原理，然後死板板的應用。我看得到系統的整體運作，看得到它們的本質。當然，我不會放過任何細節，也清楚每一個步驟，不過，我幾乎靠直覺就能掌握這一切，不需要絞盡腦汁。

・・・

滲透電腦的安全措施實在簡單得令人感到無聊。我知道有些人為什麼會覺得這種事是一種誘惑，因為他們覺得那是一種智力上的挑戰，但事實上，那根本談不上什麼智力上的美感。就好像，面對一幢鎖著門的房子，你一扇扇去撞門，直到你找到一扇沒鎖好的。這種方法有用，可是卻談不上什麼樂趣。

滲透食品藥品管理局的機密資料庫是很容易的。我用醫院牆上的一台電腦來操作，執行他們的訪客資料程式，查出地圖和醫護人員表。接著我進入系統破解了那個程式，編了一個誘餌程式模擬出一個假的登錄首頁。然後那台電腦就用不著了。後來，終於有一位負責診療我的醫師走過來查一份文件。她在假首頁上登錄，誘餌程式拒絕了她的密碼，接著真正的首頁才跳出來。那位醫師又登錄了一次，這次成功了，不過她的密碼已經留在我的誘餌程式裡。

我用她的密碼進入食品藥品管理局病人檔案資料庫，開始查閱。第一階段的臨床實驗對象是健康的自願者，荷爾蒙沒有效果。目前正在進行的第二階段臨床實驗就完全不一樣了。我看到八十二名病人的每週報告，每一位病人都用一個數字表示，而且每一位病人都採用荷爾蒙K治療，其中大多數是中風或者阿茲海默症患者，另外有些是昏迷症。最新的報告證實了我的預料：大腦受損越嚴重的人智力提高愈多。正子電腦斷層掃描顯示，大腦新陳代謝的功能增強。

可是，為什麼動物的智力沒有提高呢？我認為問題可能出在腦神經突觸的臨界數量。動物的突觸數量沒有達到臨界數量，牠們的大腦只能進行非常有限的抽象思考，所以多餘的突觸對它們來說是沒有用的。而人類的神經突觸超過臨界數量，大腦具有完整的自我意識，因此他們可充分使用新的突觸。記錄上顯示的就是這種現象。

最令人興奮的，是那些剛開始進行的調查性研究的記錄，研究的對象是幾個自願者病患。記錄上顯示，追加注射荷爾蒙確實進一步提高了智力，但最後還是取決於大腦受傷的程度。輕度中風的病人的智商並沒有提升到天才的等級，而受傷嚴重病人的智商卻大幅度提升。

一開始就處於深度昏迷狀態的病人當中，目前只有我打了第三針。我形成的新突觸比先前任何一個接受研究的人都多得多。至於我的智力會提高到什麼程度，沒有人能夠預料。每當我想到這個，心臟都會怦怦狂跳。

幾個禮拜過去了，和醫生玩遊戲感覺越來越無聊。他們彷彿把我當成一個學識淵博的白癡，一個顯示出高智商跡象的病人，但就只是個病人。在那些神經病學家的眼裡，我只不過是一個實驗品，用來做正子電腦斷層掃描，偶爾注射一小瓶腦脊液。心理學家們能夠藉由談話瞭解一些我的思維，然而，他們先入為主的把我當作一個從昏迷深淵中逃出來的人，一個得到上天恩賜的天賦卻又搞不清楚狀況的平凡人。

其實正好相反，真正搞不清楚狀況的人是那些醫生。他們認定藥物無法改善我在現實生活中的能力，我的能力只存在於智力測驗所界定的數據世界裡，所以他們不想浪費時間認真面對我的智商。問題是，智商的標準是凡人設定的，而且設得太低，而我的分數遠超過最高標準，他們根本沒有參考座標可以衡量，根本不懂我的智商代表什麼意義。

當然，我的腦子正在經歷一場巨變，我的智商只是浮出水面的冰山一角。真希望有個醫生能夠感覺到我的大腦裡正在發生的一切。我完全意識到從前錯過了多少資訊，而這些資訊的用途多到難以想像。我的智商不只是實驗室裡的奇蹟，而是實用的、有效的。我擁有近乎完美的記憶力、舉一反三的聯想力，能夠迅速判斷形勢，採取最正確有效的行動達到目的，毫不猶豫。現實生活中沒有任何東西難得倒我，只剩下理論問題還算是個挑戰。

‧‧‧

無論研究什麼東西，我都能夠一眼就看出其中的模式。任何東西，不管是數學、科學、藝術、音樂、心理學、還是社會學，我都能夠掌握那奧妙的整體結構。讀書的時候，我忍不住會想到那些作者，他們舉步維艱的從一個論點慢慢走到下一個論點，歷盡千辛萬苦尋找他們看不見的內在聯繫。他們就像一大群看不懂樂譜的人，偏偏要分析巴哈的大提琴奏鳴曲的總譜，拚命想解釋一個音符如何發展到下一個音符。

天地萬物的內在模式真是太壯觀了，我渴望瞭解更多模式。還有太多的模式正等待我去發掘，找出那最高層次的整體結構。然而，我對那種結構一無所知。如果那種結構是一首巨大浩瀚的交響曲，那麼，我所了解的那些零散資訊，就只不過像是幾首小小的奏鳴曲。我不知道這種結構未來會發展出什麼，也許，等時候到了我就會知道。我渴望發現它們，體會它們。這種渴望遠超過我從前對其他任何事物的渴望。

⋮

有個醫生來看我，他叫克勞森。他和別的醫生不太一樣。從他的態度看來，他應該很慣於在病人面前表現得很隨和，可是今天卻好像有點不自在。他努力想裝出和藹可親的樣子，卻顯得彆扭，其實，他應該像其他醫生一樣敷衍病人，或許還比較自然一點。

「李昂，這次的測驗是這樣的，這裡有一些假設的狀況，每種狀況都有一段說明，有一個必須解決的難題。你先讀完那些說明，然後再告訴我你打算怎麼解決那些難題。」

我點點頭。「這種測驗我做過。」

「好，那就好。」說著他在電腦裡輸入一個指令，我面前的螢幕上立刻就出現了一些文字。我讀了之後發現，那段文字描述了一種狀況，要求你擬定工作計畫，排出處理流程的優先順序。很異乎尋常的是，那是一種真實生活中所面臨的問題，絕大多數研究人員會覺得這種測驗很難客觀的打分數。我想了一下才回答，不過這樣的回答速度還是讓克勞森感到驚訝。

「非常好。」他在鍵盤上敲了一個鍵。「再試試這一題。」

我們繼續測驗了好幾種狀況。讀到第四個狀況的時候，我注意到克勞森刻意表現出一種超然客觀的態度，不想讓我知道他對這個問題有私人的特殊興趣，不過我看得出來他顯然很想知道我會怎麼回答。這個狀況描述一個組織內部的權力鬥爭，組織成員為求升遷展開激烈競爭。

那一剎那，我立刻就明白克勞森是什麼來頭。他是政府的心理學家，很可能是軍方的人，更有可能是中央情報局研發部門的人。這次測驗的目的是為了評估荷爾蒙K的潛力，是否有可能用來培養軍事戰略人員。所以，這就是為什麼他和我在一起會顯得不自在，因為他習慣和服從命令的軍人和政府人員打交道。

有可能中央情報局想把我扣留下來做更多試驗。他們很可能也評估了其他病患的表現，也打算把他們扣留下來進行同樣的試驗。接下來，他們會從中情局的人員挑選志願者，讓他們的大腦缺氧，再用荷爾蒙K進行治療。我當然不想變成中央情報局的資產，問題是，我目前展現出來的能力已經足以挑起他們的興趣。所以接下來，我勢必要裝傻，答錯這一題。

於是我回答的時候選了一個很差勁的行動方案，令克勞森感到很失望。儘管如此，我們還是繼續測驗。我讀文字說明的時間越來越長，反應也越來越遲鈍。我注意到在一些無關緊要的考題中出現了兩個關鍵問題，一個是如何避免被一家充滿敵意的公司接管，另一個是如何動員人民阻擋一座火力發電廠的興建。這兩題我都答錯了。

測驗一結束，克勞森就讓我離開了。他已經開始盤算要如何寫推薦報告。如果我展現出自己的真實能力，那麼中央情報局會立刻吸收我。我那種前後不穩定的表現應該會讓他們不再那麼迫切，但不會改變他們的心意。荷爾蒙K的潛在利益，誘惑實在太大，他們不會輕易放棄。

我的處境忽然面臨劇烈的轉變。如果中央情報局決定把我扣留下來做實驗，我根本沒有什麼選擇的餘地。我必須想出計劃對付他們。

・・・

四天後，薛伊被我嚇了一跳。「你說你想退出研究!?」

「是的，我想立刻退出，我打算回去工作。」

「如果是錢的問題，我相信——」

「不，不是錢的問題。我只是受不了這些測驗了。」

「我知道測驗久了會讓人覺得很累，不過我們學到了很多東西，更何況，我們很感激你的參與，李昂。這不光是——」

「我知道你們從這些測驗裡學到了多少東西。不過我已經打定主意，不想再繼續下去了。」

薛伊還想勸我，我打斷他的話。「我知道我還是必須遵守保密協議，所以，如果需要我簽什麼文件確認，那就寄給我好了。」我站起來走向門口。「再見，薛伊。」

‧‧‧

兩天後，薛伊打電話給我。

「李昂，你一定要趕快回來檢查。我得到消息，在另一家醫院接受荷爾蒙K治療的病人出現了副作用。」

他在說謊。這種事絕對不會在電話裡說。「什麼副作用？」

「視力喪失。視神經過度生長，而且迅速退化。」

一定是中央情報局知道我退出研究，所以下達命令要他把我找回去。如果我回醫院，薛伊就會宣稱我精神異常，把我留下來監護，然後，他們就會把我轉送到政府的研究機構。

我假裝很緊張。「我馬上就來。」

「那就好。」薛伊似乎鬆了一口氣，以為我相信他的話。「你一到，我們馬上就幫你檢查。」

我掛掉電話，打開電腦，進入食品藥品管理局的資料庫搜尋最新資訊。裡面並沒有提到任何會危害視神經或身體其他部位的副作用。我並不排除將來有可能出現這類的副作用，不過，我自己會留意。

該是離開波士頓的時候了。我開始收拾行李。離開的時候，我會領光銀行裡所有的存款。賣掉工作室的設備可以換來更多現金，可是大部分的設備都太大，運不走，所以我只好帶走幾台最小的。就這樣忙了幾小時後，電話又響了。這次，我讓自動答錄機接電話。

「李昂，你在家嗎？我是薛伊醫師。我們等你好久了。」

接下來他一定會再打一次電話，如果再看不到我，他就會派穿白袍的男看護來，或是乾脆派警察來把我帶走。

・・・

晚上七點三十分，薛伊還在醫院裡等我的消息。我的車子停在醫院對面。我發動車子倒車出來。接下來，他隨時可能注意到我悄悄放在他辦公室門底下的信封。一拆開信他就會知道是我寫的。

你好，薛伊醫生：

我猜你正在找我。

他會嚇一跳，但只是一下子而已，他會馬上冷靜下來，緊急通知警衛搜查整棟大樓找我，並且把每一部正要離開的車都攔下來檢查。然後，他會繼續讀那封信。

我知道你叫了幾個彪形大漢看護到我家裡，現在你可以叫他們走了，我不想浪費他們寶貴的時間。你可能已經決定通知警察對我發出通緝令，所以我自作主張在警察的電腦裡放了一個病毒，只要有人想檢查我的車牌號碼，這個病毒就會把我的檔案換成別人的資料。當然，你還是可以向警方詳細描述我開的車，只不過你連我的車長什麼樣子都不知道，不是嗎？

李昂

他會通知警察，讓警方的程式設計師對付病毒。他會分析我的心理，得到一個結論：我有自我優越感情結，因為我信中流露出傲慢的語氣，還冒著不必要的風險回到醫院送信，而且毫無必要的暴露了一個本來不會被發現的病毒。

只可惜，薛伊會上當。我策劃這些行動，就是故意要讓警方和中央情報局低估我的能力，這樣一來他們就不會對我採取必要的防範措施。警方的程式設計師清除掉我安裝的病毒之後，會認為我的程式設計技術雖然還不錯，但還談不上多厲害，於是他們就會重新安裝備份資料，找出我真正的車牌號，只不過，這會啟動第二個病毒，而這個病毒就複雜多了，它會變造備份資料，同時啟動現有的資料庫。警方會很得意，以為自己查到了真正的車牌號碼，結果卻是浪費時間去追查錯誤的對象。

我的下一個目標是再弄到一小瓶荷爾蒙K。只可惜這樣一來，中央情報局就會發現我真正的本事。如果我沒有送那封信，警方過些時候仍然會發現我的病毒，到那時候，他們就會採取天衣無縫的嚴密措施來清除病毒。這樣一來，我可能就沒辦法從他們的檔案裡抹掉我的車牌號碼了。現在我住進了一家飯店，開始用客房裡的資訊網路電腦進行下一階段的工作。

・・・

我侵入食品藥品管理局的機密資料庫，查出荷爾蒙K實驗對象的地址，還有管理局內部的通訊資料。他們發佈命令，暫停荷爾蒙K的臨床實驗，在命令取消之前不得再進行任何實驗。不過中央情報局堅持要先抓住我，評估我到底有多大的威脅，在此之前，他們不准管理局採取任何行動。

食品藥品管理局要求所有的醫院用快遞退回剩餘的荷爾蒙K，所以我必須搶先弄到一瓶。距離我最近的病人在匹茲堡，於是我預訂了一張隔天一大早飛往匹茲堡的機票。我查了一下匹茲堡的地圖，然後請賓夕法尼亞快遞公司到匹茲堡市中心一家投資公司取一個包裹。最後，我連線到一台超級電腦，登錄使用幾個小時的中央處理器。

⋮

我坐在一輛租來的車子裡，停在一棟摩天大樓轉角。我外套口袋裡有一小片附帶鍵盤的電路板。等一下快遞就會從那條馬路過來，我朝那個方向望過去，看到路上的行人有一半都戴著白色口罩，不過空氣還算乾淨，看得很清楚。

沒多久，有一輛新型的廂型車從兩個十字路口遠的地方開過來，車身側面有「賓夕法尼亞快遞公司」的字樣。那是一般車款，不是高保安規格的車款，看樣子，管理局對我沒什麼戒心。我下車走向摩天大樓。廂型車一轉眼就到，司機停好車走出車子。他一走進大樓，我立刻就鑽進車裡。

廂型車是直接從醫院開來的。司機正要去四十樓，到一家投資公司取一件包裹，至少要四分鐘後才會回來。

車廂地板上焊著一口大型保險箱，門和外殼都是雙層鋼板，門上有一塊光亮的面板，司機只要把手掌按在面板上，保險箱就會自動打開。面板側面有一個連線插槽，用來輸入程式。

昨天晚上我早就事先侵入了盧卡斯防盜系統公司的服務資料庫。賓夕法尼亞快遞公司的掌紋鎖就是向這家公司買的。我在資料庫裡找到了一份加密檔案，檔案裡的密碼可以讓掌紋鎖原先的設定失效。

我必須承認，儘管侵入電腦只是雕蟲小技，沒什麼美感可言，但某些方面卻間接涉及非常有趣的數學問題。舉例來說，就算只是要破解一般用的加密方法，動用超級電腦也要花好幾年的時間。然而，有一次我研究數學理論的時候，發現了一種很可愛的技巧，可以分解極大的數字。有了這種技術，超級電腦在幾個鐘頭內就可以破譯這個密碼。

我從口袋裡抽出電路板，用電線連接到插槽上，輸入一個十二位數，保險箱的門立刻就開了。

・・・

當我帶著那瓶荷爾蒙K回到波士頓的時候，那件失竊案已經驚動食品藥品管理局。他們的反應是：管理局裡的任何一部電腦，只要是能夠透過網路連線的，裡面的相關檔案全部刪除。這在我預料之中。

於是，我帶著那瓶荷爾蒙K和隨身物品，開車前往紐約。

• • •

真沒想到，弄錢最快的方式竟然是賭博。賭馬太容易了。我在不驚動他人的狀況下就弄到了一小筆錢，然後投資到股市來維持生活。

我住在一棟公寓裡。這是我在紐約附近能找到的最便宜的公寓，配有資訊網路。我用了好幾個化名投資股市，而且定期改變化名。我打算在華爾街待一段時間，這樣我就能夠仔細觀察經紀人的肢體語言，藉此找出高收益的短期投資機會。每個禮拜我頂多去股市一次，因為我還有更重要的事要做。現在我最有興趣的，就是探索出萬事萬物的整體結構。

• • •

我的智力越來越高，控制身體的能力也越來越強。如果你以為，人類在演化的過程中雖然發展出智力，可是卻付出了體能下降的代價，那你就誤會了，因為人的身體是腦在驅動的。雖然我的體力並沒有增加，但身體的協調能力卻遠超過一般的水準，甚至左右手都變得一樣靈活。此外，由於我能夠全神貫注，所以我能夠有效的控制自己的身體機能。我只是略微練習了一下，就已經能夠提高或者降低我的心跳和血壓。

．．．

我寫了一個程式來執行一種搜尋模式，在網路上搜尋我的臉部照片，或是搜尋和我名字有關的任何事件。然後，我把這個程式併入一個病毒，掃描資訊網路上所有公開顯示的檔案。中央情報局會在全國的網路新聞簡訊上展示我的照片，宣稱我是很危險的在逃精神病患，或是殺人犯。這個病毒會把我的照片變成一片空白。我把一個類似的病毒輸入食品藥品管理局和中央情報局的電腦，搜尋全國各警察局的電腦，找出被下載到電腦裡的我的照片。他們的程式設計師對這些病毒根本無計可施。

此刻，薛伊和另外幾個醫生一定正在和中央情報局的心理學家一起討論，猜測我的下落。我父母都已經過世了，所以中央情報局一定會把注意力轉移到我的朋友，盤問他們我有沒有和他們聯絡。情報局會監視他們，以防我和他們接觸。情報局一定會認為，這樣侵犯民眾的隱私是不得已的，因為事態緊急。

中央情報局不大可能為了找出我的下落就讓特工注射荷爾蒙K，因為具有超級智商的人太難控制了，我自己就是一個例子。不過我要密切注意其他病患，因為政府說不定會決定徵召他們。

‧‧‧

我不費吹灰之力就能看穿社會眾生。我走在街上，看著大家各忙各的，雖然他們都沒說話，我還是一眼就能夠看穿他們的心思。看到一對年輕情侶悠哉悠哉的慢慢走過，我一眼就看出來，其中一個陶醉在愛情裡，另一個卻只是迫於無奈。有一個商人的眼神越來越焦慮，因為他開始懷疑自己今天稍早之前是不是做了錯誤的決定，怕上司責怪。有一位婦女披了一件仿冒的華麗披風，可是有人正好穿著正牌的披風和她擦身而過，立刻相形見絀。

通常，只有成熟老練的人才知道自己該扮演什麼角色。在我看來，芸芸眾生就像在遊樂場裡玩耍的小孩，看他們煞有其事的冒充大人，看了真覺得好笑。可是回想起來，當年我自己不也是這樣嗎？想到這個不免有點尷尬。其實，他們的所作所為符合他們的凡人身份，只是現在我已經無法忍受加入他們的行列。我已經長大成人，告別了小孩的世界。當然我也會應付凡人的世界，但那只是為了養活自己。

・・・

每個禮拜我吸收到的知識，從前都需要好幾年才學得完。我把這些知識組合成越來越大的內在模式。有史以來，從來沒有人能夠用我這樣廣闊的視野來檢視人類的知識體系，人類學者從來沒有意識到的空白，我可以填補，並且在他們以為已經完整的地方補充新的內容。

自然科學的內在模式最清晰，例如物理學。如果你能夠從範圍和影響的角度去看物理學，不要侷限在基本力學的層面，你就會發現，物理學的統一性是相當迷人的。像「光學」或「熱力學」這樣的分類只不過是一種束縛，導致物理學家看不到不同學科間的縱橫交錯。撇開抽象的美感不談，純粹從應用的角度來看，物理學上被忽視的領域多到難以想像，比如人造球面對稱重力場，工程師早在好幾年前就應該製造出來了。

雖然我知道要怎麼製造這樣的東西，但我絕對不會動手去做，因為那需要很多特製的零件，做起來費力又耗時，更何況，實際製造這種東西並不會讓我心滿意足，因為我早就知道它一定能運作，所以實際做出來對我沒有任何啟發作用，我無法藉由它來找出新的整體結構。

⋯

為了做實驗，我正在寫一首長詩，目前正寫到其中一段。一旦我完成第一詩章，我就能夠選擇一種方式把各種藝術中的模式結合起來。為了寫這首詩，我用了六種現代語言，四種古代語言，這些語言涵蓋了人類文明中許多重要的世界觀，每一種語言都提供了繁複的意義和詩情。把幾種不同的語言並列在一起是很賞心悅目的。每一行詩都同時包含了新語言，還有從逐漸消逝的古代語言中提煉出來的新意義。等整首詩完成的時候，你可以把它當成《芬尼根守靈夜》與龐德的《詩篇》的組合體。

⋯

中央情報局干擾了我的創作。他們正在佈置圈套想抓我。徒勞無功兩個月之後，他們終於承認用傳統調查方法是找不到我的，於是他們就採取更極端的手段。新聞報導說，有一個瘋狂殺人犯的女友遭到控告，說她幫助殺人犯，並且縱容他潛逃。那個女人名叫康妮派瑞特，去年和那個瘋子交往過一段時間。一旦進入審判，她一定會被判長期監禁。中央情報局的盤算是，我不會容許這種事發生，一定會策劃營救，然後我就會暴露行蹤，遭到逮捕。

康妮的預備聽證會明天就要召開了。他們會安排讓她可以被保釋，必要的時候可以找一個保人，讓我有機會和她接觸。然後，他們就會派便衣特工在她的住處四周埋伏，等我上鉤。

・・・

我開始在電腦螢幕上編修第一張照片。這些數位照片根本無法和全像圖相比，不過能用就好。照片是昨天拍的，畫面是康妮住的公寓大樓的外觀，大樓正對面的大街，還有附近的十字路口。我移動滑鼠的游標，在圖像上的某些地方畫了幾個小小的十字細線，標示地點，包括大樓斜對面的一扇窗戶，沒有燈光，但窗簾卻是敞開的，另外，大樓後面距離兩個街區的地方有一台自動販賣機。

我一共標出六個地點。這些地點就是昨天晚上康妮回家的時候他們埋伏的地點。他們有我在住院期間拍攝的錄影，知道我外貌舉動的各種特徵，知道如何在往來的男人或模糊的人影中尋找我：那個步伐不大、姿態充滿自信的人。只可惜，他們的盤算只會有反效果。我只需要拉長步伐，頭略微上下擺動，手臂的動作不要太大，再加上一身怪異的裝扮，就可以大搖大擺走過那一帶，他們根本不會注意到。

我在其中一張照片的下緣打了一些字，註明特工用來聯絡的無線電頻率，還有一個方程式。我在那個方程式裡分析了中情局用的不規則演算密碼系統。照片編修完之後，我把這些照片傳送給中央情報局局長，清清楚楚的「暗示」他：除非他撤走便衣特工，否則我就要他們的命。

我要逼中情局撤銷對康妮的起訴，要一勞永逸的阻嚇他們對我的干擾，因為我還很多工作要做。

・・・

我又看出了一種模式，但這一次和科學藝術的領域無關，而是平凡無奇的人間百態。我看了好幾千頁的報告、備忘錄、來往信件，每一頁都是一幅點彩畫中的一個小色點。我彷彿站在這幅全景畫前面慢慢往後退，看著線條和輪廓逐漸浮現，變成圖形。我過濾了數以兆計的資料，這些資訊記載的是一段我想調查的年代，不過，比起整個時代的完整紀錄，這些資料只是一個小片段，不過，已經夠用了。

我發現的都是一些很尋常的訊息，比偵探小說的情節簡單多了。中央情報局局長知道有一夥恐怖分子計畫要炸毀華盛頓特區的地鐵系統，但為了獲得國會批准採取極端手段打擊那夥恐怖分子，他放縱那些恐怖分子炸掉了地鐵。爆炸遇難者當中有一位是國會議員的兒子。於是國會批准中央情報局局長放手對付恐怖分子。雖然中情局的檔案記錄裡沒有直接提到他的計畫，但隱藏其中的蛛絲馬跡很清楚。相關的備忘錄只有拐彎抹角的提到，這些訊息混雜在汪洋大海般的無數瑣碎檔案中，若隱若現，如果國會某個調查委員會要審閱所有的檔案，證據一定會被雜亂的訊息淹沒。然而，只要好好分析過濾那些暗藏玄機的備忘錄，新聞界一定會相信。

我把那些備忘錄列了一張清單，寄給中情局局長，並附上一張紙條：人不犯我，我不犯人。他會明白他別無選擇。

這個小小的插曲加深了我對世事的看法：如果我隨時掌握時事，那麼，不管是什麼地方，只要有人策劃陰謀，都逃不過我的眼睛。不過，這些我都沒興趣，我要繼續我的研究。

‧‧‧

我對身體的控制能力日有進展。現在，只要我願意，我可以踩在炭火上行走，或是把針刺進手臂。然而，我對東方式修煉的興趣僅限於它對肉體控制上的應用。我可以達到冥想狀態，然而，當我從原始資訊中拼綴出整體結構，我的心智會處於一種難以形容的狀態，那種喜悅是冥想遠遠無法相比的。

・・・

我正在設計一種新語言。對我來說，傳統的語言已經達到極限，對我造成阻礙，讓我無法再持續進展。傳統語言無法表達我需要表達的概念，而語言本身也太含糊，使用很不方便。使用那種語言，連話都說不清楚，更別提什麼表達思想了。

現存的語言學理論沒有用處，我重新評估了基本邏輯，找出適合的語言元素，用來發展我自己的語言。我的新語言，有一部分將能夠和所有的數學語言相容，這樣一來，我所寫的任何數學公式都會有相對應的語言表達形式。另外，數學將只會是這種語言很小的一部分，並非全部。我和萊布尼茲不同的地方是，我了解數理邏輯的極限。這種語言的其他部分則將涵蓋我用來表達美學和認知理論的符號。這是一項耗時的浩大工程，但最後的成果將會徹底澄清我的思維。等我把自己所有的知識用這種語言詮釋一遍，我尋找的一切模式就會清晰呈現。

⋯

我的工作暫時停頓了。在研發出美學符號之前，我必須建立一套詞彙，可以將我所能想像的一切情感完全表達出來。

我體會到很多超越常人的情感，我看得出常人能感受的範圍是多麼狹窄。我不否認自己曾經體驗過真實的愛與煩惱，但現在我看清了它們的真實面貌。和我目前體驗到的一切相比，過去的情感就像小孩子的癡迷與壓抑，只不過是一些預兆。我現在的情感更繁複多樣。當我的自我意識越來越強，所有的情感也像等比級數一樣更趨複雜。如果想完成那首長詩，我就必須充分描寫這些情感。

當然，我實際體驗到的感情是遠遠不足的，跟我應該體驗到的感情差距太大。我身邊的人智力不夠，而我也不太願意跟他們互動，這無形中限制我的情感發展。我常常會想起孔子的「仁」這個概念。「仁慈」這個字眼完全不足以表達「仁」的內涵。「仁」代表了人的本質，只有透過和人接觸才會滋長，孤獨的人是不會懂的。人有許多特質，而「仁」就是其中之一。而我，身邊有無數的人，卻不跟任何人往來。以我的智商，我可以成為一個完人，但現在的我卻是如此零碎。

我不想用自憐和自誇來欺騙自己。我始終都能夠以絕對客觀的態度評估自己的心態。我清楚知道自己擁有哪些情感資源，缺乏哪些情感資源，重視哪一種情感，輕視哪一種情感。我沒有遺憾。

．．．

我創造的新語言正逐漸成形。它源自一切事物的整體結構，能夠美妙的傳達我的思想，但不適合用在書寫或說話。這種語言沒辦法用線條排列的字詞寫出來，它的形態是一個巨大的表意符號，只能整體吸收。這種表意符號比圖畫更細膩，它能夠表達的內容，是成千上萬的字都無法表達的。每個表意符號包含的資訊愈多，它本身就愈巨大複雜。目前，我正在興致盎然的構思一個巨大無比的表意符號，這個符號可以描述整個宇宙。

用印刷文字來記載這種語言，實在太笨拙、太死板了。唯一比較適合的媒介是錄影或全像圖，因為那可以顯示時光流逝的圖像。由於人的喉嚨的音域有限，這種語言是沒辦法用說的。

・・・

我腦海中思緒翻湧，充滿了古代和現代語言中所有用來罵人的字眼，它們帶著粗魯嘲弄我。這讓我想到，我理想中的語言也要有惡毒的字眼，才足以表達我此刻的挫折感。

然而，我無法完成我的自創語言，因為工程太浩大，而我目前的工具不敷使用。接連好幾個星期，我全神貫注的研究，可是卻毫無結果。我打算靠自己的力量寫出這種語言。我採用我已經定義的基本語言，改寫成新語言，創造出更豐富的版本。然而，每一個新版本總是顯現出缺陷，迫使我擴展我的終極目標，卻又讓這個目標注定要誤入歧途，永遠遙不可及。我還不如推翻現有的一切，從零開始。

・・・

要不要注射第四瓶荷爾蒙K？這個念頭在我腦海中纏繞，揮之不去。目前遭遇的瓶頸令我十分挫折，而每經歷一次挫折，我都會想到，我必須達到更高的境界。

當然，風險是很高的。這一針可能導致我大腦受損，不然就是精神錯亂。這大概就是魔鬼的誘惑，但誘惑就是誘惑，而且我沒有理由抗拒。

如果我可以到醫院自己注射，會比較安全，不過，如果沒辦法去醫院，就只好在家裡，找個人陪在旁邊，這樣也還算安全。不過我很快就想到，既然注射的結果只有兩種，不是成功就是造成無法挽救的傷害，那又何必想那麼多。

我從一家醫療器材公司訂購了零件，組裝成能夠獨自進行脊椎注射的設備。藥物的效應可能要等幾天後才會完全顯現，所以我把自己關在房間裡。因為我的身體很可能會出現劇烈反應，所以我把屋子裡所有易碎的東西全都搬出去，用皮帶把自己綁在床上，不過沒有綁很緊。萬一有鄰居聽見什麼聲音，他們也會以為是毒蟲在哀嚎。

於是，我幫自己打了針，然後等待。

• • •

我的大腦彷彿化為一團火，脊椎也燒起來貫穿整個背部，我感覺自己彷彿快中風了。什麼也看不見，什麼也聽不見，腦海中一片混沌。

我產生了幻覺。我被無數難以形容的恐怖包圍，那景象如此清晰，鮮明得異乎尋常，彷彿身歷其境。那一定是幻象。不是肉體的暴力，而是頭腦心理的分裂。

那是精神上的劇痛與性高潮般的極度亢奮。恐怖與歇斯底里的狂笑。

有那麼短短的一剎那，我的知覺恢復了。我躺在地板上，雙手緊緊抓住頭髮，一撮一撮連根拔起的頭髮撒在我旁邊。我滿身大汗，衣服都濕透了，舌頭也咬破了。我喉嚨紅腫，可能是尖叫的緣故。持續的痙攣導致我渾身瘀青腫漲，後腦也腫了一塊，可能有腦震盪，可是我什麼都沒有感覺到。這一切持續了幾個小時還是幾分鐘？

接著，我眼前又開始模糊，腦海中那些喧囂怒吼又開始了。

藥物突破臨界數量！

大徹大悟有如天啟！

我忽然領悟到自己的思考運作，很真切的知道自己如何瞭解事物，而這樣的領悟一再反覆。我領悟到的，是這種自我認識永恆的源頭本質，而且我不是一步步漫無休止的去瞭解，而是瞬間頓悟。對我來說，「自我意識」這個字眼有了新的意義。

這真是神聖的一刻。這種語言的表達能力遠超乎我的想像，藉由它，我徹底認識了自我。上帝只用一句話就在混沌中創造出秩序，而我則用這種新語言讓自己徹底重生，成為一個全新的人。這種語言能夠自我描述，自我編輯，而且不只是能描述思想，還能描述並修正語言本身在各種層面上的運作過程。在這種語言中，修改一個陳述句，整個句法都會隨之調整。如果哥德爾還在世，我相信他不惜一切代價也要見識一下這種語言。

用這種語言，我可以看見自己的大腦是如何活動的。我不想太誇張，說我看得見自己的神經細胞在燃燒。宣稱自己看得到的人，一定是吃了迷幻藥，像約翰李利和他在二十世紀六〇年代實驗出來的那種。我做得到的，是感知到那個整體結構，看著思維結構如何形成，如何相互作用。我看得到自己在思考，看到描述自己思考的方程式，看到這些方程式如何描述我理解的整個過程。

我知道這些方程式如何構成了我的思想。

原來這就是我的思想。

・・・

一開始，這突然灌注到我腦海中的一切深深震撼了我。就這樣突然意識到自我，我幾乎嚇呆了。過了好幾個小時，我才漸漸能夠控制這些自我描述的資訊潮。我沒有把資訊過濾掉，也沒有把它掩埋起來。那一切和我的思維過程融為一體，運用在我的日常生活中。大概還要再過一段時間，我才能夠輕鬆自如的運用這種新思維，就好像女舞蹈家運用她的韻律感一樣。

從前我對自己意識的了解，只是一種理論上的了解，如今，我清楚看到所有的細節。性、侵略和自我保護等種種潛意識，都是童年時期孕育成的，這些潛意識會和理性思維相衝突，但有時候也會被誤以為是理性思維。我每一種情緒是如何形成的，我每一個決定背後有什麼動機，這一切我瞭如指掌。

我能用這種知識來做什麼呢？傳統定義下的所謂的「人格」，如今我都能夠隨心所欲的控制。我更高層面的心理造就了現在的我。我能夠讓我的大腦進入各種精神狀態或情感狀態，但同時又能夠始終保持意識清醒，隨時能夠恢復我原本的狀態。既然我已經瞭解自己能夠同時做兩件事的運作機制，那麼我就能夠把自己的意識劃分為幾個區域，運用自己對於整體結構的認知能力，全神貫注處理兩個以上彼此分離的問題，全面意識到所有的問題。還有什麼能難得倒我呢？

．．．

我知道我的身體已經脫胎換骨了，就好像手臂被切除掉，換上了鐘錶匠的靈巧雙手，能夠隨心所欲的控制隨意肌。我具有超人般的協調能力。通常需要重複好千次才學得會的技巧，我重複兩三次就學會了。我找到一卷錄影帶，內容是鋼琴家彈奏時的手指運動，沒多久，我甚至不需要用鍵盤就已經能夠模仿鋼琴家的手指動作。我選擇性的讓肌肉一張一弛，藉此提高了我的力量和靈活性。無論是自覺的動作還是反射動作，我肌肉的反應時間都只有三十五毫秒。因此，無論是學雜技，學武術，我幾乎全都不需要什麼訓練。

我已經領悟了肝臟功能、營養吸收、腺體分泌作用等種種身體機能的本質，甚至能夠意識到神經傳導素在我的思維活動中所起的作用。這種意識狀態對精神活動產生的影響，劇烈的程度遠遠超過任何由腎上腺素分泌所導致的緊張。我的大腦有一部分處於這種意識狀態，而這種狀態如果出現在正常人的大腦和肉體，那個人幾分鐘之內就會死亡。我重新調整了我的意識運作程式，感受到那如潮汐般起伏的意識，而意識的起伏觸動了我的情感反應，提高了我的專注力，或者，很微妙的塑造了我的態度。

．．．

然後，我開始去看外面的世界。

四面八方無限的勻稱環繞著我，如此令人目眩、如此愉悅、而又如此令人恐懼。如今，天地間的一切都吻合了內在的規律，整個宇宙即將成為一幅鮮明的圖畫。我已經逐漸逼近那個整體結構，天地間所有的知識都涵蓋在裡面，光彩耀目，色彩繽紛，那是宇宙之音。

我追求的啟蒙，不是心靈上的啟蒙，而是理性的啟蒙。我必須更進一步才能大徹大悟。這一次，目標再也不會從我的指縫間溜走了。現在我的心智已經有了自己的語言，我已經可以精確推算出我大徹大悟的日子。我的終極目標已經在望。

・・・

現在，我必須開始計畫下一步的行動。首先，我必須用最快速簡單的方式加強保護自己的能力，首先從學習武術開始。我會去看一些武術比賽，看看對手可能用哪些手法來攻擊，不過，我自己只想採取防守的姿態。我能夠讓自己動作非常迅速，足以避開速度最快的攻擊，這樣一來，萬一遭到街頭混混的攻擊，我就能夠保護自己，搶走他們的武器。這段時間，雖然我新陳代謝的效率已經大有提昇，我還是必須攝取大量的食物，補充大腦所需的營養。我頭部的血液循環速度非常快，所以我還要剃光頭髮，讓頭部散熱更快。

接下來，我要把所有的心力用來追求我的主要目標：破解這個世界的本質模式。如果想進一步提高我的思維能力，唯一的辦法是藉助人工強化。我需要做的，是讓我大腦的思維直接連上電腦，下載資訊，不過，如果想這樣做，我就必須創造出一種新技術。任何數位式電腦都無法滿足我的需求，所以，我想到的是根據神經網路的運作設計出一種奈米結構的電腦。

這個初步的構想成形之後，我就讓大腦就開始進行多功處理。大腦裡有一個區域負責找出反映神經網路運作的數學模型，另一個區域負責發展一種方法，藉助具備自我修復功能的生物陶瓷能，在分子的層次變造出神經傳輸通路，第三個區域則是負責研究如何指導私人企業的研發部門，讓它們製造出我所需要的東西。我沒有時間可以浪費了。我要在理論和技術上做出爆炸性的突破，讓我的新興工業能夠迅速成長茁壯。

・・・

我又來到了外面的世界，觀察人類的社會。從前，我知道什麼跡象會表露出人類的感情，而現在，我看到的感情，是無數交互關聯的方程式所構成的矩陣。人與人之間、物與物之間、機構與機構之間、觀念與觀念之間，力的線條交互扭曲延伸。社會中的個人就像牽線木偶一樣可悲，無數原本活躍的個人被他們視若無睹的網路纏住。如果他們願意，他們本來是可以抗拒的，但很少人願意這樣做。

此刻，我坐在一家酒吧裡。我右邊不遠的一條凳子上坐著一個男人。他熟悉這種環境。那個人轉頭看看四周，看到角落一間黑暗的小包厢裡有一對情侶，於是他露出微笑，招招手叫服務生過來，然後湊近服務生的耳朵，悄悄說那對情侶的閒話。我不必聽也知道他在說什麼。

他在向服務生撒謊，謊言很輕易就脫口而出。他完全克制不了自己說謊，他撒謊不是為了尋求生活上的刺激，而是覺得欺騙別人很快樂。他知道服務生對人沒什麼偏見，只不過是假裝感興趣，他心裡有數，不過他也知道服務生還是上當了。

我對別人的肢體語言越來越敏感。我已經達到一種境界，就算不用看不用聽也知道對方心裡在想什麼。我嗅得到對方身上散發出來的費洛蒙。在某種程度上，我的肌肉甚至可以感應到對方肌肉的緊張，這也許是因為我感應到他們周圍電磁場的變化。雖然這些身體上的變化傳達出來的資訊還不夠精確，但至少得到某些印象，我可以用這些豐富的素材做進一步的推論。

一般人或許能夠潛意識的感應到這種人體散發出來的費洛蒙。我必須更努力提升自己，才能夠對這些費洛蒙更敏感，說不定還能夠學會用意識控制自己散發的費洛蒙。

．．．

我開發出來的種種技能，已經有點像那種八卦廣告所吹噓的意識控制術。我能夠控制自己的身體散發出某種費洛蒙，在別人身上引發準確的反應。我能夠控制費洛蒙的散發，控制自己肌肉的鬆緊度，藉此讓對方產生憤怒、恐懼、同情或者性亢奮等種種反應。當然，用這種方式我很容易就可以交上朋友，影響別人。

我引發別人的反應後，還能夠讓這種反應變得更強。我把某些特定的反應和滿足感結合起來，創造出一種自激效應，就像用儀器控制，讓對方的身體自主強化反應。我要把這種方法用在各大企業的總裁身上，控制他們開發我所需要的工業技術。

我已經沒辦法像正常人那樣做夢了。我大腦裡欠缺所謂的潛意識，大腦所有的功能已經全部被我控制，於是，夢已經成為歷史，不存在了。某些時刻，我對大腦的控制也會鬆懈，但這實在算不上是做夢。也許可以稱之為超幻覺，這根本是一種折磨。在這樣的時刻裡，我處於一種分離狀態，我知道自己的大腦是如何產生幻覺，可是卻像麻痺了一樣，無法克制。我無法辨認自己看到的是什麼東西，那像是一種無限自我觀照自我修正的怪異景象，就連我自己都覺得荒誕。

我的意識極度消耗大腦資源。大腦有限的容量和結構只能勉強支撐這種對自我無所不知的意識。不過，這種意識也能夠進行某種程度的自我調整，讓意識得以充分利用現有的資源，而且加以限制，不讓它超越這個範圍。這很困難：我就像被困在籠子裡，沒辦法坐也沒辦法站。如果我想放鬆或伸展身體，接下來就是極度的痛苦、瘋狂。

• • •

幻覺出現了。我看見我的意識正在想像各種可能的結構，那些結構紛湧而至，而後一一潰散。我目睹自己未來的幻象。我看到，當我掌握了終極的整體結構，我的意識會顯現出什麼形態。

我能夠達到終極的自我意識嗎？我的意識要形成終極的整體結構，需要很多元素，那一切，我找得到嗎？我能夠洞悉人類的種族記憶嗎？我能夠找出道德的內在本質嗎？也許我可以確定意識是否能夠從物質中自發產生，可以領悟是什麼東西把意識和宇宙其他一切聯繫起來。也許我可以看見主體與客體是如何融為一體，化為零質經驗。

或者，也許我會發現自己的意識無法形成終極的整體結構，因為那需要某種外力介入。也許我會看見靈魂，那種超越物質、形成意識的要素。我會因此證明上帝存在嗎？也許我會看見本體，看到存在的真正本質。

我將大徹大悟。那一定是一種極樂的體驗……

然後，我的意識又回復到正常狀態。我必須嚴密的控制自我。當我把自己控制在超高層次的程式結構，我的意識是可以自行修復的，可以讓自己從類似妄想或遺忘的狀態中抽離出來。然而，如果我在這個超高層次的程式結構裡漂移得太遠，意識就可能變成不穩定結構，我的意識便會陷入一種比瘋狂更可怕的狀態。我必須為我的意識設計程式，以免它超出能夠自動重編程式的範圍。

這些幻覺更堅定了我創造人工大腦的決心。唯有具備這種人工大腦，我才能夠真正感知到我所追求的終極整體結構，而不只是停留在夢想階段。要想大徹大悟，我的腦神經模擬體必須繼續突破臨界數量。

・・・

我睜開眼睛。我閉上眼睛已經有兩小時二十八分十秒了，不過只是閉目養神，不是睡覺。我翻身下床。

我在電腦上列出我的股票交易狀況。我彎身看向螢幕，那一剎那，一股寒意瞬間流竄我全身。

螢幕彷彿在向我大吼，告訴我外面還有另一個人也有超級心智能力。

我投資的五支股票都出現虧損，雖然不是猛跌，但跌幅也夠大了，大到足以讓我察覺到股票經紀人的肢體語言都產生了變化。我按照字母順序把那個列表看了一遍，發現股值下跌的公司的首寫字母是：C、E、G、O、R。重新排列後就是GRECO。葛雷克，我的姓。

有人傳了一個訊息給我。

外面有一個和我一樣的人。他一定也是一個昏迷不醒的病人，注射了三針荷爾蒙K。他在我侵入食品藥品管理局資料庫之前就把他的檔案刪除了，而且在他的醫生的帳戶裡輸入假資料，藉此避開別人的耳目。他還偷走了另外一瓶荷爾蒙K，導致管理局關閉了所有和荷爾蒙K有關的檔案。在當局不知道他行蹤的狀況下，他修煉到了我的境界。

他一定是注意到我用假身份進行投資，所以才發現了我的身份。他一定具有超級敏銳的觀察力才有辦法看穿我。身為超人，他才有能力進行這麼精準的操作，突然間造成我的損失，藉此引起我的注意。

我查遍了各種股票行情的資料庫，發現我所有股票的帳目都沒有問題，這意味著我的對手並不只是單純的竄改我的帳戶，而是改變了五家互不相干的公司的股票交易模式，就只為了拼湊出一個字。他在向我示威。真不簡單。

我猜他比我更早接受治療，這就意味著他領先我了，不過，領先多少？我開始猜測他到底進展到什麼程度，所以，只要一找到新資料我就立即匯整。

關鍵問題是，他是敵是友？他的所作所為只是為了善意炫耀他的本事，還是在暗示他打算毀滅我？我股票的損失並不算大，這意味著什麼？他是針對我嗎，或只是針對他做手腳的公司？他為了引起我的注意刻意做出這些舉動，雖然沒有造成太大的損害，但我還是必須假定他對我懷有一定程度的敵意。

如果真是這樣，那我就有危險了。他隨時可能會對我採取行動，我防不勝防，就算那只是玩鬧性質，對我來說也有可能是致命的打擊。為了防患未然，我必須立刻離開。毫無疑問的，如果他真的對我充滿敵意，我現在早就死了。他傳給我的訊息意味著他想跟我玩遊戲，但我必須在對等條件下陪他玩。我必須隱藏我的行蹤，查出他的身份，然後想辦法聯絡上他。

我隨機選了一座城市：孟菲斯，然後關掉電腦，穿上衣服，收拾行李，把家裡準備用來應急的現金全部帶走。

‧‧‧

我在孟菲斯找了一家飯店住下，然後馬上用房間裡的資訊網路電腦開始工作。首先，我透過幾個假終端機變造了我的網路活動路徑。如果是警方等級的追蹤，他們會發現，登錄上網的位置顯然分散在猶他州好幾台不同的電腦。軍事情報部門也許能夠查出登錄上網搜尋的位置來自休士頓的一台電腦，從那裡繼續追蹤的話就有可能查到孟菲斯。不過萬一真的查到那裡，我休士頓電腦裡的預警程式就會通知我。

我那位弟兄刪除了多少和他身份有關的線索？食品藥品管理局的資料庫裡找不到他的檔案，於是我開始搜尋各大城市快遞公司的檔案，搜尋荷爾蒙K研究期間管理局與醫院之間的快遞運送狀況，然後再檢查當時醫院保存的腦損傷病歷檔案，這樣一來，或許我就能夠找到一個追蹤的起點。

然而，就算這些檔案都有保存下來，很可能也沒什麼用。真正關鍵的線索，很可能是要找出一種股市投資的模式，這樣我就有機會追蹤到這個擁有超級頭腦的人。這恐怕要花很多時間。

⋯

他叫雷諾斯，是亞利桑那州鳳凰城的人，早期的發展幾乎和我同步。他注射第三針的時間是在六個月零四天前，比我早了十五天。他並沒有刪除任何明顯的檔案，看樣子，他是等著我去找他。我猜他成為超人已經有十二天了，是我的兩倍時間。

現在我可以看見他正在操弄股市，但是要找到他的下落比登天還難。我查遍了資訊網路所有使用者的註冊名單，想找出他侵入的帳戶。我在電腦上同時開通了十二條線，使用兩個單手鍵盤和一個喉音麥克風，這樣我才能夠同時進行三個查詢。我的身體幾乎是不動的，避免自己太疲勞。我儘量確保自己有良好的血液循環，適當的肌肉收縮，排除乳酸。我吸收所有看到的資訊，研究音符裡的旋律，尋找網路上某一個顫動的來源。

時間一個小時一個小時的過去了。我們兩個人都在流覽數以千百萬位元組計的資料，與對方周旋。

⋯⋯

他在費城。他在等我。

⋯⋯

我搭一輛濺滿泥巴的計程車前往雷諾斯的公寓。

這幾個月來，雷諾斯查詢了很多資料庫和各種不同的機構，由此可以看出，他個人的研究領域牽涉到用生物工程微生物來處理有毒廢物，實用核融合的慣性控制，還有運用潛意識向社會各階層傳播資訊。看樣子，他打算拯救世界，以免全世界自我毀滅。所以，他對我的印象不好。

我對外面世界的一切沒有顯示出任何興趣，也沒有進行任何調查研究來幫助凡人。我們誰也改變不了誰。我認為外面世界跟我的終極目標沒什麼關聯，他則是無法容忍一個具有超強心智能力的人自私自利。我打算把我的意識和電腦連線，這樣的計畫會對整個世界造成巨大的影響，引發政府和民眾的強烈反應，導致他的計劃受到干擾。就像一句格言說的，我不但對解決問題沒有幫助，反而變成問題的一部分。

如果我們都只是超人社會的成員，我們之間互動的性質就會完全不一樣。然而，生活在這個真實的社會裡，我們無可避免註定要成為足以毀天滅地的天神。在我們眼裡，凡人的所作所為是微不足道的。然而，即使我們相隔萬里，我們也無法忽略對方的存在。我們必須找出一個解決的辦法。

我們已經避免了好幾次交手。我們有成千上萬種方法可以置對方於死地，例如，在門的把手上塗抹含有神經毒素的二甲亞碸，或是藉用軍方的攻擊衛星進行外科手術式的打擊。我們都擁有無數的方法可以預先鏟平對方所在的地區和資訊網路，然後設下更多陷阱等對手上門攻擊。然而，我們兩個都沒有貿然動手，覺得有必要先觀察看看再說。我們的超人意識只要進行簡單兩次評估就足以讓我們放棄攻擊。真正決定勝負的關鍵因素，是對方會做什麼我們無法預料的準備。

計程車停了，我付了車資，然後走路到公寓大樓。他已經先幫我打開了大門的電子鎖。我脫下大衣，爬上四樓。

雷諾斯家的門也開著。我經過門廊，走進客廳。有一部數位音響合成器正在以超音波頻率播放複調音樂。這顯然是他的精心傑作。聲波經過調整，一般人的耳朵聽不見，連我也聽不出其中的模式。也許這是他的高資訊密度音樂實驗。

屋裡有一把大旋轉椅，椅背朝著我。我看不見雷諾斯，而且他把身體散發的資訊波控制在沈睡的狀態。我發出資訊，表示我到了，也認出了他的身份。

雷諾斯。

他也傳出資訊，表示收到。葛雷克。

旋轉椅平穩的慢慢的轉過來。他對我微微一笑，關掉他旁邊的音響合成器。他發出喜悅的資訊。〈很高興見到你。〉

我們用一般人的肢體語言交流。那是一種簡化的語言。身體發出一條資訊只需要十分之一秒。我傳達遺憾的資訊。〈很不幸，我們勢必要成為敵人。〉

帶點傷感的同意，然後是假設。〈是啊，想想看，如果我們聯手合作，可以如何改變世界。兩個擁有超級心智的人。錯過良機。〉

真的，假如我們合作，一定會創造出無法獨力完成的豐功偉業。我們無論以什麼方式合作都會創造出不可思議的成果。想想看，兩個人思考的速度一樣快，都能夠提出令對方耳目一新的點子，一樣能夠聽出天地宇宙的旋律，那麼，兩個人能夠互相討論是多麼讓人心滿意足。他也有同樣的渴望。一想到我們兩個人當中有一個不會活著離開這個房間，真是令人痛心。

他提議。〈想不想分享這六個月來學到的東西？〉

他知道我會怎麼回答。

肢體語言缺乏專門術語，於是我們開口交談。雷諾斯說得很快，聲音很輕，只說了五個字。短短五個字意味深長，涵義遠超過任何一段詩。每一個字都提供一個邏輯立足點，等弄清楚前面那個字所隱含的全部意義之後就可以跨到下一個字。這五個字加在一起，簡明扼要的概括出社會學領域具有革命性的洞察。他用肢體語言表示這種洞察是他最初的成果之一。他洞察到的，我也曾經有過類似的領悟，但理解的方式卻不太一樣。我立刻發出七個字回應，其中四個字概括了我們之間理解的差別，另外三個字描述那些差別隱含的結果。他又回應了。

我們繼續交談。我們就像兩個吟遊詩人，互相提示對方即興吟唱另一段詩節，共同譜出一首知識的史詩。過了一會兒，我們交談的速度加快，兩個人同時說話，卻又能聽出對方話中每一個細微的地方，然後漸漸吸收，下結論，回應，持續不斷，這一切都同時在進行，協調得天衣無縫。

‧‧‧

幾分鐘過去了，我從他身上學到了很多，而他也一樣。突然沈浸在思想的大海中是多麼令人振奮。這些思想會耗費我幾天的時間才能完全領會。然而，在這段過程中，我們同時也在蒐集具有戰略意義的資訊。他究竟擁有哪些領域的知識，瞞著不讓我知道？我推測出他的知識範圍，拿來和我自己的做比較，而且我猜，他應該也做了類似的推測。因為，從頭到尾我們都意識到，這一切勢必會結束的。交流的結果，我們在意識形態上的差異是顯而易見的。

雷諾斯沒有看到我所看見的美。他領悟到的一切是何其美妙，然而他卻選擇視而不見。唯一能夠啟發他的那個整體結構，正好是我忽視的，那就是地球社會的整體結構、地球生物圈的整體結構。我熱愛美，他熱愛人類。我們彼此都覺得對方忽視了大好機會。

他有一個計畫沒有向我提起，那就是，為了世界的繁榮，他要建立一個足以影響全球的網路。為了執行這個計畫，他打算雇用很多人，而且他打算讓其中一部分人擁有簡單的增強型智力，讓另一部分人具備高級自我意識。其中有少數人會對他造成威脅。〈何必為了凡人冒這種風險？〉

〈你已經大徹大悟，免不了會對凡人漠不關心，因為你的世界和他們的世界互不相干。不過，既然你也和我一樣和能夠理解他們的困難，那我們就不能置身事外。〉

我能夠很精準的測量出我們在道德立場上的差異有多大，那是一種互不相容，箭拔弩張的局勢。他的動機不純粹只是出於同情和利他主義，而是一種更宏偉的企圖，同情心和利他主義只是其中的一部分。相對的，我卻只是全神貫注想去領悟心智世界的壯麗景象。〈從大徹大悟中顯現出來的美呢？難道都不會吸引你嗎？〉

〈你應該很清楚，要想支撐這種大徹大悟的意識，需要什麼樣的結構。那必須花很多時間建立必要的產業，我沒有必要浪費那種時間。〉

他把心智能力當成一種工具，而我卻把心智能力本身當成終極目標在追求。對他來說，追求更高超的智力是沒有意義的，因為那沒什麼用處。以他目前的智力水準，不但能夠找到最好的方法來解決人類現階段經歷的任何問題，而且還能夠解決很多超出人類經驗的問題。他唯一需要的，是足夠的時間來執行他的方案。

沒有必要再討論下去了。我們都同意，可以開始了。

．．．

對我們來說，出其不意的攻擊是毫無意義的。就算知道對方什麼時候要動手，我們也不可能比在不知情的狀況下更提高警覺。當然，宣告開戰並不是為了先禮後兵，只是把無可避免的事變成事實。

我們都推論出對方會採取什麼模式，而彼此的推論都有漏洞，有缺失，我們都不知道對方內在的心理發展，也不知道對方發現了什麼。我們的意識都沒有泄露出任何蛛絲馬跡。

我開始了。

我集中意念在他身上激發兩種會自動增強的身體反應。一種是很簡單的：讓他的血壓急速升高，而且高到可怕的程度。如果他沒有注意到血壓升高，持續一秒鐘以上，血壓就會升高到中風的程度——大概是收縮壓 400，舒張壓 300——他大腦的微血管就會破裂。

雷諾斯立刻就察覺到了。從我們先前的交談中，我知道他顯然從來沒研究過如何在別人身上激起這種會自動增強的身體反應。儘管如此，他卻立刻就明白了。他立刻減慢心跳速度，擴張全身的血管。

只不過，我真正的祕密武器是激發他另一種身體反應。自從我開始搜尋雷諾斯之後，我就一直在研發這種武器。這種方法會導致他的神經細胞急劇產生過量的神經傳導干擾素，阻止神經脈衝穿過神經突觸，切斷他大腦的活動。我打算在他身上激起的這種反應，強度會遠超過前一種反應。

雷諾斯抵抗我前一波攻擊的時候，感覺到注意力略微有點不集中，而他誤以為那是因為血壓升高。那一剎那，他的身體開始自動放大那種反應。他很驚駭的感覺到他的意識越來越模糊，於是他立刻尋找原因。他很快就會發現我的手法，可惜不會有時間仔細研究。

一旦他的大腦功能降低到凡人的水準，我就能夠輕易控制住他的思想。我可以催眠他，讓他超級意識裡大部分的資訊流瀉出來。

我觀察他的肢體語言，注意到他的肢體語言已經顯露出他的智力正在減退。毫無疑問，跡象很明顯，他的智力正在退化。

就在這時候，退化停止了。

雷諾斯又恢復了平衡。我嚇呆了。他竟然能夠阻止那種自動增強的身體反應。他擋住了我最精密複雜的攻擊武器。

接著，他開始修復自己所受到的創傷。儘管他的智力已經降低，但他還是有辦法恢復神經傳導素的平衡。短短幾秒鐘，他完全恢復了。

同樣的，我也被他看透了。在我們交談的期間，他就推斷出我研究過如何在別人身上激起自動增強的身體反應。就在我們進行溝通的當下，他已經找到了基本的防禦手法，而我居然被蒙在鼓裡。在我進行攻擊的時候，他一直在觀察所有的細節，想出辦法化解了那種身體反應。他真是觀察入微，動作迅如閃電，而且神不知鬼不覺，真是令人驚嘆。

他承認我的本事。〈這種技術非常有意思，對像你這樣自我中心的人來說，真是太合適了。我還來不及發現什麼預兆，它就——〉這時候，他突然發出一種怪異的身體訊號，而那一瞬間，我立刻就認出那是什麼訊號。三天前，我在一家雜貨店，他跟在我後面。當時，他對我發出的就是這種身體訊號。雜貨店的走道擠滿了人，我旁邊有一位老婦人，臉上戴著空氣過濾器，氣喘吁吁，還有一位吸毒的瘦削年輕人，穿了一件液態水晶襯衫，衣服上會顯現不斷變幻的迷幻圖案。雷諾斯溜到我後面，刻意把自己的意識集中在色情雜誌架上。他探測我的時候並沒有發現我能夠激起別人的身體反應，但確實對我的意識有了更詳細的瞭解。

我預感到一種可能性，於是我重新組織了自己的意識，加入了無法探測的隨機元素。我現在的心智結構和我平時意識中的心智結構不一樣，雷諾斯絕對猜測不到，他的心理武器就會失效。

我發出微笑的訊號。

他也對我發出微笑的訊號。〈你有沒有想過——〉說話的訊號忽然中斷。我無法預測他接下來會說什麼。然後，他開口了，像在輕聲低語：「有沒有想過自我毀滅指令，葛雷克？」

先前我探測他會採取什麼模式的時候，我的推論有一個漏洞。他這句話一說出來，那個漏洞立刻就補起來了，我對他的認識立刻鮮明起來。他剛剛說的自我毀滅指令是一句話，一說出口就會摧毀聽話人的意識。據說，每個人的意識裡都有一個內建的觸發器，有一個特定的句子會觸發那個人，讓那個人變成白癡、瘋子、或是恐慌症患者。雷諾斯說，那個傳說是真的，而且他知道哪一句話可以毀滅我。

我立刻調整大腦所有的感應機能，全部集中到一個抗干擾的短期記憶緩衝器。接著，我設計出一個模擬的自我意識，用來感應資訊，並且減低感應的速度。我真正的意識會間接監視那個模擬意識，過濾它感應的資訊。一旦我確認感應到的資訊是安全的，我才會接收。如果模擬意識被摧毀，我的意識就會讓自己隔絕，然後追蹤模擬意識是如何被毀滅的，找出毀滅它的每一個步驟，獲取資訊，重新建構我的意識。

雷諾斯說出我名字的時候，我已經有了萬全的準備。下一句話可能就是毀滅指令。此刻，我把感應資訊的速度調整到一百二十毫秒的時間差。我重新檢驗我對人類意識的分析結果，藉此判斷他剛剛說的是不是真的。

同時，我漫不經心的發出訊息。〈最厲害的招式拿出來用吧。〉

〈別急，時間還沒到。〉

這時候，我感應到某種東西，不由得暗暗咒罵自己。人類的意識中有一扇非常隱密的後門，可是我的心智結構還沒有調整好，感應不到。我的武器是為了追尋自我才創造出來的，而他的武器卻是為了操控別人才創造出來的。

雷諾斯知道我已經建立了防禦系統，那麼，他的觸發指令是特別設計來閃過我的防禦系統的嗎？我繼續探測觸發指令的性質。

〈你在等什麼？〉他很有把握，花再多時間我都不可能建立起有效的防禦系統。

〈你猜猜看。〉他太得意了。他真的能夠這樣輕易玩弄我嗎？

現在，我已經在理論的層面上瞭解了觸發器對一般人所造成的結果。光靠一個指令就能夠把任何一個普通人的腦袋變成一片空白，然而，要抹滅超級意識，卻需要很複雜的特殊設計。那種消滅意識的指令一定有徵兆，我的模擬意識會警告我，可是毀滅的過程必須是我能夠計算的。所謂的毀滅指令，應該是一種我無法想像的程式，那麼，我的意識在診斷模擬意識狀態的時候會崩潰嗎？

〈你對一般人使用過毀滅指令？〉我開始計算需要什麼東西才能夠做出一個特製的毀滅指令。

〈用過一次，是用來對一個毒販做實驗。後來，我一拳打在毒販的太陽穴上，證據就被湮滅了。〉

我完全懂了。原來創造指令是一種龐大浩繁的工程。想創造觸發指令，必須對我的意識瞭若指掌。我開始推測，他對我到底瞭解多少。他不知道我能夠改造心智結構，顯然他對我的瞭解還不夠，不過，也許他有別的觀察技術，只是我不知道而已。我深深意識到，由於他一直在研究外面的世界，所以他佔有優勢。

〈這種事你一定要練習很多次。〉

明顯看得出來雷諾斯很內疚。要執行他的計畫，不死更多人是不可能的。當中會有一般人，那是因為戰略上的需要。另外，也許還有幾個他的超人助手，因為這些人一心渴望要達到更高的境界，受這個欲望的誘惑，他們會干擾他的計畫。發出毀滅指令後，他可能會改造他們的心智結構——或是改造我的心智結構——讓我們變成他的手下，從此只會專心為他工作，限制住自我超級意識。許多人的死亡是他的計畫必須付出的代價。

〈我沒有自以為是聖人。〉

只不過是在救人。

凡人可能會認為他是一個獨裁者，因為他們以為他和他們一樣只是個凡人，所以他們不相信他的判斷力和一般人有什麼不一樣。他們不認為雷諾斯夠資格承擔拯救世界的使命。他的判斷力最能夠解決人類世界的問題，而擁有超級心智的人，字典裡沒有貪婪和野心。

雷諾斯以一種戲劇化的姿勢舉起手，食指向前伸，好像想強調什麼。我的資訊不夠，猜不出他的毀滅指令是什麼，所以暫時只能防守。如果我擋住了他的攻擊，就有時間發動反擊。

他舉起食指，說了兩個字：「懂了。」

起初我不懂。接著，恐怖的一刻——我懂了。

他設計的指令不是要從嘴巴說出來，甚至根本不是感應觸發器。那是一個記憶觸發器。那個指令是由一連串的記憶印象所構成的，而那些印象，個別是無害的，可是當所有的印象都被放進我的腦子裡，就變成了一顆定時炸彈。人的心智結構是由無數記憶所構成的，而此刻，我的心智結構瓦解了，變成一種心態，形成一種導致我毀滅的整體結構。其實，等於是我自己說出了那個字眼。

我的大腦瞬間開始高速運轉，比從前任何時候都快。我不由自主的產生了一種自我毀滅的意識。我拚命想停止聯想，可是根本壓抑不了那些記憶。那種聯想的過程根本無法制止，最後就是意識到自己的死亡。就像一個從高處墜落的人，被逼著目睹自己死亡的過程。

時間一毫秒一毫秒的過去了。我的死亡浮現在我面前。那是雜貨店的圖像，就在雷諾斯經過的時候。還有那個年輕人身上的迷彩衣。衣服上那些會變動的圖像是雷諾斯設計的，在我的大腦中植入一個暗示，結果，儘管我隨機改造了我的心智結構，我的意識還是停留在接收感應的狀態。

沒有時間了。我只能以最快的速度重新隨機改造我的心智結構。這是垂死掙扎，我的意識很可能會癱瘓。

我也看到剛剛踏進雷諾斯家時聽到的那種特製的合成音樂。原來，在我還沒想到要防禦之前，我就已經接收了這個致命的暗示。

我撕裂了自己的意識，但結果卻越來越明朗，死亡的景象越來越清晰。

是我自己親手建立的那個模擬意識。為了設計這個防禦系統，我把自己的意識調整成最容易受觸發指令影響的整體結構。

我承認他的智慧比我高。他一切的努力都會有美好的前景。對一個想拯救世界的人來說，實用主義遠比唯美主義更有效益。

我不知道，拯救了世界之後，他想做什麼？
我終於領悟了「懂了」那個字眼，領悟了那個字眼是如何發揮功效。然後，我消失了。

除以零

1

任何數字除以零都不會得出一個無限大的數字，原因在於，除法被定義為乘法的逆轉。如果你先把那個數字除以零，然後再乘以零，就會回到原來的數字，然而，就算你把一個無限大的數字乘以零，最後的結果仍然只會是零，不會是其他任何數字。沒有任何數字乘以零會得出非零的結果。因此，除以零的結果就是所謂的「無法定義」。

1a

瑞華斯太太走過來的時候，蕾妮正望著窗外。

「妳只待了一個禮拜就想出院了嗎？妳這樣哪算住院啊！我不曉得還要在醫院裡待多久。」

蕾妮硬擠出一絲客套的微笑。「我相信妳一定也很快就會出院了。」瑞華斯太太在病房裡是出了名的詭計多端，儘管大家都知道她只是虛張聲勢，但醫院的看護還是不太放心，總是特別提防她，免得不小心被她騙了。

「哈哈！他們巴不得我趕快出院。如果妳在這種情況下死掉，妳知道他們要承擔什麼責任嗎？」

「我知道。」

「看也知道他們只擔心這個，責任沒完沒了——」

蕾妮沒有理她，轉頭又看著窗外。看到一條噴射機的煙霧劃過天空。

「諾伍德太太？」有個護士喊了她一聲。「妳先生來了。」

蕾妮又對瑞華斯太太擠出一絲客套的微笑，然後就走出病房。

1b

卡爾又簽了一次名字，護士才終於把表格拿去處理。他回想起他剛送蕾妮來住院那天，醫院的人第一次詢問他的時候，問了他一籮筐例行公事的問題，他按耐住性子一一回答。

「是的，她是數學教授，你在《世界名人錄》上就可以看到她的名字。」

「不是，我是研究生物學的。」

還有——

「我有一盒幻燈片是開會要用的，當時放在家裡忘了帶走——」

「不，她不可能知道。」

還有，正如我所預料的——

「沒錯，我有。那大概是二十年前的事，當時我還在唸研究所。」

「不，當時我是想跳樓。」

「還沒，當時我和蕾妮還不認識。」

等等等等。

現在，他們終於相信他有能力照顧蕾妮，而且會全力支持她，所以他們已經準備讓蕾妮出院，改成定期回診。

回想起來，他有點驚訝。在整個折磨人的詢問過程中，除了短暫的片刻，他完全沒有似曾相識的感覺。蕾妮住院那段期間，他不斷和醫師護士打交道，他感覺得到的只有麻木，只有冗長的例行公事。

2

有一個很有名的「證明公式」，證明 1 = 2。一開始先是幾個定義：「假設 a = 1，b = 1」

最後算出來的結果是「a = 2a」，也就是，1 = 2。在整個演算的過程中，有個隱藏的小細節一般人不容易注意到，那就是，有個數字除以零。就在那一點上，整個證明公式脫離了規範，導致所有的數學法則徹底失效。如果容許任何數字除以零，那你不但能夠證明 1 = 2，甚至還可以證明任何兩個數字都是相等的，不管那數字是實數還是虛數，是有理數還是無理數。

2a

蕾妮和卡爾一回到家，蕾妮立刻走進書房，走到書桌前面，開始把所有的手稿翻轉過來，正面朝下，胡亂掃成一堆。在堆擠的過程中，只要看到哪一頁的邊角露出來是正面朝上，她就會皺起眉頭。她考慮過要把手稿全部燒掉，但現在已經沒什麼實質意義。其實，只要永遠別再看到手稿，效果是一樣的。

醫師可能會說她這種行為叫強迫症。想到自己曾經是這種笨蛋的病人，真是天大的恥辱，蕾妮不由得皺起眉頭。她記得自己曾經想自殺，被鎖在病房裡，幾乎二十四小時都有看護盯著。她回想起醫師和她談話的時候，姿態是如此高高在上，可是卻又是那麼容易看穿。她不像華勒斯太太那麼狡猾，不過要蒙混那些醫師其實也不難。她只要說「我知道自己還沒有完全康復，不過感覺已經好多了」，他們就會以為你已經康復，可以放你出去了。

2b

卡爾站在門口看著蕾妮，看了好一會兒，然後才走進走廊。他還記得那一天，整整二十年前那一天，他也是這樣剛被醫院放出來。他的爸媽去接他，在回家的路上，他媽媽嘀咕了一些毫無意義的話，什麼大家都會很高興看到他之類的，而他好不容易才按耐住衝動，沒有推開媽媽搭在他肩膀上的手。

他為蕾妮所做的一切，正是他自己在醫院接受戒護期間最期待別人為他做的。儘管一開始她不想見他，他還是每天都去醫院，以免她想見他的時候他不在。有時候兩個人會聊聊天，有時候就只是繞著院子散步。他不覺得自己這樣做有什麼錯，而且她似乎喜歡他這樣做。

然而，儘管他做了這麼多，他只不過是覺得自己有義務這樣對待她。

3

伯特蘭羅素和阿爾弗雷德懷德海合寫了一本《數學原理》。在那本書中，他們試圖用形式邏輯當作數學的基礎，藉此為數學奠定嚴謹的根基。他們從他們認定的數學公理開始，用這些公理推演出越來越複雜的定理，在第362頁，他們已經建立了足夠的演算，可以證明1+1=2。

3a

七歲那年，蕾妮在一個親戚家的房子裡探險，發現光亮的大理石磚地板呈現出完美的正方形，不由得深深著迷。單片石磚是一個正方形，兩片石磚兩排也是正方形，還有三片石磚三排，四片石磚四排，全都構成一個正方形。當然，無論你從什麼角度看，都一樣是正方形。更奇妙的是，每增加「奇數」的石磚，例如一片加三片，四片加五片，正方形就會變大。蕾妮忽然感覺自己有如醍醐灌頂。這種結果是必然的，感覺就是「對的」，而石磚那光滑冰涼的感覺更證明這是「對的」。石磚結合得如此緊密，接縫處的線條是如此細膩，一切都是那麼精準，令她激動得渾身發抖。

後來，她領悟得越來越多，成就也越來越高。二十三歲那年，她發表了震驚世人的博士論文，接著又發表了一系列備受讚譽的論文，大家開始把她和馮紐曼相提並論，各大學都極力爭取她。然而，這一切她從來沒有放在心上。她唯一在乎的，始終都是那種「對的」的感覺。她學過的每一個數學定理都有那種「對的」的感覺，就像石磚排列的法則一樣，如此精準。

3b

卡爾總覺得，現在的他，是在他意圖自殺、接著認識了蘿拉之後才誕生的。當年他出院後，根本沒心情見任何人，不過他有個朋友還是想盡辦法介紹蘿拉跟他認識。一開始他拒她於千里之外，但她並沒有被嚇跑。她在他內心傷痕累累的時候愛他，在他痊癒之後就放他自由。認識她以後，卡爾才懂了什麼叫感同身受，從此脫胎換骨變了一個人。

蘿拉獲得碩士學位之後就到外地去深造，而他則是留在學校繼續攻讀生物學博士。在往後的人生裡，他經歷過各種精神危機，飽受折磨，而且還曾經心臟病發作，但儘管如此，他並沒有絕望。

一想到蘿拉這樣的人，他內心就暗暗讚嘆。研究所畢業後，兩個人就沒有再碰面說過話。後來，他常常會想，她的人生是什麼樣子呢？她愛過別人嗎？她愛上的是什麼樣的人？他很早就領悟到那種愛的真實面貌，什麼是愛，什麼不是愛。他珍惜那樣的愛。

4

十九世紀初期，數學家開始探索非歐幾里德幾何的幾何學。這種另類幾何學的演算結果，乍看之下很荒謬，但邏輯上並沒有出現矛盾。後來他們發現，這些非歐幾里德幾何學和歐幾里德幾何學是一致的，只要歐幾里德幾何學在邏輯上是成立的，非歐幾里德幾何學在邏輯上也就成立。

然而，要證明歐幾里德幾何學的邏輯成立，難倒了所有的數學家。一直到十九世紀結束，他們唯一能導出的結論只有：只要算術在邏輯上沒有問題，歐幾里德幾何學在邏輯上也就沒有問題。

4a

剛開始的時候，蕾妮覺得那只是個小問題，頂多只是有點討厭而已。她沿著走廊來到彼德法布里西辦公室門口，發現門開著，就敲敲門板。「彼德，你有空嗎？」

彼德坐在椅子上腿用力一撐，整張椅子立刻從書桌前滑開。「當然有空，蕾妮，有什麼事嗎？」

蕾妮走進門，心裡明白他會有什麼反應。在系上，她從來沒有任何難題需要向別人請教，都是別人找她幫忙。不過現在都無所謂了。「不知道你能不能幫我一個忙？幾個禮拜前我告訴過你，我正在研發一個形式系統，還記得嗎？」

他點點頭。「妳說妳正在用那個形式系統重寫一個公理系統。」

「沒錯，呃，幾天前，我演算出一個很荒謬的結論，我的形式系統內部出現矛盾，你能幫我看看嗎？」

法布里西那種驚訝的表情正如她所預期。「妳是要我──，當然好，我很樂意。」

「太好了，我在前幾頁舉了幾個例子，那就是問題所在，後面的你參考一下就好。」她把那薄薄的一疊紙遞給法布里西。「我就不從頭到尾跟你說明了，因為你可能會被我影響，弄出跟我一樣的結論。」

「很有可能。」法布里西翻翻前面那幾頁。「我不知道要多久才看得完？」

「不急。有空再看，你就看看我的假設是不是哪裡有點模糊，諸如此類。我自己還是會繼續研究，所以，要是我想通了什麼，我會馬上告訴你，可以嗎？」

法布里西微微一笑。「我敢打賭，下午妳就會進來告訴我問題解決了。」

「不太可能吧。這問題恐怕需要另一個人的眼睛才看得出端倪。」

他攤開手。「我會試試看。」

「謝謝你。」法布里西應該沒辦法完全看得懂她的形式系統。她只是需要找個拘泥於細節的人幫忙看看。

4b

卡爾是在同事舉辦的一場宴會上認識蕾妮的。一開始他是被她的臉吸引住。她長相平凡無奇，而且卡爾看得出來，她一定是常常悶悶不樂的表情，不過那天在宴會上，他卻看到她笑了兩次，只皺了一次眉頭。看她笑的樣子，會覺得她不像是會皺眉頭的人，可是看到她皺眉頭的樣子，又會覺得她不像是會笑的人。卡爾心裡暗暗驚訝，他看得出什麼樣的人經常會笑，什麼樣的人經常會愁眉苦臉，就算那個人臉上都沒皺紋。他猜不透，她看起來像是表情很豐富的人，可是為什麼卻常常面無表情。

他花了很長的時間才比較瞭解蕾妮，看懂了她的表情。不過沒關係，花再多時間都值得。

此刻，卡爾窩在書房的安樂椅上，大腿上攤開著一本〈海洋生物期刊〉，耳朵聽著走廊對面蕾妮書房傳來的聲音。蕾妮正在把一張張的紙揉成一團，揉得沙沙作響。她已經忙了一整晚，而且聽得出來她越來越沮喪。雖然不久前看到她的時候，她還是那張撲克臉，看不出沮喪的樣子。

他把期刊丟到一邊，從椅子上跳起來，走到她書房門口。她桌上攤開著一本冊子，上面依然是數不清的方程式，夾雜著很多用俄文寫的註記。

她瀏覽了一些內容，微微皺了一下眉頭，啪的一聲闔上那本冊子，卡爾聽得到她好像在嘀咕「什麼狗屁。」然後她就把那本大冊子塞回書架上。

「再這樣下去，小心高血壓。」卡爾開了個玩笑。

「用不著你說教。」

卡爾嚇了一跳。「我沒有啊。」

蕾妮忽然轉過來瞪著他。「我知道自己什麼時候有靈感，什麼時候沒靈感。」

卡爾心都涼了。「那我就不吵妳了。」他有點畏縮。

「感謝。」她又回去盯著書架。於是卡爾就離開了，想不透她為什麼瞪他。

5

在一九〇〇年舉辦的第二屆國際數學大會上，大衛希爾伯特列出了二十三個最重大的數學問題，那都是數學史上至今尚未解開的難題。他列出來的第二個問題是，如何證明算術在邏輯上是完全一致的。本質上，只要這個證明成立了，就等於確定沒有人能夠證明1＝2。很少有數學家把這個問題當一回事。

5a

法布里西還沒開口，蕾妮就知道他想說什麼了。

「這真是我這輩子看過最要命的東西。剛學走路的小孩會玩一種玩具，把不同形狀的積木放進不同形狀的洞裡，這妳應該知道吧？讀妳的形式系統，就像看一個人把同一塊積木塞進不同形狀的每個洞裡，而且完全吻合。」

「那麼，你找不出任何錯誤嗎？」

他搖搖頭。「我沒辦法。我陷入和妳一樣的舊思路，我只能從同一個角度思考這個問題。」

然而，蕾妮已經擺脫了那個舊思路。她想出了一種全然不同的角度來思考這個問題，但結果只是更確定了原先的矛盾。「呃，那謝謝你了，花了你這麼多心思。」

「要不要找別人幫妳看看？」

「要啊，我打算寄給柏克萊的卡拉漢看看，去年春天的年會我碰到過他，和他聊了一下。」

法布里西點點頭。「他上一篇論文很精彩。如果他看出什麼端倪，妳記得要趕快告訴我，我很好奇。」

蕾妮沒辦法用「好奇」來形容自己此刻的感受。

5b

蕾妮只是工作上受到什麼挫折嗎？應該不是，因為卡爾知道她從來不覺得數學有什麼難，只是一種智力上的挑戰。難道這是她第一次碰上無法克服的難題嗎？還是說，研究數學本來就是這個樣子？嚴格說來，卡爾自己是一個實驗主義者，他從來就不是真的懂蕾妮是怎麼創造新的數學體系。說起來有點傻，說不定蕾妮已經江郎才盡了。

蕾妮已經是大人了，所以她應該不會像某些神童那樣，因為發現自己已經淪為平凡的庸才而感到幻滅。另一方面，很多數學家都是在將近三十歲的時候達到巔峰，而蕾妮雖然還要再等幾年才會到三十歲，但她卻已經開始焦慮自己就快三十歲了。

看起來不像。他又大略想了一些其他的可能性。她是不是越來越憤世嫉俗，開始對學術工作感到不耐，覺得自己的研究太過於專業化？或只是對數學感到厭倦？

卡爾不相信蕾妮的怪異行為是這樣的焦慮引發的。如果真是焦慮引起的，他一定會看出什麼跡象，然而，眼前所看到的並不是這麼回事。不管是什麼在困擾蕾妮，那都不是他猜得透的。這令他感到不安。

6

一九三一年，庫爾特哥德爾發表了兩個數學定理。第一個定理是，數學的論述有可能是真的，但實際上是無法證明的。就算是算術這麼簡單的形式系統，它的論述可以是簡潔的、有意義的、而且看起來絕對真實，可是卻無法用形式的方法證明它是真的。

他的第二個定理是，「算術在邏輯上是永遠一致的」這種論述，就是前面提到的那種論述，根本無法用任何數學公理的方法來證明，也就是說，無法確保算術這種形式系統不會算出1＝2這種結果。這種矛盾可能永遠不會碰上，但絕不可能證明永遠不會碰上。

6a

他又走進她的書房。蕾妮坐在書桌前面抬起頭看卡爾。他終於鼓起勇氣說：「蕾妮，很明顯——」

她立刻打斷他。「你想知道我在煩惱什麼嗎？好吧，我告訴你。」蕾妮拿出一張白紙，坐到書桌前面。「你要等一下，這要花點時間。」卡爾又開口想說話，但蕾妮揮揮手要他先別說。她深深吸了一口氣，開始寫。

她在那張紙中央畫了一條垂直線，把紙分成左右兩欄，在第一欄頂端寫了數字1，第二欄頂端寫了2，然後在兩個數字底下寫了一行算式符號，接著底下又寫出另外好幾行算式。她寫得咬牙切齒，筆尖在紙上刮擦，發出尖銳刺耳的聲音。

那張紙寫了將近三分之二之後，後面的算式越來越短。她心裡想，最後這一行就是關鍵了。她意識到鉛筆在紙上刮得太用力，於是就略為放鬆握筆的力道。寫到最後一行，左右兩欄最後的算式完全一樣。於是，她在紙中央那條線最底下畫了一個大大的＝。

她把那張紙遞給卡爾，卡爾看看她，露出不解的表情。「看看最底下。」

他皺起眉頭。「我看不懂。」

「我發現了一種形式系統，讓任何一個數字都可以等於另一個數字。那張紙上證明了1＝2。你隨便挑兩個數字，我可以證明給你看，那兩個數字是相等的。」

卡爾似乎努力在回想什麼。「這裡面有個數字除以零，對吧？」

「沒有。這裡面沒有任何不合規定的運算，沒有任何定義不明確的算式，沒有任何假設性的公理。什麼都沒有。這套證明系統絕對沒有用任何禁止使用的東西。」

卡爾搖搖頭。「等一下，一絕對不可能等於二。」

「可是形式上，一真的就是等於二，證據就在你手上。我裡面使用的任何方法都是公認絕對沒有爭議的。」

「可是這裡面不是有矛盾嗎？」

「沒錯。算術這種形式系統在邏輯上是有矛盾的。」

6b

「妳找不出自己錯在哪裡，妳的意思是這樣嗎？」

「不是。你沒仔細聽我說。你以為我會為這種事沮喪嗎?這套證明系統完全沒有錯誤。」

「那妳的意思是,那些公認沒問題的東西當中,有些是錯的嗎?」

「我就是這個意思。」

「妳確——」他講到一半忽然停住,但已經來不及了。她狠狠瞪了他一眼。她當然確定。他有點納悶,她說的這一切,問題到底出在哪裡?

「你還不懂嗎?」蕾妮問。「數學已經被我推翻了。我已經證明絕大多數的數學都是沒意義的。」

她開始激動了,幾乎有點歇斯底里。卡爾開始小心翼翼留意自己的措辭。「妳怎麼可以這樣說呢?數學還是有用的。就算妳領悟了數學是沒意義的,科學體系和經濟體系也不會因為這樣就突然瓦解。」

「因為他們用的數學都只是一些噱頭,騙人的東西,像是用手指頭算出哪幾個月有三十一天。」

「那不一樣。」

「有什麼不一樣?現在,數學已經完全脫離了真實世界。先別提虛數或無窮小數這類的概念,就連整數加法這種他媽簡單的東西也不是用手指頭就能算得出來的。你用手指頭算,一加一永遠等於二，但是在紙上，我可以給你無限多的答案，這些答案都是有效的，但同時也都是無效的。我有辦法寫出最漂亮的數學定理，但到頭來，那只不過是一些狗屁倒灶的等式。」她苦笑起來。「實證主義者曾經說，數學都是同樣的東西一直在重複。他們搞錯了，數學是自相矛盾的。」

卡爾想從另一個角度反駁她。「等一下。妳剛剛提到虛數，這一切會比虛數碰到的情況更糟糕嗎？數學家也曾經相信虛數是沒有意義的，可是現在大家都已經接受虛數是基本的數學概念。妳的情況也是一樣。」

「不一樣。虛數的解法只不過是擴充前後脈絡，可是這種方式對我沒什麼用。虛數為數學增添了新的內容，可是我的形式系統卻是從現有的數學裡推演出來的。」

「可是妳也可以改變前後脈絡，從另一個角度——」

她翻了翻白眼。「不行！我的系統是從像加法一樣明確的數學公理中推演出來的，沒辦法變造，這我可以保證。」

7

一九三六年，德國數學家格哈德根岑證明了算術的邏輯是有一致性的，可是為了這個證明，他必須動用超限歸納法這種有爭議的方法。這種方法並不是一般常用的證明方法。用它來確立算術的邏輯具有一致性，是不太恰當的。根岑做的事，就是用可疑的假設來證明明顯的東西。

7a

卡拉漢從柏克萊打電話來，說他幫不上忙。他說他會繼續研究她的系統，不過看起來，她似乎碰觸到某些很根本的、卻又令人不安的東西。他想知道她有沒有打算發表她的系統，因為，如果那裡面藏著他們兩個都找不出來的錯誤，那數學界一定有人找得出來。

蕾妮幾乎沒在聽他說些什麼，只是自顧自嘀咕說她還會再跟他聯絡。最近，她發覺自己漸漸很難開口和別人說話，尤其是上次和卡爾起爭執之後。系裡的同事都對她敬而遠之。她已經沒辦法再像從前那麼專注了，昨天晚上，她做了一個噩夢，夢見自己發明了一套形式系統，可以把任何抽象的概念用數學來計算，結果，她竟然證明了生等於死。

她開始感到恐懼，因為她可能快要發瘋了。她的思維已經開始混亂，那已經離發瘋不遠了。

她罵自己荒唐。哥德爾證明了他的不完全定理後有意圖自殺嗎？

然而，那是很漂亮的定理，崇高神聖，是她這輩子見過最奧妙的定理。

而她自己證明的東西卻彷彿在嘲笑她。那個錯誤就像謎題書裡的一道難題，彷彿那難題正在對她說：難倒妳了吧？於是她立刻跳過那個錯誤，拚命想找出自己錯在哪裡，可是那個錯誤又繞回來對她說：又難倒妳了吧？

她不難想像，卡拉漢一定會思考她的發現對數學到底有什麼意義。太多的數學並沒有實際上的用途，只不過是一種形式的理論，研究數學純綷只是為了追尋心智之美。然而，這種狀況是無法維持太久的，因為自相矛盾的理論實在太沒意義，絕大多數的數學家都會棄之如敝屣。

其實，真正令蕾妮感到憤怒的，是她的直覺背叛了她。那個該死的定理看起來是合理的，雖然有點怪怪的，但感覺是「對的」。她瞭解自己的系統，知道它是對的，而且相信它是對的。

7b

回想起她生日那天的情景，卡爾不由得露出笑容。

「我真不敢相信！你是怎麼猜到的？！」她從樓上衝下來，手上抓著一件毛衣。

去年夏天，他們到英格蘭去度假，在愛丁堡一家商店裡看到一件毛衣，當時，蕾妮只是瞄了一眼，並沒有買下來。於是，他訂購了那件毛衣，擺在蕾妮衣櫃的抽屜裡，等著那天早上讓她自己發現。

「妳這個人太容易讓人一眼看透。」他消遣了她一句。其實他們心裡都明白，她並沒有那麼容易看透，但他就是喜歡這樣消遣她。

那是兩個月前的事了。或者說，將近兩個月前。

眼前的狀況，顯然需要改變一下生活步調。卡爾又走進她的書房，看到蕾妮坐在椅子上凝視著窗外。「猜猜我們接下來要做什麼。」

她抬頭看了他一眼。「做什麼？」

「我訂了房間，我們去渡週末。是巴爾的摩的一間套房。我們可以放鬆一下，把別的事都丟到一邊——」

「拜託你別再說了。」蕾妮說。「卡爾，我知道你想做什麼，你希望我們去做一些輕鬆愉快的事，分散我的注意力，好讓我暫時不再去想這些形式系統。但這樣是沒有用的，你不知道這東西是怎麼糾纏我。」

「好了好了。」他拉住她的手，把她從椅子上拖起來，可是她卻硬是甩開他的手。卡爾愣住了，在那裡站了好一會兒，後來，蕾妮忽然轉過來盯著他的眼睛。

「你知道嗎，我本來想吃安眠藥。我幾乎巴不得自己是個白痴，就用不著再去想這些了。」

他嚇了一跳，一時不知道該表現什麼態度，說什麼話。「最起碼妳可以試著讓自己脫離一下啊，為什麼不試試看呢？又不會有什麼壞處，說不定可以暫時分散妳的注意力。」

「沒有任何東西可以暫時分散我的注意力。你不會懂的。」

「那麻煩妳解釋一下，讓我明白。」

蕾妮嘆了口氣，撇開頭想了一下。「那種感覺，就好像不管我看到什麼東西，所有的東西都在對我大吼大叫，說那是矛盾的。」她說。「我現在一天到晚都在演算，把所有的數字套進那個等式裡。」

卡爾一時說不出話來。過了一會兒，他好像忽然想通了什麼，又繼續說：「現在，妳就像那些古典物理學家面對量子力學的問題一樣，好像長久以來妳一直相信的理論忽然不能再用了，而新的理論根本講不通，可是不知道為什麼，所有的證據都證明新理論是對的。」

「不對，根本不是那樣。」她反駁的口氣幾乎是有點鄙視了。「這和證據無關，這是一種先驗的問題。」

「有什麼不同？不就是妳推論的證據出了問題嗎？」

「老天，你是在開我玩笑嗎？問題是出在，我算出來的是一等於二，而我的直覺也相信那是對的。我已經感覺不到不同的數量有什麼差別了。對我來說，不管什麼數量，感覺都一樣。」

「妳是在開玩笑吧？」他說。「人怎麼可能真的會有這種感覺？人怎麼有辦法相信不可能存在的事情？」

「你怎麼知道我沒有這種感覺？」

「我不是正試著想瞭解妳嗎?」

「不用你操心。」

卡爾已經失去耐性了。「好吧,算了。」說完他就走出書房,結束了這場談話。

後來,他們兩個就很少再說話,除非有必要。三天後,卡爾出門的時候忘了帶一盒幻燈片,那是開會要用的,於是他又開車回家去拿,結果看到她在桌上留了一張紙條。

在接下來的那段時間裡,卡爾忽然直覺到兩件事。第一個直覺浮現的時候,他正在屋子裡狂奔,懷疑她是不是從化學系偷了什麼氰化物。那一剎那的直覺是,因為他不懂究竟是什麼原因導致她想自殺,所以他感覺不到自己同情她。

第二個直覺浮現的時候,他正在敲臥房的門,朝房間裡的她大喊。那一剎那,他忽然有一種似曾相識的感覺。他回想起,很久以前,他自己也曾經這樣鎖在房間裡,在一間房子的閣樓,有個朋友也曾經這樣敲門,叫他別做傻事。他站在臥房門外,聽得到她在啜泣,想像得到她滿懷羞愧的癱在地上,就像當年在門裡的他一樣。

8

希爾伯特曾經說,要是連數學推論出來的東西都有缺陷,那我們到哪裡去尋找真理?怎麼相信真理？

8a

蕾妮一直在想，她意圖自殺這件事會不會讓她的後半生蒙上陰影？她把桌上那疊文件堆整齊。從此以後，大家會怎麼看她？說不定會下意識的覺得她這個人不負責，靠不住。她從來沒問過卡爾，他是不是也曾經有過同樣的焦慮。她之所以沒問，或許是因為她不想揭他瘡疤，在他面前提起他曾經意圖自殺的事。那已經是很久很久以前的事了。任何人看到現在的他，直覺就會認為他是心理很健全的人。

但蕾妮實在沒把握自己是不是也能跟他一樣。現在，她討論數學的時候，已經很難讓人聽得懂，而且她不知道自己以後還能不能辦得到。假如她的同事現在看到她，他們可能會說，她已經江郎才盡了。

整理好桌上的文件之後，蕾妮走到客廳。她的形式系統在數學界廣為流傳之後，現有的數學根基恐怕需要大興土木重整，但事實上，真正會受影響的，只有極少數像她這樣的人。絕大部份的數學家都會像法布里西一樣，被證據牽著鼻子走，完全被這套系統說服，就這樣了。唯一會對這套系統產生強烈反應的人，都是像她一樣能夠完全理解裡面的矛盾，直覺感到不對的人。卡拉漢就是其中之一。她有點好奇，這些日子以來，卡拉漢是如何面對那種矛盾？

客廳的茶几上蒙了一層灰，上面有一條彎彎的痕跡，蕾妮手指沿著那道痕跡輕輕劃過。換做是從前，她會本能的去研究那條曲線的數據，找出它在數學上的特質，可是現在，她似乎已經不覺得這一切有什麼意義。她對畫面的想像力已經徹底崩潰。

她和很多數學家一樣，總是認為數學並沒有從宇宙得到意義，反而是賦予宇宙某種意義。宇宙中的物理實體，沒有所謂的比較大或比較小，彼此之間也沒有所謂的相似或不相似，一切都只是一種存在。而數學是完全獨立的，不過它會賦予那些實體某種可描述的意義，藉此將所有的實體分門別類，界定實體間的關係。數學不會描述實體的內在本質，只是給實體一種可能的解釋。

而也就只有這樣了。如果把數學中那些實體抽離出來，數學就會產生矛盾，而且，如果數學的形式系統內部產生矛盾，它就會失去意義。數學是一種經驗主義的東西，如此而已，她已經對數學完全失去興趣。

8b

那麼，接下來她該怎麼辦？蕾妮知道有些人放棄了學術工作，改行賣皮革手工藝品。她會需要一點時間適應，重新找到自己的方向。而這就是卡爾想幫她做的，從頭到尾都是。

卡爾的朋友當中，有兩位是女性，瑪琳娜和安妮。她們兩個是最要好的朋友。幾年前，瑪琳娜曾經想過要自殺，然而，她並沒有找安妮求助，反而是找卡爾。有好幾次，他和瑪琳娜會徹夜促膝長談，但有時候也會默默坐著，享受寧靜的時刻。卡爾知道安妮一直有點嫉妒他和瑪琳娜之間的心有靈犀。她一直搞不懂他到底有什麼優點，使得他能夠如此親近瑪琳娜。其實答案很簡單，那就是同情憐憫和感同身受之間的差異。

在卡爾一生中，他曾經不只一次在類似的情況下撫慰別人。當然，他很高興自己能夠幫助人，但更重要的是，他感覺自己應該要設身處地為別人著想，能夠對別人的處境感同身受。

他一直很相信，同理心是他性格中與生俱來的一部份，可是現在，他已經不再那麼確定了。他一直很珍惜自己能夠對人有同理心，甚至覺得，要是沒有這種同理心，他幾乎是一無是處。而現在，他面臨了一種前所未有的狀況，結果發現，他平日那種感同身受的本能卻突然消失無蹤。

如果有人在蕾妮生日那一天告訴他，兩個月後他會變成這樣，他一定會嗤之以鼻。當然，如果時間久了，過個十幾二十年，他是有可能會變，因為他知道時間會改變一切。可是，才兩個月？

結婚六年之後，他就發覺自己已經不愛她了。他很不喜歡自己變成這樣，但問題是，她變了，現在，他不瞭解她，也不知道該怎麼體會她的感受。蕾妮的思維世界和感情生活彼此糾纏，密不可分，所以，他再也無法捉摸她內心的感情。

這時候，他的本能反應就是原諒自己，合理化自己的心態。他安慰自己：在危難的時刻，誰都沒資格要求別人要無怨無悔的支持自己。如果你的太太忽然精神出了問題，在這樣的狀況下離開她，會是一種罪惡，不過，那是一種值得原諒的罪惡。如果選擇留下來陪伴她，那就意味著你必須接受兩個人的關係不一樣了，這不是每個人都能適應的。所以，卡爾從來不曾譴責處在這種情況下的任何人。只不過，他終究要面對那個潛藏在自己心裡的問題：我會怎麼做？他的答案永遠都是，我會留下來。

偽善。

最要命的是，他自己也曾經深陷在這樣的處境。他曾經自己默默承受痛苦，也曾經考驗別人能夠忍耐他到什麼程度。然而，曾經有個人撫慰他，他的第一個女朋友蘿拉陪伴他渡過那一切。他終究會離開蕾妮，但那種罪惡，將是他一輩子無法磨滅的。他永遠不會原諒自己。

9

愛因斯坦曾經說：「當數學邏輯開始用來描述真實事物的時候，那種邏輯就不會是明確的，反過來，如果那種邏輯是明確的，那它是不可能用來描述真實事物的。」

9a=9b

卡爾在廚房裡剝豆莢準備晚餐的時候，蕾妮忽然走進來。「我可以跟你聊一下嗎？」

「當然好啊。」於是他們在餐桌旁邊坐下來。她若有所思的凝視著窗外。那是她的習慣動作，每當她開始要討論嚴肅話題的時候，她就會看著窗外。他突然很怕聽到她接下來會說什麼。在她還沒有完全康復之前，他並沒有打算告訴她，他要離開她。而要等到她完全康復，至少還要等好幾個月，現在說這些為時過早。

「我知道我一直沒有明說——」

老天，他暗暗祈禱，千萬別說出來。拜託妳，千萬別說。

「——不過，我真的很感激你一直陪在我身邊。」

她的話刺痛了他，他不由得閉上眼睛。還好，謝天謝地，蕾妮還看著窗外。那會很難，太難太難了。

她又繼續說。「糾纏在我腦子裡的那些事——」她停了一下。「那是我從來無法想像的。如果那只是一般的憂鬱症，我相信你一定能夠體會，我們也就有辦法應付。」

卡爾點點頭。

「但真正的情況是，我覺得自己就像一個證明了上帝不存在的神學家。就好像，我並不只是害怕上帝不存在，而是我知道上帝真的不存在。你會不會覺得聽起來很荒唐？」

「不會。」

「我不知道該怎麼形容那種感覺。那是我深信不疑的東西，只不過，那不是真的，而且我還必須宣告世人那不是真的。」

他很想告訴她，他完全能夠體會她的感受，而且他自己也有同樣的感受。不過，他終究還是說不出口，因為，這樣的感同身受不但無法讓兩個人在一起，反而會讓兩個人分離。他沒辦法說出口。

七十二個字母

小時候，羅伯最喜歡的玩具，是一個很簡單的泥偶，只會往前走，別的什麼都不會。他的爸媽偶爾會在外面的花園招待客人，一夥人高談闊論，一下聊維多利亞女王登基，一下聊憲章運動改革法案，這時候，羅伯就會讓泥偶在家裡的走廊走來走去，自己跟在後面，碰到轉角的時候就幫泥偶轉身，讓它轉彎或是走回原地。泥偶不會聽命令，也沒有任何知覺，遇到牆壁的時候，那個小東西會一直往前走，直到撞上牆壁，把雙手雙腿撞得歪歪扭扭。有時候，純粹為了好玩，羅伯會任由它去撞牆。有一次，泥偶的手腳撞到徹底變形，他就把那個小玩具拿起來，把它身體裡那片寫著名字的羊皮紙抽出來，它立刻就不動了，維持著走路走到一半的姿勢。然後他會把泥偶的身體很均勻的搓成一個泥團，然後壓平，重新雕成另一個新泥偶，有時候故意把腳弄彎，有時候一腳長一腳短。接下來，他會把名字塞回泥偶身體裡，放回地上，這時候，泥偶會立刻翻倒，在原地打轉。

羅伯喜歡的不是雕泥偶，而是測試名字的力量能發揮到什麼程度。他會不斷的變造泥偶，看看泥偶要變形到什麼程度，名字才無法再驅動它。為了節省雕泥偶的時間，他很少修飾細節。他重雕泥偶，只是因為需要用它來測試名字。

他有另外一個玩偶是用四隻腳走路的。那玩具很棒，是一匹做得很精緻的瓷馬，不過羅伯更感興趣的是用它的名字來測試。那匹馬的名字會聽一些命令，包括開始走，停止，甚至還懂得避開障礙物。羅伯試著把那個名字塞進他自己雕的泥偶裡，可是這個名字對配合的身體很挑剔，羅伯不知道做了多少個泥偶，可是卻沒半個是這個名字能驅動的。他試著多做出兩隻腳黏到身體上，可是腳和身體之間的接縫卻沒辦法完全補滿，所以名字認不出這個身體，因為感覺不到它是完整的。

他把一些名字拿來仔細研究，看看能不能找到可以用來替代的，或許新名字有辦法區分兩隻腳和四隻腳，或是讓泥偶聽懂簡單的命令。可是他發現，那些名字都截然不同，每張羊皮紙上都有七十二個希伯來文字母，排成六行，一行十二個。他仔細研究之後，唯一能夠判斷的是，每個名字的字母排列是完全隨機的。

• • •

四年級的課堂上，羅伯史特雷頓和他的同學都乖乖坐著，崔韋廉老師在課桌間的走道上踱來踱去。

「蘭德爾，名字的原理是什麼？」

「天地萬物都是上帝依照自己的形象創造的，還有，呃，萬……」

「鬼混，回家背熟了下次再考你。索本恩，你告訴大家，名字的原理是什麼？」

「天地萬物都是上帝依照自己的形象創造的，萬物之名都是上帝依照自己的聖名賦予的。」

「物體的真名是什麼？」

「就是上帝依照自己的聖名賦予的名字，就像萬物都是上帝依照自己的形象創造的那樣。」

「真名的作用是什麼？」

「將上帝的神聖力量賦予物體。」

「很好。哈利威爾，簽名的原理是什麼？」

自然哲學課一直上到中午才結束，不過因為是禮拜六，下午都沒課了。崔韋廉老師一宣佈下課，喬汀罕小學的男生們立刻一哄而散。

羅伯先回宿舍去了一下，然後就跑到學校的運動場邊，和他的好朋友萊諾碰面。「那麼，我們不用再等了，就是今天了，對吧？」

「我不是告訴過你了嗎？」

「那我們走吧。」於是兩個人就出發，準備走將近兩公里的路到萊諾家。

在喬汀罕小學唸一年級的時候，羅伯和萊諾還不怎麼熟。喬汀罕是一所寄宿學校，不過有些學生還是住家裡，萊諾就是其中之一。而羅伯就像所有的住宿生一樣，對那些住家裡的同學懷有戒心。後來，有一個假日，羅伯去大英博物館的時候，很湊巧的遇到萊諾。羅伯熱愛博物館，尤其是裡面那些看似吹彈可破的木乃伊，巨大的石棺，鴨嘴獸的標本，浸泡在藥水裡的美人魚，還有掛了滿牆的象牙、麋鹿角、獨角獸的角。那天博物館正好有特展，展示一些常見的小精靈，而且還有一張告示牌特別說明為什麼這次沒有展出沙羅曼蛇。羅伯正在看告示牌的時候，發現有個男孩站在旁邊盯著罐子裡的水女神。他立刻就認出那男孩是萊諾。他們聊起來，發覺兩個人對科學都非常熱衷，後來他們很快就成了好朋友。

他們沿著那條路走，邊走邊踢石頭玩，兩個人踢來踢去。萊諾用力一踢，一顆石頭從羅伯兩腳腳踝中間穿過去，萊諾大笑起來。「我真是迫不及待想下課。」他說。「再聽他多說一個什麼原理，我一定會發瘋。」

「他們幹嘛把那堂課叫做自然哲學？」羅伯說。「乾脆承認那就是神學，不就結了嗎？」最近他們買了一本《少年的命名法指南》，書上說，現在的命名師都已經不再談什麼上帝賦予的名字或什麼聖名。現在的流行思潮認為，除了我們這個物質宇宙之外，還有一個字彙的宇宙，而且，把物體和一個適合的名字結合在一起，就能夠同時激發出物體和名字的潛能。書上還說，物體並非只有一個「真名」，任何物體都可以依據它特有的形狀，套用很多個適合的名字，也就是所謂的「合適名」。除此之外，還有另外一種比較簡單的名字，能夠接受形狀差異很大的物體，例如，他小時候玩的那種會走路的泥偶，就是用這種名字。

到了萊諾家之後，他們告訴廚子，等一下一定很快就回來吃晚飯，然後兩個人就跑向後花園。萊諾家後花園有一間工具倉庫，被萊諾改造成實驗室，在裡面做實驗。

平常，羅伯每隔一段時間就會來這裡找他，可是最近，萊諾好像在搞什麼祕密實驗，到今天才終於完成，可以讓羅伯看看他的成果了。萊諾叫羅伯在外面等，自己先走進去，然後才讓羅伯進去。

每一面牆上都有長長的架子，上面擺滿了藥水瓶，塞著軟木塞的綠色玻璃瓶，還有分門別類的岩石和礦物樣本。有一張大桌子幾乎佔滿了整間實驗室，桌面上滿是污漬和燒焦的痕跡，桌上有一個水盆架在三腳架上，底下有一盞油燈。有一個大葫蘆，底部泡在水盆裡，上半部用一個落地架夾著。另外還有一隻水銀溫度計固定在水盆裡。

「你看。」萊諾說。

羅伯湊過去，彎腰打量葫蘆內部。一開始，那看起來像泡沫，似乎是黑啤酒的泡沫滴到葫蘆裡。他再仔細一看，發現那其實是一片閃閃發亮的細密網格，而他以為是泡沫的東西，其實是網格的細孔，細孔裡的東西是「Homunculus（何蒙克魯斯）」，也就是鍊金術用人類精液製造出來的小人胚胎。個別看來，每個胚胎的身體都是透明的，可是因為球莖狀的頭和線狀的手腳黏在一起，整個看起來就像一片白白的濃稠泡沫。

「所以你是對著葫蘆打手槍，然後還特別加熱保溫嗎？」他問。萊諾氣得用力把他推開。羅伯大笑起來，然後抬起雙手表示投降。「好啦好啦，說真的，這簡直是奇蹟，你是怎麼辦到的？」

萊諾氣消了。他說：「這必須絕對保持平衡。當然，溫度必須剛剛好，不過，如果你希望它們發育，就必須添加營養劑，而且劑量要剛剛好。營養不良，它們會餓死，營養過剩，它們會太活躍，開始互相打架。」

「你是在唬弄我吧？」

「我是說真的。不相信的話，你自己去查查看。精子打架就會導致胚胎畸形。如果一個受傷的胚胎進入卵子，生出來的嬰兒就會變成畸形。」

「我還以為生出畸形兒是因為媽媽懷胎的時候受到驚嚇。」羅伯剛剛才注意到每個胚胎都在微微蠕動，這才明白，那泡沫之所以緩慢起伏，是因為所有的胚胎都在蠕動。

「那只是某些種類的畸型兒，例如全身長毛或是身上有紅斑。至於那些缺手缺腳，或是手腳變形的胎兒，都是因為它們還是精子的時候就打架受傷了。這就是為什麼不能讓它們營養過剩，尤其在這麼狹窄空間，擠在一起它們會瘋狂廝殺。這樣下去，很快就會全部死光。」

「你能這樣讓它們發育多久？」

「恐怕沒多久了。」萊諾說。「如果沒有讓它們進入卵子，它們活不了多久。我看過一篇報導，在法國，有人把胚胎養到像拳頭那麼大，不過當然啦，他們有第一流的設備。我只是想試試看自己能不能培養得出來。」

羅伯盯著那些泡沫，忽然回想起崔韋廉老師灌輸給他們的預先成形原理。很久很久以前，所有的生命都被同時創造出來，而現在出生的生命，都是很久以前那些細微的胚胎長大成形的。雖然這些小人胚胎像是新生的，但事實上它們已經存在了不知道多少年。自從有人類以來，已經有無數的胚胎出生成形，歷經一代又一代，而這些胚胎依然在等待，等待輪到它們出生的時刻。

事實上，不是只有這些胚胎在等待。他自己在出生之前，一定也等待過。假如他的父親也做過這樣的實驗，那麼，那小小的羅伯胚胎就會看到旁邊都是他未出生的兄弟姐妹。羅伯知道，這些胚胎在進入卵子之前，是沒有知覺的。不過他忍不住會想，如果這些胚胎是有知覺的，那麼，它們心裡在想什麼。他不由得想像，如果自己也是其中的一個胚胎，身上每根骨頭每個器官都是柔軟透明的膠狀，身邊擠滿了無數一模一樣的胚胎，那會是什麼樣的感覺？想像他的胚胎隔著透明的眼皮，看到遠處有一個像山一樣的巨大形狀，如果他知道那個形狀是一個人，而且是他的同胞兄弟，他會有什麼感覺？如果他知道，只要他有辦法進入卵子，他就可以變得像那個巨人一樣巨大，一樣結實，那麼，他會怎麼想？難怪那些胚胎會互相廝殺。

• • •

後來，羅伯史特雷頓進入劍橋三一學院，繼續研究命名法。他讀了很多猶太教的神學典籍，那都是幾百年前寫的，在那個時代，命名師還稱為「命名大師」，而自動偶還稱為「魔法泥人」。那些典籍為當今的命名科學奠定了根基，例如《Sefer Yetzirah》，以利亞撒的《Sodei Razayya》，阿布拉法雅的《Hayyei ha-Olam ha-Ba》。後來，他又進一步研讀鍊金術的論文，這些論文運用更廣闊的哲學和數學來探討字母編排技術，例如魯爾的《Ars Magna》，阿格里帕的《De Occulta Philosophia》，迪伊的《Monas Hieroglyphica》。

他瞭解到，每個名字都是由好幾個「種類名」組合成的，而每個種類名都代表某種特性或功能。代表某種特性的字通常有很多個，有些是當代語言，有些是失傳的古代語言，包括各種同源字和古字，把那些字全部集合起來，分析字母，選擇性的替換某些字母，重新排列順序，藉此萃取出那些字的共同本質，這樣就可以創造出代表那個特性的種類名。在某些特定的情況下，描述某種特性的字在各種語言中都找不到，這時候就可以用現有的種類名為根據，推演創造出那種特性的種類名。名字的創造，除了要依據嚴格的規則，同時也要靠命名師的直覺。命名師的工作，就是找出最好的字母排列方式，這種能力是一種無法傳授的高超技藝。

他還研究了一些當代的技術，包括名字組合技術和名字拆解技術。名字組合技術，就是把一系列既簡潔又有驅動物體功能的種類名整合起來，混合排列成一連串看似隨機的字母，創造出一個名字。而名字拆解技術，就是把一個名字拆開，還原分離出原先用來組合名字的各個種類名。然而，一個用某些種類名組成的名字，不一定只能拆解出原先的種類名。一個威力強大的名字可以用另外一種方式拆解，拆解出來的另一組種類名，和原先用來組合的種類名不一樣，而新的組合通常都能夠發揮出預期的功能。不過，有些名字很難用別的方法拆解，而命名師會絞盡腦汁發展出新的技術，揭開那個名字的奧祕。

這個時期，命名法正在經歷某種變革。長久以來，名字一直有兩種，一種是用來驅動物體，一種是用來當護身符。只要你戴上健康護身符，就不會受傷，也不會生病。另外還有些護身符，有的可以擺在家裡預防火災，有的可以擺在船上降低沈船的風險。不過最近，命名法的研究出現了令人振奮的新成果，逐漸模糊了這兩種名字之間的界線。

熱力學是一種新興科學，研究的是熱與功之間的交互作用，最近，有人透過熱力學的研究，發現自動偶是如何吸取周遭環境的熱能轉化為動力，因此對熱能有了更進一步的瞭解。柏林有一位命名師利用這項研究成果，發明了一種更高級的護身符，讓人體可以吸收某個地方的熱能，釋放到另一個地方。運用這種護身符，冷藏變得更容易，更有效率，勝過從前運用揮發液體蒸發熱能的冷藏技術，應用在商業上效益驚人。同樣的，護身符也促進了自動偶的發展。愛丁堡有一位命名師研究出一種護身符，可以避免東西遺失。家務自動偶裝上這種護身符，就會懂得把東西放回原來的地方，這位命名師也因此獲得專利。

從三一學院畢業之後，史特雷頓就在倫敦定居下來，並且在「科德工業」找到工作，擔任命名師。那是英國一家很先進的自動偶製造廠。

• • •

史特雷頓最近做了一個新的自動偶，是用巴黎的灰泥漿灌鑄的。這一天，他走進廠房的時候，那個自動偶隔著幾步跟在他後面。那是一座巨大的磚砌建築，屋頂有天窗，陽光可以透進來。整座廠房分成兩邊，一邊用來灌鑄金屬自動偶，一邊用來生產陶製自動偶。廠房這兩區都有彎彎曲曲的通道，連接不同的房間，而每個房間負責不同的生產階段，依序銜接成一條生產線，將原料組裝成自動偶成品。史特雷頓和他的自動偶走進陶製自動偶生產區。

他們從一排矮桶旁邊經過，桶子裡裝的是混合陶土。不同的矮桶裝著不同等級的陶土，從普通的紅陶土到高級白瓷土。乍看之下，那些矮桶會讓人產生一種幻覺，彷彿是一個個的大杯子，有的裝著巧克力醬，有的裝著冰淇淋。然而，當你聞到那股濃烈的礦物味，那種幻覺立刻就消失了。屋頂的天窗底下裝著一根傳動軸，長度貫穿整個原料間。每個矮桶裡都有一根攪拌陶土的桿子，透過某種機械裝置連接到傳動軸。有一個充當引擎用的自動偶站在原料間的盡頭，看起來像是個鐵巨人，它正抓著搖桿，不停的轉動驅動輪。史特雷頓從它旁邊走過去，感覺到空氣中飄散著一股微涼，那是因為引擎吸收了周圍的熱氣。

下一個房間裡裝著灌鑄用的模子。四面牆邊擺滿了粉白色的架子，各式各樣的自動偶鑄模被翻轉過來擺在架上，穿著圍裙的雕塑師站在房間中央，有的單獨工作，有的兩人一組，他們正在操作鑄模，灌鑄自動偶。

最靠近他的那個雕塑師正在組裝一個模子，用來灌鑄推車工自動偶。那種自動偶頭端寬闊，有四隻腳，專門用來在礦坑裡推礦砂車。那年輕人停下手邊的工作抬頭看他。「先生，你要找什麼人嗎？」

「衛勒比大師約我在這裡碰面。」史特雷頓說。

「不好意思，我不知道。他應該很快就到了。」說完那年輕人又繼續工作。哈洛衛勒比是一級雕塑大師。史特雷頓想設計一個可以重複使用的鑄模，用來灌鑄他的自動偶，所以特地來找衛勒比討論一下。史特雷頓趁著等待的時間在房間裡走來走去，看看各種鑄模。他的自動偶站在旁邊一動也不動，等著他下令。

這時候，通往金屬自動偶廠區那扇門忽然開了，衛勒比走出來。他被金屬壓鑄的高溫烘得滿臉通紅。「真不好意思，史特雷頓先生，我遲到了。」他說。「我們正在鑄造一個大型的青銅自動偶，已經弄了好幾個禮拜，今天進行到灌鑄了。在這個節骨眼，我實在不放心讓那些菜鳥自己去搞。」

「這我完全可以體會。」史特雷頓說。

衛勒比半點都不浪費時間，立刻就走到那個新的自動偶面前。「這就是你叫莫爾搞了好幾個月的東西？」莫爾就是協助史特雷頓製造這個自動偶的新手雕塑師。

史特雷頓點點頭。「那小伙子幹得很不錯。」莫爾依據史特雷頓的需求，做了不知道多少個模型，而且都是根據同一個原始模型翻製的。他把做模型用的陶土鋪在骨架上，先做成胚模，然後做出鑄模，讓史特雷頓用來灌鑄灰泥漿，做成自動偶，拿來測試名字。

衛勒比打量著那個自動偶。「有些細節處理得還不錯，該有的都有了——嗯，等一下。」他指著自動偶的手。傳統的作法，都是把自動偶的手做成船槳形，或是像連指手套，只是在表面刻出細槽溝，標示出手指的形狀。而這個自動偶不一樣，手是完全成形的，兩手都有拇指和獨立的四指。「這真的有功能嗎？」

「你猜對了。」

衛勒比一臉狐疑。「證明給我看。」

史特雷頓對自動偶下令。「動動你的手指。」自動偶立刻抬起雙手張開五指，每根手指輪流彎曲再伸直，然後手又擺回身體旁邊。

「恭喜你，史特雷頓先生。」衛勒比說。他瞇起眼睛，再仔細看看自動偶的手指。「根據你設計的名字，這些手指必須要有指關節可以彎曲，對不對？」

「對，你能幫我設計那種模子嗎？」

衛勒比嘖嘖了幾聲。「那可是高難度哦。也許我們可以用回收的舊模子來灌鑄不同的手指部位，不過，就算只用一個模子，灌鑄陶土一樣貴得嚇死人。」

「我相信再貴都值得。來，我示範給你看。」史特雷頓又對自動偶下令。「用那邊的模子灌鑄一個自動偶。」

自動偶慢慢走到附近的牆邊，拿起史特雷頓說的鑄模。那是用來灌鑄小型瓷郵差的模子。好幾個新手雕塑師放下手邊的工作跑過來圍觀，看那個自動偶把那幾片模子拿到工作區。他把幾片不同部位的模子拼湊起來，用麻繩緊緊綁住。當自動偶用靈巧的手指抓住麻繩末端，繞了幾圈打了個結，那幾個雕塑師都明顯露出驚嘆的表情。接下來，自動偶把綁好的鑄模豎立起來，走過去拿一罐陶土泥漿。

「可以了。」衛勒比喊了一聲。那個自動偶立刻停止動作，回復到站立的姿勢。衛勒比打量著那個鑄模問：「它是你親自訓練的嗎？」

「沒錯。我還想叫莫爾教它金屬灌鑄。」

「你有沒有設計別的名字可以用來做別的事的？」

「還沒。我百分之百相信，我可以設計出一整套類似這種等級的名字，每個名字都可以執行需要靈巧手指的技術。」

「真的嗎？」衛勒比注意到那群菜鳥雕塑師在旁邊圍觀，立刻吆喝了一句：「你們都沒事幹了嗎？太好了，我還有一堆工作要交給你們。」那些雕塑師趕緊乖乖回去工作。衛勒比立刻轉頭對史特雷頓說：「到你辦公室去吧，我還有話要跟你說。」

「好啊。」史特雷頓叫那個自動偶跟在他們後面走。他們走到整個廠區最前端，那裡就是科德工業的辦公室。他們先走進史特雷頓的工坊，辦公室就在隔壁。一進門，史特雷頓立刻問衛勒比：「你對我的自動偶有什麼意見嗎？」

衛勒比打量著固定在工作檯上那雙陶土手。辦公桌後面的牆上用大頭針釘著好幾張設計圖，圖上是各種姿勢的手。

「你的成就很驚人，簡直可以媲美真人的手。不過，你教給你的自動偶的第一種技術竟然是雕塑，這才是我擔心的。」

「如果你是擔心我打算用自動偶來取代雕塑師，那你的操心就是多餘的，這絕對不是我的目的。」

「聽你這樣說，我就安心了。」衛勒比說。「不過，你為什麼要選雕塑呢？」

「我要做的事，過程是很曲折複雜的，這只是第一步。我最終的目標是製造夠便宜的引擎自動偶，讓每個家庭都買得起。」

衛勒比顯然很困惑。「老天，拜託你告訴我，一般家庭怎麼用得上引擎自動偶？」

「舉例來說，用來驅動動力式織布機。」

「你到底在說什麼。」

「你看過紡織廠那些童工嗎？他們每天都做到筋疲力盡，肺部塞滿了棉絮粉塵。他們簡直病入膏肓，你根本無法想像他們有辦法活到長大成人。購買廉價布料，代價就是工人的健康。當年紡織業還是村落手工形態的時候，紡織工人的日子好過得太多了。」

「當年就是因為紡織廠有動力式織布機，他們才會離開村莊去工廠當工人，現在，動力式織布機又怎麼有辦法讓他們回村子裡去？」

史特雷頓過去一直沒有好好談這個問題，現在機會來了。「引擎自動偶的製造成本一直都很高，所以才會有紡織廠，他們用燒煤炭的蒸汽引擎來驅動大量的織布機。現在，我做出來的這個自動偶就有能力鑄造引擎自動偶，成本會非常低廉。小型的引擎自動偶可以用來驅動很多機器，如果這種引擎自動偶便宜到連織布工人的家庭都買得起，那他們就可以像從前一樣在家裡織布，這樣一來，大家不需要忍受工廠的惡劣環境，就可以賺很多錢。」

「你忘了織布機也很貴嗎？」衛勒比的口氣像在消遣他。「動力式織布機當然比手工織布機更貴。」

「我的自動偶也可以用來協助生產鑄鐵零件，大幅降低成本，動力式織布機和其他機器就會變得更便宜。當然，我知道我的自動偶並不是萬靈丹，不過我完全相信，便宜的引擎能夠讓工人有機會過更好的日子。」

「你改善社會的心意令人欽佩，不過，我的建議是，想解決你提到的這些社會問題，有更簡單的辦法，例如減少工時，或是改善工作環境。你沒有必要摧毀我們整個生產體系。」

「更正確的說法是，我的構想是要重建，不是摧毀。」

這下子衛勒比發火了。「你這種回歸家庭經濟的構想當然很好，問題是，這些雕塑師怎麼辦？不管你的出發點有多令人欽佩，這些自動偶會害他們砸了飯碗。這些人當學徒受訓練，辛辛苦苦熬了很多年，萬一他們丟了工作，他們的家人怎麼過日子？」

史特雷頓沒想到他的口氣會這麼尖銳。「你太高估我了，命名師沒那麼大的本事。」他試著想讓氣氛緩和下來，但衛勒比臉色還是很陰沉。於是他又繼續說：「這些自動偶的學習能力是非常有限的，他們會操作鑄模，可是他們永遠沒辦法設計鑄模。真正的雕塑工作，只有雕塑師才可以做。剛剛我們碰面之前，你不是才剛指導過一群新手，監督他們灌漿鑄造一個大型青銅自動偶嗎？自動偶永遠沒辦法像人這樣協調合作。它們只會做一些例行公事。」

「如果雕塑師在學徒時期只能袖手旁觀，眼巴巴的看著自動偶代替他們做他們該做的事，你認為這樣培養出來的雕塑師會是什麼德性？雕塑師是多麼受人尊敬的職業，難道要淪落到變成牽線傀儡的那樣的把戲嗎？這我絕對無法容忍！」

「不可能會發生這種事的。」史特雷頓自己也開始發火了。「不過，我們來看看你剛剛說了什麼。你剛剛說，雕塑師是一種多麼受人尊敬的職業，你希望能夠保有職業尊嚴，這不就是那些紡織工人被剝奪的嗎？我相信，這些自動偶能夠幫其他行業的人找回職業尊嚴，但不見得會傷害到你們的尊嚴。」

衛勒比好像根本沒在聽他說話。「自動偶製造自動偶！要命的就是這個！這不只是一種羞辱，甚至會釀成大禍！有沒有聽過那首童謠啊？會飛的掃把掛著水桶，後來發瘋了，聽過嗎？」

「你是說『魔法師的學徒』？」史特雷頓說。「這種比喻太荒謬了！沒有人類的參與，這些自動偶根本不可能複製自己。我真搞不懂你為什麼這麼反感？你知道嗎，有一隻會跳舞的自動熊偶馬上就要在倫敦芭蕾舞劇院表演了。」

「如果你想研發的只是一個會跳舞的自動偶，我百分之百支持你的計畫。只不過，我不准你再繼續搞這種高性能的自動偶。」

「很抱歉，衛勒比先生，你好像管不到我。」

「你很快就會發現，少了雕塑師的幫助，你會很難玩得下去。我會把莫爾叫回來，而且禁止其他的新手雕塑師幫你做這件事。」

有那麼短短的一剎那，史特雷頓被他嚇住了。「你這種做法太不入流。」

「我倒覺得非常恰當。」

「這樣的話，我會找別家工廠的雕塑師合作。」

衛勒比皺起眉頭瞪著他。「我會找雕塑師工會的會長談一談，建議他禁止全體會員幫你鑄造自動偶。」

史特雷頓感覺自己全身的血液彷彿快沸騰了。「你威脅不了我。」他說。「你想怎樣就怎樣，只不過你阻止不了我的計畫。」

「我們好像沒什麼好說了。」衛勒比慢慢走向門口。「再見了，史特雷頓先生。」

「再見！」史特雷頓忿忿回了他一句。

‧‧‧

第二天，例行的白天散步時間，史特雷頓在科德工業附近的蘭貝思區閒逛。他穿過幾個街區，來到當地的一座市場。市場裡有一簍簍翻騰扭滾的鰻魚，有擺在整片毯子上的廉價手錶，但真正吸引他注意的，是一些自動玩偶。這是史特雷頓從小就有的癖好，他喜歡到市場上尋寶，看看有沒有什麼新發明的新鮮玩偶。今天，他注意到的是一對盒裝玩偶，造型塗裝看起來像探險家和土人。他打量著那兩個玩偶，看了一會兒，耳邊還聽到旁邊的小販正天花亂墜的搶著招攬客人。

「先生，我看你的健康護身符根本沒效果。」有個小販說。他桌上擺了滿滿的四方形錫盒，排得很整齊。「你需要的是這種有磁性的藥物，療效很好，來，試試看這種『薩奇威克博士的極磁藥丸』。」

「別聽他鬼扯！」有個老婦人扯他後腿。「曼德拉草酊，試試看，保證真品。」她拿出一瓶清澈的液體。「來，試試看，剛萃取出來的，非常新鮮，藥效沒得比！」

史特雷頓看不到什麼新產品玩偶，於是就離開市場繼續走，腦海中還縈繞著衛勒比昨天說的話。如果沒有雕塑師公會的協助，他勢必要聘請自行開業的雕塑師。他從來沒有和這些個體戶合作過，所以必須先調查一下那些人的背景。表面上，他們灌鑄的自動偶都是用公共版權的名字，不過有些傢伙幹的是掛羊頭賣狗肉的勾當，表面上是公共版權，其實是冒用別人的專利，嚴重侵權，還有些根本就是盜版。跟這些人扯上關係，他會身敗名裂。

「史特雷頓先生。」

史特雷頓抬起頭一看，看到一個瘦小的男人站在他面前，衣著普通。「我就是。請問我們見過面嗎？」

「沒有。我叫戴維斯。我是菲德赫斯特爵士的部屬。」他給史特雷頓一張名片，上面印著菲德赫斯特家族的徽章。

爵士的本名叫愛德華梅特蘭，是菲德赫斯特爵士三世，也是著名的動物學家和比較解剖學家，皇家學會主席。史特雷頓曾經參加過皇家學會的大會，聽過爵士的演講，不過兩人並沒經過正式介紹認識。「有什麼事嗎？」

「如果您方便的話，菲德赫斯特爵士想儘快跟你見面談談，討論你最近的作品。」

史特雷頓猜不透爵士怎麼會聽說過他的作品。「可是，為什麼你不到辦公室來找我呢？」

「菲德赫斯特爵士希望能夠私下跟你會談。」史特雷頓一頭霧水，不由得揚起眉毛，可是戴維斯並沒有進一步解釋。「不知道你今天晚上有沒有空？」

這樣的邀請異乎尋常，但他還是感到很榮幸。「沒問題。請轉告菲德赫斯特爵士，我很高興能夠有機會跟他見面。」

「今天晚上八點，有一輛馬車會在府上大門口等你。」

到了晚上八點，戴維斯果然坐著馬車準時抵達。那輛馬車十分豪華，內裝是紅桃木，漆得閃閃發亮，點綴著亮晶晶的黃銅，鋪著天鵝絨地毯。拉車的是一匹青銅灌鑄的駿馬，一看就知道十分昂貴，而且，如果是要去熟悉的地點，根本不需要馬夫。

搭車的半路上，戴維斯很禮貌的拒絕回答任何問題。他顯然不是爵士的僕人，也不是祕書，史特雷頓實在猜不透他擔任什麼樣的職務。馬車載著他們離開倫敦市區，來到鄉間，最後到了達靈頓莊園。這裡是菲德赫斯特家族的宅邸之一。

一進了屋裡，戴維斯帶史特雷頓穿過門廳，請他進了一間裝潢高雅的書房，然後就關上門，自己沒有進門。

書房裡有一張書桌，有個身材魁梧的男人坐在桌子後面，穿著絲綢外套，戴著領巾，滿臉濃密的灰鬍子，皺紋很深。史特雷頓一眼就認出他。

「菲德赫斯特爵士，真是榮幸。」

「很高興見到你，史特雷頓先生。你最近的作品很精彩。」

「您過獎了。不過，怎麼會有人知道我最近的作品呢？」

「我花了不少工夫蒐集這類情報。能不能告訴我，你為什麼要研發這種自動偶？」

史特雷頓解釋說，他的計劃是想製造大家都買得起的自動偶。菲德赫斯特聽得津津有味，偶爾會提出一些很有道理的建議。

「你的目標真是令人欽佩。」他點點頭，口氣充滿讚許。「原來你的動機是這麼悲天憫人，我很高興，因為我正在帶頭進行一個計畫，很想找你幫忙。」

「要是有機會幫得上忙，那真是我的榮幸。」

「謝謝你。」說著，菲德赫斯特臉色忽然凝重起來。「由於事關重大，在我說明之前，我必須聽到你親口保證，絕對不會洩露我告訴你的任何事。」

史特雷頓以坦然的眼神凝視著爵士。「爵士，我以英國紳士的名譽擔保，絕對不會洩露你告訴我的任何事。」

「謝謝你，史特雷頓先生。現在，請跟我來。」菲德赫斯特打開書房後牆的一扇門，然後兩人走進一條短短的走廊，過了走廊是一間實驗室，裡面有一張長長的工作檯，擺設非常整齊，分成好幾個座位，每個座位前面都有一座顯微鏡，還有一座奇特的黃銅腳架，腳有轉軸可以調整高低角度，架上有三個彼此垂直的旋轉輪，轉輪上有刻度，用來做細微調整。有一個老人坐在最裡面的座位上，眼睛湊在顯微鏡上。他們一進來，老人立刻抬起頭。

「史特雷頓先生，我相信你一定認識艾希伯恩博士吧？」

史特雷頓嚇了一跳，一時說不出話來。

史特雷頓還在三一學院唸書的時候，尼可拉斯艾希伯恩就是他的老師，後來聽說，好幾年前他就離開了學院，投入某種「異端」研究。在史特雷頓印象中，他是最有教學熱忱的老師。由於年紀大了，他臉頰變得更消瘦，顯得額頭更高，不過眼睛還是一樣炯炯有神。他拄著一根雕花象牙枴杖慢慢走過來。

「史特雷頓，很高興又見到你了。」

「我也是啊，老師。真沒想到會在這裡碰到你。」

「年輕人，今天晚上會讓你驚訝的事還多得很，你要有心理準備。」然後他轉頭問菲德赫斯特：「我們可以開始了嗎？」

菲德赫斯特帶他們走到實驗室最裡面，打開另一扇門，帶他們走下樓梯。「這個機密，只有極少數人知道，其中有些是皇家學會會員，還有幾個國會議員，或是兼具兩種身份的。五年前，法國科學院私下跟我聯絡，他們希望英國的科學家能幫忙驗證他們的一項實驗結果。」

「真的？」

「你一定不難想像，他們是很不情願的，不過他們覺得這件事太嚴重，不得不把國家之間的競爭撇到一邊。後來，當我瞭解狀況之後，我立刻就明白他們為什麼要這樣做。」

他們三個走進地下室，裡頭的牆上掛著煤氣燈。在燈光的照耀下，地下室顯得很寬闊，中間有一排石柱把地下室隔成兩半，石柱頂端在兩邊的天花板形成穹頂。長長的地下室裡有好幾排堅固的木桌，每張桌上都擺著一個浴缸大小的水槽。水槽是鋅製的，四邊都裝了小玻璃窗，可以看到裡面是清澈的淡褐色液體。

史特雷頓看著距離最近的那個水槽，看到水槽中央浮著一個扭曲變形的東西，彷彿是一部分的液體凝結成一團膠狀。由於這個角度背光，那團東西和水槽底那片斑駁的陰影看上去是連在一起的，根本看不清楚那是什麼。於是史特雷頓繞到水槽另一邊蹲下來，正對著煤氣燈看那團東西，這才看清楚，那團凝膠狀的東西是一個幽靈似的人形，像肉凍一樣半透明，姿勢像蜷曲的胎兒。

「太不可思議了！」史特雷頓暗暗驚嘆。

「我們把它叫做巨型胚胎。」菲德赫斯特解釋說。

「這是精子培育成的嗎？恐怕要花好幾十年吧。」

「沒那麼久。這才更令人驚訝。巴黎有兩個自然學家，一個叫杜比松，一個叫吉亞，幾年前，他們研究出一種方法，可以誘導精子胚胎過度生長。他們用很快的速度注射營養劑，讓精子胚胎兩個禮拜就變這麼大。」

史特雷頓前後擺動頭部，藉由光線在水槽裡的折射變化，隱約看得到胚胎體內的器官輪廓。

「這東西是……活的嗎？」

「是活的，不過沒有知覺，就像精子一樣。沒有任何人工方式能夠取代妊娠的過程。卵子裡有一種關鍵元素，能夠加速胚胎發育，而且因為有母體的影響，胚胎才能發育成人。目前我們只不過是讓它在短時間內變大。」菲德赫斯特朝胚胎比了個手勢。「母體的影響還會決定胚胎的毛髮膚色，還有各種面貌身體上的特徵。巨型胚胎的性別，從外表是看不出來的，雄性雌性看起來都一樣，而且，撇開雄性雌性不談，即使每個胚胎源自不同的父親，看起來卻還是幾乎一模一樣，無法靠檢驗分辨，只能靠原始的檔案記錄來辨識每一個胚胎。」

史特雷頓又站起來。「如果沒辦法研發出人工子宮，那為什麼還要做這個實驗？」

「為了測試人類的穩定性。」爵士知道史特雷頓不是動物學家，於是又更進一步解釋。「如果磨鏡片的技工能研發出具有無限放大功能的顯微鏡，動物學家就可以針對任何物種的胚胎進行檢驗，看看這些物種未來的世代在外表上是否會維持不變，還是轉變為新物種。如果是新物種，那麼，那會是慢慢演化形成的，還是突變造成的。

「可惜，由於色差現象，任何光學儀器的放大功能都有上限，於是，杜比松和吉亞才會想到這個方法，用人工方式培育出這麼大的胚胎。一旦胚胎長到像成人那麼大，我們就可以從裡面抽取出精子，用同樣的方法培育出下一代的巨型胚胎。」說著，菲德赫斯特走到另一張桌子前面，指著桌上的水槽。「不斷重複這個過程，我們就可以預先知道任何物種未來的世代長什麼樣子。」

史特雷頓轉頭看看房間四周，感覺那一座座的水槽彷彿有了不同的意義。「所以，他們縮短了每個世代出生的間隔，用這個方法預知我們人類的未來。」

「正是如此。」

「真是太驚人了！那麼，結果他們有什麼發現？」

「他們測試了很多動物的種類，不過一直都沒有發現任何外型上的改變。可是，等到他們研究人類的精子胚胎，卻有驚人的發現。那就是，頂多再過五代，人類的男性胚胎裡就不再有精子，而女性胚胎裡也不再有卵子。也就是說，人類從此絕育。」

「我覺得這種結果並不難預料。」史特雷頓邊說邊瞥了胚胎一眼。「重複培育出來的下一代，有機體裡的元素一定會減少，所以，到了某個時間點，後一代會變得非常虛弱，繁衍的過程就終止了。這是很合乎邏輯的。」

「杜比松和吉亞一開始也是這麼預測，可是他們發現，不同世代的胚胎，精子的體積和活力完全沒有差異，而精子和卵子的數量也沒有減少。從第一代到第四代，生育能力都一樣強，到最後一代才突然變成絕育。」

「此外，他們還發現另一種異常現象。有些精子只能繁衍四代，甚至更少，不過，這種變化並不是出現在單一精子的後代，而是全部精子的胚胎都一樣。舉例來說，他們做過一種比對，精子樣本的捐贈者分別是一個家庭裡的爸爸和兒子，結果發現，爸爸的精子培育出來的後代胚胎，正好比兒子精子培養出來的多了一代。據我的瞭解，有些精液捐贈者年紀非常大，他們的精子數量比較稀少，不過培育出來的胚胎，還是比他們年輕力壯的兒子多了一代。所以，精子的生殖能力與捐贈者的健康或精力無關，而是要看捐贈者是哪一代。」

菲德赫斯特停了一下，一臉凝重的看著史特雷頓。「就是因為發現了這種結果，法國科學院才會聯絡我，他們希望皇家學會也能夠做同樣的實驗，看看結果是否一樣。後來，我們特別跨越不同的人種採樣，包括北極和非洲的人，最後，實驗的結果和他們完全一致：人類只能繁衍有限的世代，而我們這一代，是倒數第五代。」

・・・

史特雷頓轉頭看看艾希伯恩，暗暗希望他會說這一切只是玩笑，但他的老師卻依然一臉凝重。於是史特雷頓又再看了胚胎一眼，皺起眉頭，接受了這個事實。「如果這個實驗結果是真的，那其他物種一定也有類似的繁衍期限。不過據我所知，目前為止好像還沒有看到哪個物種滅絕了。」

菲德赫斯特點點頭。「沒錯。不過，許多化石的研究紀錄已經證明，某些物種經歷了很漫長的時間維持不變，可是卻突然被新物種取代。災變論學者認定，劇烈的災變導致物種滅絕。根據預先成形理論方面的研究，我們發現，物種的滅絕只不過是物種生存期限結束的必然結果。從某個角度來說，牠們並不是突然死亡，而是自然的結果。」說完他朝剛剛走進來的門口比了個手勢。「我們回樓上去吧。」

史特雷頓跟在兩個老人後面走，邊走邊問：「不過，新物種是怎麼誕生的？如果他們不是從現存的物種演變成的，難道是無緣無故就突然出現的嗎？」

「這還無法確定。通常，只有最簡單的動物會自發性的出現，例如蛆或是一些蠕蟲類生物，而且通常是在高溫的影響下。災變論學者提到的那些狀況，例如大洪水、火山爆發、彗星撞擊，這些都會釋放出巨大的能量。也許這種能量造成了巨大的影響，導致某些有機物從原本潛藏的型態形成新品種。如果是這樣的話，大災難帶來的並不是集體滅絕，而是新物種的誕生。」

回到實驗室之後，兩個老人坐下來，但史特雷頓心情太激動，一時無法平復，並沒有跟著坐下。「如果所有的物種都是和人類一樣，在同一場大災難之後誕生的，那麼，他們的生存期限應該也快結束了。所以，除了人類之外，你們有沒有發現其他瀕臨滅絕的物種？」

菲德赫斯特搖搖頭。「還沒。不過我相信，其他物種的滅絕時間和我們不一樣，這和牠們的生物複雜度有關。人類是最複雜的有機體，所以我們的精子沒辦法繁衍太多世代。」

「照你這麼說。」史特雷頓反駁說。「也許就是因為人類的生物結構太複雜，不適合用人工的方式加速培養，所以，並不是說人類沒辦法繁衍太多世代，而是人工方式培養的胚胎沒辦法繁衍。」

「史特雷頓先生，你的觀察非常敏銳。目前我們正在進行後續的實驗，對象是一些比較類似人類的動物，例如黑猩猩和紅毛猩猩，不過這還要花好幾年的時間，而且還不見得能夠解答我們的疑問。如果目前的研究結論是正確的，那我們已經沒有時間去求證了。我們必須立刻採取行動，擬定計畫。」

「可是，五個世代的人類，加起來還有一百年的時——」講到一半他忽然停下來，覺得很不好意思，因為他竟然沒想到一個很明顯的事實：並非每個人都是在同樣的年齡當爸媽。

菲德赫斯特知道他在想什麼。「同年齡的人捐贈的精子樣本，繁衍的世代並不是一樣多，你應該知道原因是什麼：因為有些人的繁衍期限比別人更快結束。如果有個家族代代都是很晚才生孩子，那麼繁衍五個世代的時間可能長達兩百多年，當然，現在一定也有些人的繁衍期限已經到了。」

史特雷頓開始想像接下來的後果。「隨著時間過去，失去生育能力的人會很明顯的越來越多。那麼，人類在還沒有滅絕之前就會先陷入恐慌。」

「沒錯，暴動一樣會導致人類滅絕，這和人類喪失生育能力的結果是一樣的。這就是為什麼我們必須爭取時間。」

「你有什麼解決方案嗎？」

「這就要請艾希伯恩博士來進一步說明。」菲德赫斯特說。

艾希伯恩站起來，不自覺的擺出在課堂上講課的姿態。「當初我們曾經嘗試要用木頭來製造自動偶，可是最後放棄了，你還記得為什麼嗎？」

史特雷頓沒想到他會問這個問題。「因為木頭的紋路本身有形狀，這會和雕刻出來的形狀產生衝突。目前我們也在嘗試用橡膠來灌鑄自動偶，可是都沒有成功。」

「沒錯。如果木頭紋路是唯一的障礙，那麼，名字是不是有可能用來驅動動物的屍體？照理說，動物屍體的形狀是很理想的。」

「這種構想實在太毛骨悚然！我不敢想像這種實驗萬一成功了會怎麼樣。你們真的試過嗎？」

「老實說，我們真的試過，不過最後也沒有成功。所以，這兩種截然不同的研究方向都沒有結果。不過，這是不是意味著沒辦法用名字來驅動有機體呢？我離開三一學院，就是為了要探討這個問題。」

「那麼，你有什麼發現嗎？」

艾希伯恩揮揮手，意思是要他先別急著問。「我們應該先討論一下熱力學。你有沒有留意最近的研究成果？熱的發散，代表熱力的秩序越來越混亂，相反的，當一個自動偶吸收周遭的熱氣來執行工作，熱力就變得更有秩序。這證明了長久以來我深信的一件事：一個名字裡的字母秩序會影響熱力的秩序。護身符裡的字母秩序會增強身體原有的秩序，所以才能夠保護身體免受傷害。一個用來驅動物體的名字，它的字母秩序也會強化那個物體的秩序，所以才能賦予自動偶行動的力量。

「下一個問題是，是什麼東西讓有機體變得更有秩序？既然名字無法驅動死亡的有機組織，所以，有機體的秩序顯然與熱力無關。不過，也許別的東西能夠影響有機體的秩序。想像一下，如果把一頭公牛煮成一鍋牛肉湯，哪一種會更有秩序？」

「當然是公牛。」史特雷頓心裡其實沒什麼把握。

「當然。因為有機體是有形體的，本身就具有秩序。越複雜的有機體越有秩序。所以我的假設是：如果幫有機體創造出一個形體，是否就能讓那個有機體變得更有秩序？這就是我想證明的。然而，絕大多數的生命都已經有形體，所以問題是，哪一種生命是沒有形體的？」

艾希伯恩並沒有要史特雷頓回答。他又繼續說：「答案是：沒有受精的卵子。卵子裡有一種關鍵元素，能夠驅動長大成形後的動物，不過卵子本身沒有形體。一般來說，卵子和精子裡的胚胎結合後才會開始發育成胎兒。那麼，下一步該做什麼，就很清楚了。」說到這裡，艾希伯恩故意停頓了一下，用一種期望的眼神看著史特雷頓。

可惜史特雷頓一臉茫然。艾希伯恩似乎有點失望，於是又繼續說：「下一步就是用人工的手法誘使卵子長出胚胎，也就是，用名字。」

「可是，如果卵子沒有受精，根本就沒有胚胎可以發育成胎兒。」史特雷頓反駁。

「沒錯。」

「你的意思是，同質的培養基會形成結構體？根本不可能。」

「無論如何，多年來我一直想證明這種假設。我的第一個實驗，就是把名字植入沒有受精的青蛙卵子。」

「你是怎麼把名字植入青蛙卵？」

「嚴格說來並不算植入，而是用一種特製的針頭印上去。」有一個小盒子放在兩座顯微鏡中間。艾希伯恩打開那個盒子，盒子裡有木架，上面擺著一對對的小器材，每一把器材前端都有一根針，其中有幾根針粗得像毛線棒，有幾根細得像注射用的針頭。他從最粗的那一對抽了一根出來，拿給史特雷頓看看。那根玻璃針並不是透明的，裡面似乎有一些條紋。

艾希伯恩解釋說：「也許看起來有點像醫療器材，但其實是用來印名字的，功能就像傳統的羊毛紙片一樣，只不過，這用起來麻煩多了，不像拿筆寫在羊毛紙上那麼輕鬆。這種針，是無數的細玻璃絲合成一束，黑玻璃絲混在透明玻璃絲中間，從尾端看，就會看到黑玻璃絲的尾端像是無數的細黑點，組成名字。接下來，把這束玻璃絲熔燒成一根細玻璃桿，再把這根玻璃桿拉長，變成更細的玻璃線。技藝高超的玻璃匠有一種本事，無論玻璃線拉得多細，尾端的名字依然能夠保持清晰完整。最後做出來的就是這根針，橫斷面上有名字。」

「那麼，那個名字是怎麼設計出來的？」

「這個等一下再詳細討論。先回到我們剛剛討論的，如何用名字誘使卵子長出胚胎的問題。關鍵在於，我整合出兩性種類名。這個你聽說過嗎？」

「我聽說過。」那是一種很罕見的雌雄雙形的種類名，一種兼具雄性和雌性的變體。

「很明顯的，這個名字必須是雌雄雙形的，才能夠同時產生雄性和雌性。」他指著盒子裡那雙雙對對的針頭器材。

史特雷頓注意到，那種針可以夾在黃銅腳架上，針頭可以慢慢逼近顯微鏡底下的玻片。腳架上那些有刻度的旋轉輪應該就是用來推進針頭，讓針頭去碰觸玻片上的卵子。史特雷頓把手上的針頭器材放回去。「你剛剛說名字不是植入的，而是印上去的，難道你的意思是，只要讓針頭碰到卵子就可以了嗎？針頭移走之後，那名字還是有效？」

「沒錯。名字啟動了卵子的發育，而發育一旦啟動就無法停止，那名字不需要一直留在卵子上。」

「後來，那卵子有孵出蝌蚪嗎？」

「我最初設計的名字無法產生這種效果，頂多就是讓卵子表面出現一種對稱結構。後來，我嘗試合併不同的種類名，終於成功誘導卵子發育成各種不同的形體，其中有一些看起來就像小青蛙。最後，我終於研發出一個名字，不但能夠讓卵子呈現出蝌蚪的形狀，最後還能逐漸成熟孵化。透過這種名字，蝌蚪終於孵化成青蛙，看起來和其它品種的青蛙沒什麼兩樣。」

「也就是說，你已經幫那個品種的青蛙找出了『合適名』。」

艾希伯恩微微一笑。「由於這種繁殖方式不需要透過性交，我稱之為『雌體單性生殖』。」

史特雷頓看看他，再看看菲德赫斯特。「我已經知道你們想出來的解決方案是什麼。我可以推斷，你們這個研究的目的，就是要找出人類的『合適名』。你們想透過命名法讓人類繁衍不息。」

「也許你會覺得這樣的未來令人感到不安。」菲德赫斯特說。「你的反應不難預料。我和艾希伯恩一開始也有同樣的感受，而且不光是我們，任何一個有這種想法的人也一樣。沒有人希望人類的未來只能靠人工受孕。問題是，你有別的辦法嗎？」史特雷頓默默無語。菲德赫斯特又繼續說：「任何人，只要看到過艾希伯恩博士的研究，看到過杜比松和吉亞的研究，都不得不同意：沒有別的解決辦法了。」

史特雷頓提醒自己要保持科學家的冷靜客觀。「你們要怎麼使用這個名字？有什麼具體規劃嗎？」

艾希伯恩回答說：「當丈夫無法讓妻子懷孕的時候，他們會去找醫生。醫生就會收集那個女人的經血，分離出卵子，把那個名字印上去，然後再放回子宮。」

「這樣出生的孩子，從生物學的角度來看，是沒有爸爸的。」

「沒錯，不過，從生物學的角度來看，在這個過程中，那個爸爸的重要性是微乎其微的。那個媽媽會認為她丈夫是這個孩子的爸爸，在她想像中，這個孩子會遺傳父母雙方的外貌和性格，而這種想像會傳遞到胚胎上。所以那孩子還是等於有爸爸的。還有，這種印名字的方法不會用在未婚婦女身上，這你應該知道，不需要我特別強調。」

「你有把握這樣生出來的孩子都是身體健全的嗎？」史特雷頓問。「你應該知道我說的是什麼。」上個世紀，有人嘗試催眠懷孕的婦女，藉此生出品種更優良的孩子，結果釀成一場災難。這件事他們都知道。

「幸運的是，卵子對於它要接受的東西是極端挑剔的。對任何一種有機體物種來說，合適名的組合方法是非常少的。如果名字的字母順序無法完全吻合那個物種的身體結構，胚胎是不會生長的。而且，即使用這種方法，那個母親在懷孕期間仍然必須保持心情平靜，因為印上去的名字無法承受母親的焦慮情緒。不過，正因為卵子對接受的東西非常挑剔，所以可以確保胚胎發育出來的孩子在各方面都是健全的。當然，正如我們所預料，有一種狀況是我們無法確保不會發生的。」

史特雷頓立刻緊張起來。「什麼狀況？」

「你還猜不出來嗎？我們用印名字的方法培育出來的青蛙，只有雄性會有殘缺。公青蛙是無法生育的，因為牠們的精子裡沒有原始胚胎。相形之下，我們培育出來的母青蛙有生育能力，牠們的卵子可以透過自然的方式受精，也可以透過我們印名字的方法孵化。」

史特雷頓大大鬆了一口氣。「所以，那個名字裡的雄性變體是不完整的。看起來，光用兩性種類名是不夠的，雄性變體和雌性變體之間還需要更進一步的區分。」

「除非你認為雄性變體是不完整的，才需要這樣做。」艾希伯恩說。「但我並不認為雄性變體不完整。有生育能力的公青蛙和有生育能力的母青蛙，表面上看起來似乎是一樣的，可是從剛剛的例子看來，牠們的複雜程度是截然不同的。有卵子的母青蛙可以算是一個單一有機體，可是有精子的公青蛙卻可以算是無數個有機體，因為公青蛙有無數的精子可以生出不同的後代。從這個角度來看，那個名字的兩種變體可以說是搭配得天衣無縫，其中任何一種都能夠誘導出單一有機體，可是只有母青蛙的單一有機體具有生育能力。」

「我懂你的意思了。」史特雷頓心裡想，以後要多思考如何幫有機體命名的問題。「你有幫其他物種研究出『合適名』嗎？」

「大概有二十多種，不同類型的，進展很快。我們最近才剛開始研究人類胚胎的命名法，結果發現，那比先前其他物種的命名法困難多了。」

「有多少命名師參與你們的計畫？」

「只有少數幾個。」菲德赫斯特說。「我們邀請了皇家學會的幾個會員，而法國科學院那邊也有幾個頂尖的命名師在研究。你應該明白，目前我還不能說出是哪些人，不過我可以向你保證，他們都是全英國最頂尖的命名師。」

「冒昧問一下，你們為什麼會來找我？我覺得自己算不上頂尖。」

「你在這個行業資歷還不深。不過你研究的名字類型是很獨特的。幾乎任何一種自動偶都有某種特定的形狀和功能，這比較像動物，有的很會爬，有的很會挖，可是沒有任何一種自動偶是具有雙重功能的。不過你的自動偶能夠靈活操控手指，就像人的手一樣，那是很獨特的多功能工具。還有什麼工具能夠這麼靈巧，從操控扳手到彈鋼琴，無所不能？靈巧的雙手，就是人類心智靈巧的一種表現。我們努力想研發的名字，就是必須具備這種特性。」

「我們私下查訪了很多當代的命名法研究，看看有誰在研究這種著重在靈巧性的名字。」菲德赫斯特說。「後來，一發現到你最近的研究成果，我們立刻就找上你了。」

艾希伯恩接著說：「雕塑師對你研究的名字懷有戒心，而事實上，他們最不放心的東西，正好就是我們最感興趣的。你研究的名字，能夠讓自動偶在某些方面更像人類，這種成就前所未有。那麼，我們要問的是，你願不願意加入我們的行列？」

史特雷頓考慮了一下。這很可能是任何一個命名師夢寐以求的最重大的任務，要是在正常的情況下，他一定會興高采烈的抓住這個機會。基於良知，他一定會參與這個計劃，不過，在參與之前，他必須先解決一個問題。

「承蒙你們邀請，那真是我的榮幸。不過，我原先的目的是想研發出靈巧自動偶，可是現在，我是不是必須放棄這個計畫？我還是深信，便宜的引擎能夠改善勞工階層的生活。」

「那是個很有意義的目標。」菲德赫斯特說。「我不會要求你放棄。當然啦，目前我們希望你優先進行的，是把靈巧的種類名設計得更完善。因為，除非我們先確保人類能夠永續繁衍，否則你改革社會的用心根本就沒有意義。」

「那當然。不過，靈巧種類名很有可能改革社會，我不希望這樣的機會被忽略。也許我們不會再有更好的機會為一般勞工找回尊嚴。如果讓人類永續生存意味著失去改革社會的機會，那我真不知道這樣的成就有什麼意義。」

「說得好。」菲德赫斯特的口氣充滿讚許。「這樣吧，為了讓你能夠充分利用你的時間，必要的時候，皇家學會會協助你研發靈巧自動偶，例如尋找資金之類的事。我相信你一定會妥善分配時間，同時進行兩個計畫。當然，你研究生物命名法的時候，一定要保密。我這樣的提議，你還滿意嗎？」

「非常滿意。既然如此，兩位先生，我決定參與你們的計畫。」他們三個人一起握手。

•
•
•

上次史特雷頓和衛勒比言語衝突之後，到現在已經過了好幾個禮拜，兩個人碰面的時候連冷冷打個招呼都辦不到。事實上，史特雷頓很少接觸工會的任何一個雕塑師，絕大多數的時間他都在辦公室裡埋頭研究字母的排列，想把他的種類名設計得更靈巧。

他剛剛穿越展覽廳走進工廠，那裡常常有很多顧客在翻閱目錄。今天，展覽廳裡擺滿了家庭用的自動偶，全部都是同一款的女傭自動偶。史特雷頓看到好幾個業務員正在檢查那些自動偶，看看標籤有沒有貼錯。

「早啊，皮爾斯。」他跟一個業務員打招呼。「這些東西擺在這裡幹什麼？」

「他們最近剛剛幫這款『大管家』自動偶設計了一個更好的名字。」那個業務員說。「大家都迫不及待想買到最新款式。」

「看樣子，今天下午你有得忙的。」用來打開自動偶命名槽的鑰匙擺在保險箱裡，只有科德工業的經理才能開保險箱。那些經理每天下午都只肯把保險箱打開一下子。

「我相信我一定來得及把新的名字放進去。」

「要是有個漂亮的女傭走進來，我打賭你一定不忍心告訴她，她的女傭自動偶要明天才拿得到。」

那個業務員笑了一下。「換成是你，你忍心嗎？」

「當然不忍心。」史特雷頓咯咯笑起來，然後轉身走向展覽廳後面的辦公室，這時候，他看到衛勒比正好迎面走過來。

「也許你們應該讓保險箱開著，這樣那些女傭會比較方便。」衛勒比說。「史特雷頓先生，你似乎是想讓大家看看我們公司有多可怕。」

「早安，衛勒比大師。」史特雷頓冷冷的說。他想走開，可是衛勒比擋住他去路。

「有人告訴我，科德工業同意讓一些沒有加入工會的雕塑師到這裡來幫你。」

「沒錯，不過我保證，那些自立門戶的雕塑師都是我們這一行裡最有名望的。」

「我沒聽說過有這種雕塑師。」衛勒比語帶譏諷。「我要告訴你，我已經建議工會發起罷工，抗議科德工業。」

「但願你只是隨便說說。」雕塑師已經有好幾十年沒有罷工了，上一次罷工最後以暴動收場。

「我是玩真的。如果這件事交給全體會員投票表決，我相信一定會通過。我和很多雕塑師討論過你做的東西，他們一致同意你的東西會威脅到大家。沒想到，工會的頭頭不肯讓大家投票。」

「噢，也就是說，他們不認同你對我的看法。」

這時候衛勒比忽然瞪著他。「顯然皇家學會暗中在幫助你，他們出手干預了。而且他們還說服了雕塑師工會暫時不要輕舉妄動。看樣子，好像有很多有力人士在幫你撐腰，史特雷頓先生。」

史特雷頓忽然有點不自在。他回答說：「皇家學會認為我的研究很有價值。」

「或許吧，不過你也別以為這件事會這樣就了了。」

「說真的，你實在沒必要這麼敵視我。」史特雷頓強調。「過一段時間，你就會發現這些自動偶對雕塑師來說是很實用的，然後你就會明白，那根本不會威脅到你們的工作。」

衛勒比卻只是狠狠瞪了他一眼，然後就走開了。

後來，史特雷頓再次見到菲德赫斯特的時候，史特雷頓問他皇家學會是否有插手。當時他們在書房裡，菲德赫斯特正在倒一杯威士忌準備要喝。

「呃，沒錯。」他說。「雕塑師工會本身是很難對付，不過，某些個別成員倒是不難說服。」

「他們是怎麼被說服的？」

「皇家學會注意到，工會裡有幾個領導階層牽涉到歐洲大陸一件名字盜版案，到目前為止還沒有破案。為了避免醜聞纏身，他們決定暫緩決定是否進行罷工，打算先等你展示你的製作流程，觀察看看再說。」

「很感謝你幫忙，菲德赫斯特爵士。」史特雷頓說。「不過我沒想到皇家學會竟然也會用這種手法。」

「學會裡當然不方便公開討論這類議題。」菲德赫斯特很慈祥的微微一笑。「科學的進步並非永遠都是一路順暢，史特雷頓先生，皇家學會有時候也是需要雙管齊下，同時透過官方管道和非官方管道。」

「我開始懂了。」

「同樣的，儘管雕塑師工會不會發動正式罷工，他們可能會採取間接策略，例如，匿名發傳單，煽動社會大眾反對你的自動偶。」他啜了一口威士忌。「嗯，也許我該找人留意一下衛勒比大師了。」

•
•
•

史特雷頓住進了達靈頓莊園的客房。除了他，另外幾個命名師也住在這裡，他們同樣都在菲德赫斯特爵士的手下工作。那些人真的都是這一行裡響叮噹的人物，包括霍根，米爾本，派克等等。能夠和他們一起合作，史特雷頓感到很榮幸，只不過，他還跟著艾希伯恩學習生物命名法的技巧，所以一時還沒什麼貢獻。

有機體的名字採用的種類名，有很多和自動偶用的種類名是一樣的，不過艾希伯恩發展出一套截然不同的名字組合系統和分解系統，因此創造出很多字母排列的新方法。對史特雷頓來說，他感覺自己彷彿又回到了大學，從頭學習命名法。這些方法顯然能夠很快設計出各物種使用的名字，因為透過找出各類物種之間的類似性，就能夠從一個物種的名字推演出下一個物種的名字。

史特雷頓對兩性種類名也有了更進一步的認識。長久以來，兩性種類名一直是用來賦予自動偶雄性或雌性的特質。這樣的兩性種類名，過去他只知道一個，而現在他很驚訝的發現，在現存的各類兩性種類名中，那是最簡單的一個。在命名法的學術圈子裡，雖然很少有人關注兩性種類名，但在現有的兩性種類名當中，這個是被研究得最透徹的一個。有人宣稱，這個兩性種類名第一次有人使用，可以追溯到聖經時代。當時，約瑟夫的幾個兄弟創造了一個女性的魔法泥偶。那個時候，和女人性交是被禁止的，所以他們幾個兄弟就和那個泥偶性交，這樣就不會違反禁令。

兩性種類名又持續祕密發展了好幾個世紀，研究重鎮是君士坦丁堡。到了現在，這種兩性種類名被用來製造交際花自動偶，出現在倫敦幾家特殊的妓院裡。這種交際花自動偶是用皂石鑄造的，被打磨得閃閃發亮，加熱到人體的溫度，渾身灑滿香精油。它們身價很高，只輸給男性和女性的性愛魔神自動偶。

他們的研究就是從這種淫穢的土壤中發芽滋長的。用來驅動交際花自動偶的名字，結合了很多和人類性行為有關的種類名，包括男性和女性兩種類型。命名師從男女兩種類型的性行為種類名當中找出共同的肉慾元素，藉此區分出某些同時具有男性氣概和女性特質的特殊種類名。比起那些用來繁殖動物的種類名，這些種類名更精密。於是，他們以這些種類名為核心，逐漸累積經驗，設計出他們想要的種類名。

慢慢的，史特雷頓吸收的知識已經夠多了，於是就開始參與某些測試，找出可以用來幫助人類繁殖的名字。他和其他命名師分組合作，把各種命名的可能性區分成巨大的樹狀結構，然後分配研究方向，排除掉那些已經證明走不通的方向，集中力量研究最有希望的方向。

命名師付錢給女人，買她們的月經血，對象通常是年輕健康的女傭。他們從經血裡採集人類的卵子，印上實驗用的名字，放在顯微鏡底下觀察，看看它會不會長出類似人類胚胎的形體。史特雷頓問艾希伯恩，有沒有可能從女性胚胎裡取得卵子，但艾希伯恩提醒他，只有從活生生的女人身上取得的卵子才會發育。那是生物學的基本真理：雌性提供繁衍下一代的關鍵元素，雄性則是提供基本形狀，由於有這樣的區隔，雄性雌性都無法獨自繁衍後代。

當然，這樣的限制已經被艾希伯恩的研究打破了：因為可以透過命名的方法讓胚胎得到形狀，雄性的參與就不再是必要的了。一旦他們找出一個名字能夠用來培育出人類的胚胎，雌性就可以獨自繁衍後代。史特雷頓想像得到，這樣的研究結果很可能會受到同性戀女性的歡迎。假如研究出來的名字用在這些女性身上，她們就能夠透過單性繁殖的方式繁衍後代，藉此創造出一個完全女性的社會。然而，這樣的女性社會，究竟會因為強化了溫和性愛的細膩感受而興盛呢，還是會因為成員漫無節制的變態而瓦解？這恐怕永遠無法預料。

在史特雷頓還沒有參與之前，命名師已經研發出一種名字，能夠讓卵子孕育出類似微小人形的形體。接下來，他們再用杜比松和吉亞的方法，讓這些形體變得夠大，可以拿來仔細檢驗。然而，這些形體不太像人類，反而比較像自動偶，因為它們四肢末端的指頭整個黏在一起。後來，史特雷頓把自己的靈巧種類名用在這些形體上，它們的手指腳趾就獨立成形了，而且整體外型變得更好。這段期間，艾希伯恩一直強調要創新研究方法，突破傳統的侷限。

「好好思考一下絕大多數自動偶應用的熱力學。」艾希伯恩在某一次討論的時候提到。「礦工自動偶會挖礦砂，農務自動偶會收割小麥，伐木自動偶會砍樹，然而，不管我們覺得這些自動偶多麼有用，它們都算不上創造了秩序。自動偶的名字把熱能轉換為動力，創造了熱力的秩序，可是，就我們肉眼看得到的，它們工作的成果卻造成秩序的混亂。」

「這個觀點很有意思。」史特雷頓若有所思的說。「長久以來，自動偶的能力是有缺陷的，從這個角度觀察就容易理解了。自動偶找得到條板箱，卻沒辦法把條板箱堆放整齊，另外，自動偶原本就是設計用來把礦石敲碎成礦砂，所以它們沒辦法分類礦砂。所以你認為，從熱力學的角度來看，這些工業用自動偶的名字威力不夠。」

「你說得太對了。」艾希伯恩的興奮溢於言表，那模樣彷彿一個老師意外發現了天才學生。「這就是為什麼你的靈巧種類名會這麼關鍵。你的名字能夠讓自動偶很靈巧的執行工作，不但創造了熱力的秩序，同時也創造了肉眼看得到的秩序。」

「我注意到米爾本的研究結果和我一樣。」史特雷頓說。米爾本已經研發出能夠把東西放回原位的家務自動偶。「他的研究同樣涉及到創造看得見的秩序。」

「沒錯。你們研究的共同點也引出了一個假設。」艾希伯恩很興奮的往前傾。「從你和米爾本設計的名字裡，也許我們能夠分析出共同的種類名，一種能夠同時創造出熱力秩序和表面秩序的種類名。甚至，說不定我們能夠為人類找到一個合適名，而且把你們的種類名放進那個名字裡。想像一下，如果我們把那個名字印上去，會產生出什麼東西？噢，對了，可別告訴我那會產生出雙胞胎，我會敲你腦袋。」

史特雷頓大笑起來。「你的學生應該沒那麼笨吧。我知道你的意思是，如果有個種類名能夠在無機體上創造出兩種層次的熱力秩序，那它就有可能讓有機體生出兩代的後代，那麼，用這個種類名設計名字，我們就有可能創造出精子裡有未成形胚胎的雄性動物。這些雄性動物會有生育能力，儘管他們的下一代依然無法生育。」

他的老師忽然兩手一拍。「太對了！秩序會創造秩序。這是很有意思的推測，你不覺得嗎？這樣一來，我們人類不需要依賴太多醫學手段就能夠永續繁衍下去了。」

「還有，什麼樣的種類名能夠產生兩代以上的胚胎？如果自動偶的名字包含這種種類名，那麼，它會具備什麼能力？」

「現階段的熱力學研究，恐怕還沒有進步到足以解答這些問題。什麼樣的名字能夠在無機體上建構出更高層次的秩序，比如說，讓自動偶學會合作？目前我們還不知道，但我相信我們很快就會知道。」

史特雷頓問了一個長久以來一直縈繞在他腦海中的問題。「艾希伯恩博士，我剛加入你們團隊的時候，菲德赫斯特爵士曾經提到，大災難有可能導致新物種誕生。那麼，有沒有可能，現有的全部物種都是一個名字創造出來的？」

「呃，這就牽涉到神學領域了。一個新物種的誕生，先決條件是，第一代的生殖器官裡必須有數量驚人的後代胚胎。這種形式具有你所能想像得到的最高層次的秩序。純粹的物理過程有可能創造出這麼高的秩序嗎？自然學家不認為有任何機械結構能創造出這麼高的秩序。另一方面，我們已經知道字母的順序可以創造出秩序，那麼，要創造出全新的所有物種，需要一個威力無比強大的名字。而且，想創造出這樣的名字，恐怕必須具備像上帝一樣的能力。說不定，那就是上帝的名字。

「史特雷頓，這個問題，我們恐怕永遠找不到答案，不過，我們不能讓這個問題影響到我們目前的行動。我不知道人類的誕生是不是一個名字創造出來的，我只知道，找出一個名字，就能夠讓我們人類永遠繁衍下去。」

「我完全同意。」說著，史特雷頓遲疑了一下，然後又接著說：「我必須坦白承認，工作的時候，我絕大多數的時間都是花在字母排列組合的細節上，反而忽略了我們這個計畫的意義有多重大。如果我們成功了，我們會得到什麼成果。想到這個，我會覺得很惶恐。」

「我也一樣。」艾希伯恩回答。

．．．

史特雷頓在工廠裡。不久前，有人在街上發了一本宣傳小冊子給他，此刻他坐在辦公桌前面，瞇著眼睛讀那本小冊子，因為印刷很粗糙，字都是模糊的，讀起來很吃力。

「究竟人類是名字的主人，或是名字是人類的主人？長久以來，資本家把名字據為己有，用專利和鎖重重保護。他們就靠著手上的字母累積了龐大財富，而一般大眾卻必須做得筋疲力盡才有一口飯吃。他們榨乾了字母表，榨出每一分錢之後才把字母表像垃圾一樣丟給我們。我們還要忍受多久？」

史特雷頓把整本小冊子看了一遍，看不到什麼新鮮事。過去這兩個月來，他一直在讀這本小冊子，內容全是無政府主義者常見的高談闊論。先前菲德赫斯特爵士曾經提到，雕塑師可能會利用這種小冊子來攻擊史特雷頓的自動偶，可是到目前為止，小冊子裡實在看不出什麼蛛絲馬跡。他的靈巧自動偶預定在下禮拜公開展示，到目前為止，衛勒比恐怕已經沒什麼機會再煽動社會大眾反對他。史特雷頓忽然想到，事實上他自己也可以印一些這種小冊子來爭取社會大眾的支持。他可以說明，他的目標是要讓社會大眾享受到自動偶的好處，而且他打算好好管理他名字的專利，只授權給規規矩矩的製造廠商。說不定他還可以來上一句口號：「自動偶就是大眾的自由。」

這時候，他聽到有人在敲門，立刻把那本小冊子丟進垃圾桶。「什麼人？」

有人開門走進來。那個人穿著深暗的衣服，留著長長的鬍子。「請問是史特雷頓先生嗎？」那個人問。「容我自我介紹一下，我叫班傑明羅斯，我是卡巴拉主義的信徒。」（譯註：卡巴拉，Kabbalah，猶太教神祕主義體系）

史特雷頓一時說不出話來。基本上，這樣的神祕主義信徒會把命名法科學視為一種褻瀆，認為命名法把神聖的儀式庸俗化了。他做夢也沒想到，竟然會有卡巴拉主義的信徒到工廠來找他。

「很高興認識你，請問有什麼指教嗎？」

「聽說，你在字母排列方面有重大進展。」

「哦，謝謝你。以你的信仰背景，我真沒想到你會對那個有興趣。」

羅斯有點尷尬的笑了一下。「我有興趣的並不是字母排列的實際應用。卡巴拉主義的目標是要更進一步認識上帝。想達到這個目標，最好的方法就是研究上帝創造的藝術。我們透過幾個名字來進行冥想，讓意識進入一種極樂的境界。名字的力量越大，我們就越接近神。」

「我懂了。」史特雷頓心裡想，要是這個卡巴拉主義信徒知道他打算把命名法用在有機體身上，真難想像他會有什麼反應。「請繼續說。」

「你的靈巧種類名能夠讓一個自動偶鑄造出另一個自動偶，用這個方式複製自己。這個名字能夠創造生命，而這個生命也有創造能力，這能夠讓我們更接近上帝，前所未有的接近。」

「恐怕你是誤解了我的工作，不過，當然你不是第一個有這種誤解的人。一個自動偶能夠操作鑄模，並不代表它能夠複製自己。那需要更多其他的技巧。」

羅斯點點頭。「這我明白。我自己也在研究的過程中發現了一個種類名，它能夠驅動某些必要的技能。」

史特雷頓興趣來了，立刻彎腰湊向前。他已經鑄造了一個自動偶，下一步就是用一個名字來驅動它。「你的種類名有辦法讓自動偶寫字嗎？」他自己的自動偶能夠很輕易的拿鉛筆，可是卻連寫個最簡單的字都沒辦法。「你的自動偶，手靈巧到可以寫字，怎麼會沒辦法操作鑄模呢？」

羅斯搖搖頭，姿態很謙虛。「我的種類名無法賦予寫字的能力，也沒辦法讓手變得靈巧。那只能讓自動偶寫出那個驅動它的名字，別的什麼都不行。」

「噢，我明白了。」所以那個種類名沒辦法讓自動偶學會很多技能，只能賦予單一的技能。史特雷頓不由得想到，要讓自動偶不假思索的寫出一串有特定順序的字母，那個名字一定複雜得無法想像。「很有意思。不過，我猜它應該沒有太廣泛的用途，對吧？」

羅斯苦笑了一下。史特雷頓立刻意識到自己說錯話了，而那個人試著想一笑置之。「從某個角度來看，倒也沒錯。」羅斯坦白說。「不過，我們的看法不同。對我來說，這個種類名就像任何一個種類名一樣，價值並不在於能夠讓自動偶有什麼實際用途，而是在於讓我們能夠達到極樂的境界。」

「當然，那當然。那麼，你對我的種類名有興趣，也是基於這個理由嗎？」

「沒錯。所以我希望你願意讓我們分享你的種類名。」

史特雷頓從來沒有碰到卡巴拉主義者對他提出這樣的要求，而羅斯似乎也是迫不得已。他遲疑了一下，然後說：「卡巴拉主義信徒是不是必須修練到一定的程度，才可以用威力最強的名字來進行冥想？」

「是的，那當然。」

「所以並不是每個信徒都可以拿到這個名字，是嗎？」

「噢，不是這樣。不好意思，我誤解你的意思了。任何一個信徒，只要具備了基本冥想技巧之後，就可以用最有威力的名字來達到極樂的境界。這種冥想技巧才有嚴格的限制，不能隨便取得。如果沒有經過適當的訓練就企圖使用這些技巧，結果就是發瘋。至於那些名字，即使是威力最強的名字，對新手來說都沒有任何極樂的價值，只能用來驅動自動偶，如此而已。」

「真是如此而已。」史特雷頓嘴裡附和著，心裡卻在想，兩個人的觀點真是南轅北轍。「可惜，在這種情況下，我不方便讓你們使用我的名字。」

羅斯悶悶不樂的點點頭，彷彿他早就預料到史特雷頓的反應。「你是不是要我們付你權利金？」

現在輪到對方失言了，史特雷頓也必須試著一笑置之。「賺錢不是我的目的。不過，對於我的靈巧自動偶，我有特殊的打算，所以我必須嚴格管理我的專利。我不能隨便讓這些名字流傳出去，因為這會危害到我的計畫。」當然，在菲德赫斯特手下工作的每一位命名師，都已經知道他設計的名字，不過他們都是有信用的紳士，都發誓要嚴守祕密。另一方面，他對神祕主義的信徒實在沒什麼信心。

「我向你擔保，除了用來體驗極樂境界，我們不會把你的名字用到其他任何方面。」

「很抱歉，我相信你是很誠懇的，可是對我來說，風險太高。不過我很樂於告訴你，我的專利是有期限的。等專利期一過，你想怎麼用這些名字都沒關係。」

「可是那要等好幾年！」

「我相信你一定能夠體會我的苦心，我必須考慮很多人的利益。」

「我看你考慮的只是錢吧，所以你不在乎自己是不是阻礙了心靈的覺醒。我想這是我的錯，我不應該對你有什麼期待。」

「你這樣說有欠公道。」史特雷頓反駁說。

「公道？」看得出來羅斯極力想壓抑他的怒氣。「命名的技藝本來應該用來榮耀上帝，結果卻被你們這些命名師偷了，用來斂財。你們這些命名師褻瀆了耶和華的神聖技藝。你還有資格談什麼公道不公道？」

「你聽著——」

「真是打擾你了，謝謝你。」說完羅斯就走了。

史特雷頓嘆了口氣。

．．．

史特雷頓眼睛湊在顯微鏡上，調整著旋轉輪，看著針頭壓到卵子側邊。卵子忽然捲起來，那種反應就和軟體動物被刺到的時候一樣。接著，卵子慢慢從圓球的形狀變成一個小小的胚胎。史特雷頓把針頭從玻片上抽回來，然後鬆開腳架的夾子拿起針頭，再放上一根新的針頭。接著他把那個玻片放進孵卵器裡保溫，然後拿了一片新玻片放到顯微鏡底下，玻片上是另一個未加工的卵子。然後他眼睛又湊近顯微鏡，重複剛剛的程序。

最近，命名師又設計出一個名字，用來做出很類似人類胚胎的形體。然而，那個形體完全沒有蠕動，一動也不動，對任何刺激都沒有反應。命名師一致認為，那個名字沒有很準確的涵蓋人類非肉體的特質。於是，史特雷頓和他的伙伴們繼續努力，蒐集了許多人類獨有的特質，想整合出一組種類名，一方面要能夠完整的展現這些特質，一方面還要夠簡潔，因為後面還要再加上肉體的種類名，全部整合在七十二個字母裡，構成一個名字。

史特雷頓把最後一片玻片放進孵卵器，然後在工作日誌上做了註記。目前，這些針頭上的名字都已經實驗過了，新的名字還沒有做出針頭，而且新的胚胎還要再等一天才會成熟到可以用來做試驗。於是，他決定到樓上的小客廳休息一下，打發晚上的時間。

他一走進那間胡桃木裝潢的小客廳，看到菲德赫斯特和艾希伯恩正坐在皮椅上抽雪茄，喝白蘭地。「嗨，史特雷頓。」艾希伯恩一看到他就招呼他。「過來一起坐吧。」

「我也正想坐一下。」史特雷頓朝酒櫃走過去，拿起水晶酒瓶倒了一杯白蘭地，然後走過去坐到他們旁邊。

「你剛從實驗室出來的嗎？」菲德赫斯特問。

史特雷頓點點頭。「幾分鐘前我才剛印上最近設計的一組名字。感覺得到我最近的字母排列組合方式方向對了。」

「感到樂觀的不是只有你一個。我和艾希伯恩博士剛剛才聊到，自從我們開始進行這個計劃之後，未來似乎越來越有希望。看樣子，我們不難在人類滅絕之前找出那個『合適名』。」菲德赫斯特抽著雪茄，往後靠到椅背上。「大災難最後可能會帶來意想不到的好處。」

「好處？怎麼說？」

「哦，一旦我們控制了人類的生育，我們就有辦法阻止窮人生太多小孩。太多窮人拼命想多生小孩。」

史特雷頓嚇了一跳，不過他極力掩飾，沒有顯露出來。「我倒是從來沒這樣想過。」艾希伯恩似乎也有點驚訝。「我不知道你有這樣的計畫。」

「現在談這個好像還太早。」菲德赫斯特說。「就像俗話說的，等蛋孵出來了再來數小雞，不是嗎？」

「那當然。」

「我相信你們一定同意，這個計劃具有無窮的潛力。如果政府能夠決定誰可以生小孩，誰不可以生小孩，那麼，政府就能夠保護我們英國人這個種族。」

「我們這個種族受到威脅了嗎？」史特雷頓問。

「也許你還沒有注意到，底層老百姓生小孩的速度已經超過貴族和上流階層，當然啦，一般老百姓也不能說是沒有美德，但他們就是缺乏教養，智力也比較差。智能不足的人生出來的小孩也是一樣的。一個出生在底層的女人，生出來的小孩也是同樣的命運。底層老百姓生太多小孩，結果就是導致整個國家全是沒教養的笨蛋。」

「所以你不打算讓底層的老百姓印名字嗎？」

「不完全是。而且，當然一開始不能這樣。一旦生殖力下滑的真相公諸於世，如果不讓底層老百姓印名字，等於是在逼他們暴動。而且，底層老百姓當然也是在社會上扮演一定的角色，只要注意別讓他們生太多就好了。而且我認為，這個政策要等很多年以後再實施才會有效果，因為到時候，大家已經習慣依賴印名字的方式來繁衍後代。到時候，也許可以配合人口普查的時候一起執行，限制哪些夫妻可以生幾個小孩。從此以後，政府就可以調節人口的數量和品質。」

「我們的名字這樣用恰當嗎？」艾希伯恩問。「我們的目標是為了讓人類可以生存下去，並不是為了要進行政治鬥爭。」

「正好相反。這是純粹的科學。當然，我們的使命是要讓人類可以永續生存下去，可是同樣的，我們也有義務讓人口保持適當的平衡，確保人類的健康。這個政策和政治扯不上關係，假如情況反過來，國家的勞動人口不足，那政策就要顛倒過來了。」

史特雷頓鼓起勇氣提出建議。「也許我們可以改善窮人的生活環境，這樣他們就會生出比較優秀的小孩。」

「你說的是不是你那個廉價引擎自動偶？」菲德赫斯特露出微笑，史特雷頓點點頭。「你想改善社會，而我也想改善社會，我們是可以相輔相成的。減少底層人口的數量，他們的生活條件會比較容易改善。不過，你可別指望光靠改善經濟條件就可以讓底層老百姓變聰明。」

「為什麼不行？」

「你好像忘了文化本質上是會永遠延續的。」菲德赫斯特說。「那些巨型胚胎，表面上看起來幾乎一模一樣，但誰也不能否認，一個國家裡不同階層的人還是有差異的，不管是在外表上，還是在氣質上。這絕對是母親的影響。在媽媽子宮裡孕育的孩子一定會受到社會環境的無形薰陶。舉例來說，假如有個媽媽一輩子都和普魯士人一起生活，那麼她生出來的小孩一定會有普魯士人的特質，於是，一個國家國民的整體素質就會這樣延續好幾百年，儘管會有些微變化。所以，你認為窮人會變聰明，根本是一種不切實際的想法。」

「你是動物學家，在這方面你的判斷當然比我們更明智。」艾希伯恩一邊說，一邊朝史特雷頓使了個眼色，意思是叫他閉嘴。「我們當然相信你的判斷。」

接下來的時間，他們的話題轉移到別的方面，史特雷頓極力隱藏他的不悅，維持表面上的和睦。後來，菲德赫斯特終於離開了，史特雷頓和艾希伯恩到樓下的實驗室繼續討論。

「我們幫的是什麼樣的人啊？」門一關上，史特雷頓立刻大聲說。「他根本就是把老百姓當畜牲在繁殖。」

「也許我們早該預料到了。」艾希伯恩嘆了口氣，坐到一張凳子上。「我們團隊的目標，本來就是要把原先用來繁殖動物的方法用到人類身上。」

「但是不能以犧牲個人自由為代價啊！我要退出這個團隊！」

「先別那麼衝動。你退出團隊，有什麼幫助嗎？對我們團隊來說，你的貢獻是很關鍵的，你一旦退出，會危害到人類的未來。反過來，如果這個團隊不靠你的幫助就能達到目標，菲德赫斯特就更可以隨心所欲執行他的政策。」

史特雷頓試著讓自己冷靜下來。他知道艾希伯恩是對的。過了一會兒，他說：「那麼，我們該採取什麼行動？什麼人可以幫得上我們？有沒有國會議員會反對菲德赫斯特的政策？」

「我認為那些貴族和上流階層都是和菲德赫斯特一個鼻孔出氣的。」艾希伯恩垂著頭，手撐著額頭，看起來忽然好蒼老。「我早該預料到的。我錯就錯在，我以為人類都是有人性的。我看到法國和英國為了一個共同目標攜手合作，可是我忽略了，國與國之間的鬥爭不是人類唯一的鬥爭。」

「我們可不可以把名字偷偷交給勞工階層？他們可以自己做針頭，自己偷偷把名字印上去。」

「是可以。問題是，印名字是一種很精密的流程，還是在實驗室裡進行比較好。而且，老百姓私底下印名字，行動的規模勢必很龐大，這難道不會引起政府注意嗎？這樣一來，他們又會落入政府的控制。」

「沒有別的辦法了嗎？」

兩人沈默了好久，陷入思索。後來艾希伯恩開口了：「你還記不記得，我們曾經嘗試想找出一個能夠孕育兩代胚胎的名字？」

「當然記得。」

「如果我們真的研發出這樣的名字，那我們交給菲德赫斯特的時候，別讓他知道名字有這種功能。」

「這真是個瞞天過海的好辦法。」史特雷頓很驚喜。「所有靠這個名字生出來的孩子，都會有生育能力，所以他們都能夠生孩子，不會受到政府控制。」

艾希伯恩點點頭。「在人口管制政策還沒有執行之前，我們可以大量散發這個名字。」

「可是他們生下來的孩子怎麼辦？下一代還是無法生育，這樣一來，勞工階層又必須依賴政府才能生育。」

「沒錯。」艾希伯恩說。「那只是一時的，問題並沒有完全解決。也許，真正一勞永逸的解決辦法，就是建立一個更自由的國會。可是，要怎麼樣才辦得到呢？那不是我的專長，那已經超出我們的能力範圍。」

史特雷頓又開始想，也許便宜的引擎能夠改變社會。如果勞工階層的經濟條件真如他所預期的那樣改善了，那貴族就會明白貧窮不是天生的，但就算事情的發展一帆風順，也要花上很多年才能讓國會改變看法。「要是一開始印上去的名字能夠產生很多代的胚胎呢？那麼，在人類又無法生育之前，我們就能爭取到更多時間，讓比較自由平等的政策更有機會出現。」

「你也太異想天開了。」艾希伯恩回答說。「想產生好幾代的胚胎，那種技術太困難了，搞不好讓人類長出翅膀飛上天還比較簡單。要產生兩代胚胎，已經夠困難了。」

兩人又繼續討論對策，一直討論到深夜。他們研發的所有名字，都必須交給菲德赫斯特，所以假如他們想偷偷保留某些他們想要的名字，那就必須偽造數量驚人的研究紀錄。先別說私下偷偷研發的心理負擔有多沈重，他們實際上的研發工作就已經夠困難了，因為，當其他命名師可以按部就班研發出『合適名』，他們卻必須絞盡腦汁研究非常複雜的名字，相對來說是很不公平的。為了減少阻礙，史特雷頓和艾希伯恩打算從那群命名師當中尋找志同道合的夥伴。如果有人肯幫他們，那等於無形中巧妙的阻撓了其他命名師的研究。

「我們的工作夥伴當中，你覺得誰的政治觀點會跟我們比較像。」艾希伯恩問。

「我有把握米爾本和我們一樣。其他人就很難說了。」

「我們不能冒險。我們在尋找同志的時候，必須很小心。菲德赫斯特建立這個團隊的時候非常小心的，我們要比他更小心。」

「那當然。」史特雷頓說，但接著忽然搖搖頭，一副不敢置信的表情。「現在我們是在一個祕密組織裡建立另一個祕密組織。研發胚胎要是有這麼容易就好了。」

• • •

第二天傍晚，夕陽已經西斜，史特雷頓慢慢走過西敏橋，那時候，最後幾個小販正好推著水果推車要離開了。他剛在一家他喜歡的俱樂部吃過晚飯，正要走回工廠。前一天晚上在達靈頓莊園那場談話令他感到不安，於是他提早回到倫敦，減少和菲德赫斯特碰面的機會。他必須先確定自己的神色不會洩漏內心的祕密，他才敢面對菲德赫斯特。

他想起那一次和艾希伯恩討論的時候，兩個人興致勃勃的談起要如何研發出一個種類名，可以創造出兩種層次的秩序。那時候，他們還真的努力想找出這樣的種類名，可是因為那和整個計畫的目標沒什麼關聯，所以他們只是隨興在進行，沒什麼成果。而現在，他們想達成的目標更高了，原先的目標已經遠遠不足，產生兩代胚胎只是最基本的，只要能夠再增加一代都彌足珍貴。

他又開始思考他的靈巧種類名對熱力的影響。那可以創造出熱力的秩序，驅動自動偶，而自動偶又可以創造出肉眼可見的表面秩序。秩序創造秩序。艾希伯恩曾經提到，更高層次的秩序，就是可以讓自動偶互相合作。那有可能嗎？它們必須能夠互相溝通，合作才會有效率，問題是，自動偶根本不會說話。有沒有其他辦法能讓自動偶做出更複雜的動作？

想著想著，他忽然發現自己已經走到科德工業。現在天已經黑了，不過進辦公室的路線他很熟悉。史特雷頓打開工廠大門，穿過展覽廳，穿過大辦公室。

當他來到命名師辦公室前面的走廊時，看到門上的霧面玻璃窗裡透出燈光，心裡想，剛剛出去吃飯之前，煤氣燈有關掉吧？他打開門鎖走進去，看到眼前的景象，嚇了一大跳。

有一個人趴在他辦公桌前面的地板上，兩手被反綁在後面。史特雷頓立刻衝過去檢查那個人，發現那是班傑明羅斯，那個卡巴拉主義信徒，已經死了。史特雷頓發現他好幾根手指都被硬生生折斷，顯然死前受過酷刑。

史特雷頓嚇得臉色發白，渾身發抖。他立刻站起來，看到整個辦公室一片凌亂。書櫃上的架子都已經空了，整片橡木地板上丟得全是書，書都被攤開內面朝下。他的書桌已經被清掃一空，旁邊有一堆黃銅把柄的抽屜，全被翻過來覆蓋在地上，裡面全是空的。散落的紙張從他站的地方一路撒到工作室門口，門開著。史特雷頓忽然感到一陣頭暈目眩，立刻走向工作室，想看看裡面的狀況。

他的靈巧自動偶已經被摧毀了，下半身倒在地上，上半身被敲得粉碎。工作檯上那些陶土手模型都被砸扁，牆上的手設計圖都被撕掉，用來混石膏的桶子裡塞滿了紙，而那些紙都是從他辦公室拿過來的。史特雷頓走過去仔細看，發現桶子裡灑了燈油。

這時候，他聽到後面有聲音，立刻轉身看著辦公室，看到辦公室前門的門板砰的一聲被關上，門邊有個彪形大漢。從史特雷頓進門之後，那個人就一直躲在門板後面。「你終於來了。」那個人說。他仔細打量著史特雷頓，那兇狠的眼神有如猛獸盯著牠的獵物。那個人是殺手。

史特雷頓立刻一個箭步竄向工作室後門，衝進走廊。他聽得到那個人在追他。

他穿過黝黑的廠房，經過好幾間工作室，頭頂上的天窗透進月光，一路上他看到很多煤炭、鐵條、熔爐和鑄模。他已經來到金屬自動偶廠區。進到下一間工作室，他停下來喘口氣，這才留意到他的腳步聲回聲有多大。他忽然想到，他應該躲起來，不要再繼續跑，說不定還比較有機會逃過一劫。他注意到後面遠遠的腳步聲也停住了，似乎那個殺手也覺得隱匿行蹤比較好。

史特雷頓轉頭看看四周，想尋找理想的藏匿地點。四周全是鐵鑄的自動偶，都是不同階段快完工的半成品。這裡是最後的成型室，灌鑄出來的自動偶被送到這裡，鋸掉多餘的部份，打磨表面。這裡根本沒地方躲。他正打算繼續跑的時候，忽然看到好幾把步槍捆成一束，架在兩條金屬腿上。他再仔細一看，認出那是軍用自動偶。

那些自動偶是為陸軍部打造的，包括大砲自動偶，高射速步槍自動偶。他看到的就是高射速步槍自動偶，用曲柄軸旋轉捆成圓筒狀的槍管。那是很恐怖的東西，不過克里米亞戰爭證明了那東西價值非凡，發明的人甚至還受封貴族榮銜。史特雷頓不知道步槍自動偶是用什麼名字驅動的，那是軍事機密。不過，這東西只有下半身是自動偶，上面的步槍發射構造是全機械的。要是他能夠讓自動偶轉過去瞄準的殺手，他可以用手操作發射步槍。

但他很快就開始咒罵自己愚蠢，因為步槍裡沒有彈藥。於是他偷偷摸摸走進下一間工作室。那裡是包裝室，堆滿了松木條板箱，滿地是散落的乾草。他壓低身體躲在條板箱中間，慢慢向遠處的牆邊移動。隔著窗戶，他看到工廠後面的廣場，自動偶的成品都堆在那裡等車子來載。可是他沒辦法從後面出去，因為廣場的門晚上是鎖住的。他唯一的出路是工廠的前門，可是如果他往回走，半路上很可能會碰到那個殺手。他必須繞到陶製自動偶廠區，從那一邊走回大門。

包裝室前面傳來腳步聲，史特雷頓立刻蹲下去躲在一排條板箱後面，這時候他看到幾公尺外有一扇側門，於是他儘可能躡手躡腳的打開那扇門，走進去，然後關上門。那個殺手有聽見嗎？他從門上的鐵絲網窗看看外面。他看不到那個殺手，不過感覺得到殺手沒注意到他。殺手可能正在搜查包裝室。

史特雷頓轉身，那一剎那他忽然明白自己犯了大錯，因為通往陶製廠區的門是在另一邊，而剛剛他走進來的是倉庫，裡面堆滿了一排排的自動偶成品，根本沒別的出口，而且門沒辦法上鎖。他把自己困住了。

裡面還有什麼東西可以用來當武器嗎？倉庫裡的自動偶有些是矮胖型的採礦自動偶，兩手末端是巨大的鶴嘴鋤形狀，可惜鋤尖收摺在手臂上，他沒辦法讓鋤尖展開。

史特雷頓聽到殺手正在打開其他的側門，檢查別的倉庫，這時候他忽然注意到牆邊有一具搬運工自動偶，那是用來搬運貨品的，外型像人，是這裡面唯一像人的自動偶。他忽然想到一個辦法。

史特雷頓檢查那個自動偶的後腦勺。這個自動偶用的名字很久以前就已經是公共版權了，所以放名字的槽溝沒有上鎖，一張羊皮紙片從那個水平的槽溝裡突出來。他手伸進外套口袋裡，拿出隨身攜帶的鉛筆和筆記本，撕下一張空白頁，在黑暗中寫下他很熟悉的一組七十二個字母，然後把那張紙摺成一個小方塊。

他輕聲對那個自動偶說：「走到那扇門前面，越靠近越好。」那個鑄鐵自動偶立刻往前走，走向門口。它的步伐很順暢，可是不快，而那個殺手可能隨時就要進來了。「快一點。」史特雷頓壓低聲音說，自動偶立刻加快腳步。

自動偶一走到門口，史特雷頓隔著鐵絲網窗看到那個殺手已經站在門口了。「滾開！別擋路！」那個人大吼一聲。

自動偶習慣聽命令，立刻往後退了一步，那一剎那，史特雷頓趕緊把它後腦勺的羊毛紙片抽出來。殺手開始用力推門，但史特雷頓搶先把新名字的紙片塞進槽溝裡，用盡全力塞得很深。

自動偶又開始往前走，這次走得更快了，可是步伐有點僵硬。那一剎那，眼前的自動偶彷彿化身為他小時候的玩具泥偶，它立刻撞上那扇門，用前進的力道把門緊緊壓住，擺動的雙手撞在木門板上，撞出一道道的凹痕，橡膠製織的腳在磚頭地面上用力摩擦。斯特雷頓往後退到倉庫裡面。

「站住！」殺手大聲斥喝。「別再走了！站住！」

但自動偶根本不理會他的命令，仍然繼續往前走。殺手用力推門，可是根本推不動。接著殺手用肩膀去撞門，每撞一下，自動偶就會往後滑一下，但它往前走的速度太快，很快又會把門頂住，殺手根本來不及擠進來。殺手忽然不再撞門，停了一會兒，接著，有個東西從鐵絲網窗伸進來，原來，殺手想用鐵橇把鐵絲網撬開。鐵絲網很快就鬆脫了，露出窗口。殺手一隻手從窗口伸進來，伸到自動偶後腦勺，每次自動偶頭往前頂，他的手就開始在它後腦勺摸索，可是什麼都抓不到，因為槽溝裡的名字塞得太深。

沒多久，那隻手縮回去了，殺手的臉出現在窗口。「你自以為很聰明是吧？」他大吼一聲，然後人就不見了。

史特雷頓暫時鬆了一口氣。那個人放棄了嗎？過了大約一分鐘，史特雷頓開始思考下一步該怎麼做。他可以在裡面等到工廠開始營業，到時候人多了，殺手就沒轍了。

突然間，那個人又把手伸進來了，這次手上拿著一瓶液體，把液體倒在自動偶頭上。液體流到自動偶後腦勺，那個人又把手縮回去，沒多久，史特雷頓聽到劃火柴的聲音，接著看到門外火光一閃。這時候，那個人的手又伸進來了，手上抓著火柴去碰觸自動偶。

自動偶的頭和上半身背後著火了。原來，那個人在自動偶頭上倒了燈油。光和影在牆壁和地上交互竄動，只見倉庫裡彷彿有魔法師在火光中手舞足蹈施行法術。高溫導致自動偶動作越來越快，不停的撞門，彷彿傳說中的火怪越來越瘋狂，過了一會兒，它忽然不動了。那張名字的紙片被火燒了，字母也就消失了。

火焰漸漸熄滅，史特雷頓的眼睛原本已經適應了火光，現在忽然感到倉庫裡一片漆黑。他眼睛看不見，但他聽得到那個殺手又在推門，這一次，自動偶被推得往後移了一下，殺手終於擠進來了。

「玩夠了嗎？」

史特雷頓想從他旁邊擠出去，可是殺手很輕易就抓住了他，一拳打在他頭上，把他打倒在地。他很快就清醒過來，可是殺手把他壓在地上臉貼著地板，一隻膝蓋頂在他背後，然後，殺手把他手腕上的健康護身符扯下來，把他的雙手反綁在背後，綁得非常緊，麻繩把他手腕上的皮都磨破了。

「你到底是什麼人？為什麼要幹這種事？」史特雷頓喘著氣說，臉頰壓在磚頭地面上。

殺手咯咯笑起來。「你看，人其實和自動偶沒什麼兩樣，只要塞給他一張紙片，只要紙片上的數字合他的意，叫他做什麼他就做什麼。」然後殺手點亮了一盞油燈，倉庫裡立刻亮起來。

「如果我付你更多錢，你可不可以放我走？」

「那可不行。我也得顧慮到我的名聲，不是嗎？好了，我們來辦正事吧。」他抓住史特雷頓的左手小指，猛然折斷。

史特雷頓痛徹心肺，那一剎那，他別的什麼都感覺不到了，只隱隱約約感覺得到自己在慘叫。然後，他又聽到那個人說話了。「好，現在乖乖回答我的問題。所有的資料，你家裡有沒有留副本？」

「有。」他痛得一次只說得出一兩個字。「在書桌。書房。」

「還有別的副本藏在其他地方嗎？比如說，藏在地板下面？」

「沒有。」

「你樓上那位朋友沒有副本，不過，說不定其他人有。」

他不能牽扯出達靈頓莊園。「沒有。」

那個人把史特雷頓外套口袋裡的筆記本抽出來。史特雷頓聽得到他很悠哉翻著筆記本。「都沒有寄信給什麼人嗎？沒有和同事通信聯絡過嗎？諸如此類的？」

「那些信都沒有提到我的研究。」

「你騙人！」那個人又抓住史特雷頓的無名指。

「我沒騙你！」他已經忍不住歇斯底里的驚叫起來。

這時候，史特雷頓忽然聽到砰的一聲，感覺壓在背後的膝蓋忽然鬆開了。他小心翼翼抬起頭看看四周，發現殺手已經倒在他旁邊不省人事，而旁邊還另外站著一個人。是戴維斯，手上抓著一根皮革鉛頭棒。

戴維斯把鉛頭棒塞回口袋裡，解開史特雷頓手上的繩子。「先生，你傷得很重嗎？」

「他折斷了我的手指。戴維斯，你怎麼會——」

「菲德赫斯特爵士一聽說衛勒比找了什麼人，立刻就派我來了。」

「謝天謝地，還好你及時趕到。」史特雷頓忽然意識到眼前的狀況有多諷刺——他密謀要反對的人卻派人來救他。但此刻他實在太感激，所以就沒在乎那麼多了。

戴維斯把史特雷頓扶起來，把筆記本還給他，然後用那根繩子把殺手綁起來。「我剛剛先去過你的辦公室，有一個人倒在那裡，那是誰？」

「他叫做——班傑明羅斯。」史特雷頓昏昏沈沈的把先前和那個卡巴拉主義信徒見面的事說了一遍。「可是我不知道他怎麼會在這裡。」

「很多信教的人都有點瘋瘋的。」戴維斯邊說邊檢查有沒有把殺手綁緊。「既然你不肯把東西交給他，他就理所當然的認為應該自己來拿。他到你辦公室找那些東西，可惜運氣不好，正好碰到殺手找上門。」

史特雷頓忽然感到有點內疚。「早知道，我給他不就好了嗎？」

「你怎麼可能想得到會有人來殺你呢。」

「這實在太不公平了，死的人不應該是他。」

「人世間就是這麼回事，先生。來，讓我看看你手傷得怎麼樣。」

•
•
•

戴維斯幫史特雷頓的手指裝上夾板，纏上繃帶，並且向他保證，皇家學會一定會審慎處理這件事可能引發的後遺症。他們把那些沾了油的文件收進一口大行李箱裡，準備帶離工廠，讓史特雷頓有空的時候可以慢慢檢查。他們才剛收拾好，馬車就已經抵達了，準備把史特雷頓載回達靈頓莊園。原來，戴維斯騎著駿馬自動偶先趕到倫敦時，那輛馬車也隨後出發。史特雷頓提著裝滿文件的行李箱上了馬車，戴維斯則是留在現場料理善後，處理那具屍體和那個殺手。

一路上，史特雷頓坐在車裡拿著一小瓶威士忌慢慢喝，讓自己平靜下來。回到達靈頓莊園後，史特雷頓感覺鬆了一口氣，儘管這裡有另一種威脅，但至少不會有人來殺他。一回到房間，他已經不再那麼驚慌，只覺得筋疲力盡，很快就睡得不省人事。

第二天早上，他感覺平靜多了，準備開始整理那滿行李箱的文件。他大略依照原先的順序，把文件分成一堆一堆，整理到一半，他看到一本從來沒見過的筆記本，裡面寫滿了希伯來文字母組合排列的方式很像他熟悉的命名法，只不過註記也是用希伯來文寫的。他很快就想到，這一定是羅斯的筆記本，一陣罪惡感又湧上心頭。殺手一定是在羅斯身上找到這本筆記本，就隨手丟到史特雷頓的文件堆裡，打算一起燒掉。

他本來想把筆記本放到一邊，可是忽然有點好奇，因為他從來沒看過卡巴拉主義信徒的筆記本。絕大多數的術語都是用古字寫的，不過他完全看得懂。從那些咒語和符號圖表中，他找到了那個可以讓自動偶寫出自己名字的種類名。仔細讀過之後，史特雷頓忽然明白，羅斯的成就遠超乎自己的預期。

那個種類名沒有涉及任何特定的身體動作，只是一般的反射動作。如果一個名字裡採用這樣的種類名，那這個名字就會變成「本名」，也就是一個會叫自己名字的名字。根據筆記上的註記，這個名字會驅使身體寫出那個名字，不管那個身體用什麼方法，要怎麼寫，也就是說，身體甚至不需要用手就能寫出那個名字。如果那個種類名在名字裡的排列順序恰當，它甚至可以讓一匹陶瓷馬用足蹄在沙地上寫出那個名字。

如果和史特雷頓的靈巧種類名結合起來，羅斯的種類名真的可以讓自動偶做出另一個自動偶，而且甚至能夠獨力承擔製作過程中任何一個階段的工作。那個自動偶能夠鑄造出一個和它自己一模一樣的自動偶，寫出自己的名字，然後把名字放進去，驅動那個自動偶。只不過，它沒辦法教新的自動偶做鑄造的工作，因為自動偶不會說話。完全不需要人類幫助就能複製自己的自動偶，恐怕還是遙不可及的。不過，能夠接近這樣的境界，羅斯應該就感到很安慰了。

自動偶比人類更容易繁殖，這似乎很不公平。就彷彿，繁殖自動偶碰到的問題，只要解決了就一勞永逸。而繁殖人類就像薛西弗斯推石上山一樣，是永無止盡的困難，要多繁衍一代，需要的名字就更複雜。

史特雷頓忽然懂了，他根本不需要一個讓身體變得更複雜的名字，而是一個能夠複製自己名字的名字。

解決方案就是，在卵子上印上這樣的「本名」，孕育出來的胚胎本身就已經有名字了。就像當初設想的那樣，這個名字會有兩種變體，一種用來產生雄性胚胎，一種用來產生雌性胚胎。用這種方式孕育出來的女人，就會和從前一樣有生育能力。而用這種方式孕育出來的男人也同樣會有生育能力，只不過方式不太一樣：這個男人還是精子的時候，曾經被人用針頭印了一個名字，所以，當他長大成人以後，他的精子裡不再有預成形的胚胎，而是精子表面會隱含著那個會複製自己名字的名字，有時候是雄性變體，有時候是雌性變體。當這樣的精子和卵子結合，那個名字會誘導出一個新胚胎，從此以後，人類再也不需要醫學的介入，因為人類體內就有那個名字。

他和艾希伯恩曾經以為，要創造出有繁殖能力的動物，就是要讓牠們精子裡有預成形胚胎，因為那是大自然的方式。但是他們就因此忽略了另一種可能性：如果一個名字能夠代表一種生物的存在，那麼，繁殖這種生物就等於把那個名字再寫一遍。這個生物體內孕育的，不再是一個縮小版的自己，而是幾個足以代表牠的字母。

人類會成為名字的載體，但同時也是名字的產物。每一代的人類就像是那個名字本身，但同時也是那張寫著名字的紙，自給自足，循環不息。

史特雷頓不由得想像，也許有那麼一天，人類的行為會決定人類是否能生存下去，生存或滅絕，完全由人類自身的行動來決定，而不是因為繁衍期限結束了。其他物種會隨著地質年代的轉變而誕生或滅絕，就像花朵隨著季節遞嬗盛開或枯萎，而人類能生存多久，完全由自己決定。

沒有任何人可以阻止其他人繁衍下去。至少在生殖這方面，任何人都可以重新擁有自由。這並不是羅斯當初研發這個種類名的本意，但史特雷頓希望這位卡巴拉主義信徒會認為這很有意義。當這個本名真正的威力公諸於世的時候，全世界數以百萬計的一整代的人都因為這個名字誕生了，任何政府都無法控制他們的繁衍。菲德赫斯特爵士，或是他的繼任者，一定會非常憤怒，史特雷頓知道自己終究會付出代價，但他還是覺得很值得。

他趕緊走到書桌前面，翻開他的筆記本，再翻開羅斯的筆記本，兩本擺在一起。他開始在空白的一頁上寫出他的構想，如何結合羅斯的種類名創造出人類的「合適名」。字母已經開始浮現在史特雷頓腦海中，不斷的改變位置重新排列。那些字母代表人類的身體，也代表名字本身。那是能夠讓人類創造自我的密碼。

人類科學的演化

自從那份極有創意的研究報告終於交給我們的編輯發表之後，到現在已經二十五年了。那份報告提出了一個問題，當年曾經引發廣泛爭議，現在，時機已經成熟，我們終於可以重新思考那個問題了。那個問題是：當最尖端的科學探索已經超出人類所能理解的範圍，在這樣的年代，人類的科學家扮演的究竟是什麼角色？

一定有很多我們的讀者記得，他們讀的那篇研究報告，作者就是第一個達成那種研究結果的人。然而，當超人開始主宰實驗性的研究領域之後，越來越多的超人只肯用DNT（數位化神經傳輸）來發表他們的研究成果，結果，一般的期刊只能刊登翻譯成人類語言的二手內容。問題是，如果不懂DNT，人類根本無法完全理解最先進的科學發展，也無法有效運用新工具來進行研究，而超人卻持續改良DNT，甚至越來越倚賴DNT。人類閱讀的期刊已經淪為大眾化的讀物，甚至是很不入流的大眾讀物。就連最聰明的人類菁英也被期刊裡的翻譯搞得滿頭霧水，無法理解最新的研究成果。

沒有人否認，超人的科學研究帶給人類許多好處，然而，人類的學者卻必須付出許多代價，其中之一就是，在科學的領域裡，他們再也無法有什麼創新的貢獻。有些人乾脆就放棄了科學研究，而那些不肯放棄的人，工作的重心不再是研究創新，而是轉移到解析學：解析超人的科學研究成果。

最先開始流行的是「文本解析學」。超人發表的研究成果，截至目前為止已經累積了兆兆位元組的資訊，而那些期刊翻譯出來的內容雖然晦澀難解，但應該還不至於完全錯誤。破解翻譯內容這樣的工作，和傳統古文書學家的工作性質是截然不同的，但這門文本解析學一直持續在進步，例如，韓佛瑞解析了一篇十幾年前的期刊翻譯，內容是組織相容性遺傳學的研究成果，而最近有人針對那個研究成果進行了一項實驗，結果證實韓佛瑞先生的解析是正確的。

根據超人的科學研究設計出來的裝置，現在都已經可以取得，這也催生出一門「實體解析學」。科學家開始嘗試把這些裝置拿來「解構還原」，目的並不是為了想要做出可以與之抗衡的裝置，而是要瞭解這些裝置運作的物理原理，舉例來說，最普遍的技術就是奈米裝置的晶體學分析。這種技術讓我們對「機械化控制化學合成」有了更深刻的認識。

到目前為止，最新最大膽的探索方式，就是對超人的研究裝置進行遠端感應。最近的遠端感應對象，是安裝在戈壁沙漠底下的巨量微中子對撞機。感應的結果，那個對撞機裡的微中子反應令人感到困惑，引發廣泛爭議（當然，攜帶式的微中子探測器也是超人設計出來的另一種裝置，它的操作原理至今還是一個謎）。

問題是，科學家做這種事，值得嗎？有人說那些科學家根本就是在浪費時間，說他們就像當年的印第安人一樣。明明歐洲人製造的工具唾手可得，印第安人偏偏要去研究如何冶煉青銅。如果人類和超人是處於互相競爭的局面，這樣的比喻或許還比較恰當。然而，目前經濟繁榮，完全看不出人類和超人之間有任何競爭的跡象。最重要的是，我們必須瞭解，目前的狀況，並不像從前那種低科技文化面對高科技文化的狀況，人類並沒有面臨被同化或是滅絕的危機。

目前依然無法強化人類大腦的功能，把人類的腦改造成超人的腦。目前的杉本基因療法，必須在胚胎開始形成之前進行，這樣孕育出來的人腦才能夠和DNT相容。由於這種療法缺乏同化機制，所以，這樣改造出來的超人，他們的父母就必須面臨兩難的抉擇。第一種抉擇是，讓他們的孩子用DNT來溝通，徹底融入超人文化，可是卻必須眼睜睜看著自己的孩子變得越來越難以理解。第二種抉擇是，在孩子成長的期間禁止他們使用DNT溝通，可是這樣一來，他們的超人孩子就等於被剝奪了本能，彷彿被囚禁起來與世隔絕，那種折磨是難以形容的。這也就難怪，最近這幾年，選擇讓孩子接受杉本基因療法的人類父母已經越來越少，比例已經幾近於零了。

結果是，人類的文化很可能會繼續延續下去，而科學傳統會成為這個文化關鍵的一部份。解析學是一種很理想的科學探索途徑，就像原創的研究一樣，同樣可以增進人類的知識。更何況，人類科學家會更容易發現那些被超人忽略的科學應用，因為超人先天上的優勢會導致他們忽視我們人類覺得重要的東西。舉例來說，想像一下，人類是不是有可能研究出一種方法，增強人類的智能，讓人類的心智能夠「升級」到和超人同樣水準。這種方法就會像一座橋樑，跨越人類歷史上最巨大的文化鴻溝，而這樣的方法，超人可能連想都沒想過。光是因為有這樣的可能，人類就應該繼續研究科學。

不管超人的科學研究達到什麼樣的成就，人類都不需要感到驚慌。我們要永遠記得，超人之所以有可能成為超人，是科技的成果，而那種科技卻是人類發明的。所以，超人並沒有我們人類聰明。

上帝不在的地方叫地獄

這故事講的是一個名叫尼爾菲斯克的人，訴說他如何愛上了上帝。尼爾生活中發生了一場重大事故，改變了他的一生。那場意外事故非常慘重，卻又是如此尋常：他的妻子莎拉去世了。妻子過世後，尼爾被傷痛吞噬。他痛不欲生，不只是因為妻子過世本身就是一種極度的慘痛，也是因為它使得尼爾又回想起一生中的種種不幸，昔日的傷痛變本加厲重新纏繞著他。妻子的過世迫使尼爾重新思考自己和上帝之間的關係，於是，他從此踏上了一條旅程，永遠改變了自己的一生。

尼爾一出生就是先天畸形，左大腿外部扭曲，而且比右腿短了將近十公分。醫學上的術語叫做「股骨近端灶性缺損」。見過他的人多半認定這是上帝造成的，但尼爾的母親懷孕時並沒有發現任何遭天譴的跡象。他的畸形只是妊娠第六周肢體發育不全的結果，如此而已。事實上，尼爾的母親認為，這件事要怪尼爾那個心不在焉的父親，因為如果不是因為他太窮，說不定尼爾還有機會接受矯正手術，儘管在人前她從來沒這樣說。

小時候，尼爾偶爾也會想，自己是不是遭到上帝的懲罰。但大多數時間，他把自己的不快樂歸咎於他那些同學。他們天性冷酷殘暴，天賦的本能就是在受欺負者的情感盔甲上找出漏洞，而且，欺負弱小反而更鞏固了他們哥兒們的情義。這一切，尼爾都視之為人類的天性，而不是上帝在懲罰他。雖然同學常常借用上帝的名字對他冷嘲熱諷，但尼爾心裡明白，他們的惡行劣跡不能怪到上帝頭上。

然而，儘管尼爾並沒有怨天尤人的責怪上帝，但他也沒辦法義無反顧的敬愛上帝。在他的成長過程中，或是在他的天性中，從來沒有任何東西能夠讓他向上帝禱告，祈求力量或安慰。成長過程中的種種考驗，不管是機運使然，還是人為操弄，他也完全依靠人類的力量去面對。長大後，他和許多人一樣，認為上帝的作為離他太遙遠，直到命運降臨到自己頭上。天使降臨是人家的事，對他來說只是夜間新聞的消息。他過的是凡夫俗子的生活，在一幢高級公寓大樓當管理員，收收房租，修修補補。對他來說，人生就是逆來順受，無論是苦是樂，輪不到上天來干預。

他的人生就是這樣，直到妻子過世。

那是一次的尋常的天使下凡，規模比大多數時候要來得小，但大致上就是那麼回事：給某些人賜福，給某些人降災。那一次，下凡來的是納森尼爾，在市中心一個購物區現身。他大顯神通，治癒了四個病人，其中有兩個是癌症病人，另一個是癱瘓病人重新長出脊髓骨，還有一個是最近失明的人重見光明。另外他還展現了兩次神通，不過不是治病。有個貨車司機一看到天使就嚇昏了，車子直衝向人群熙來攘往的人行道，但車還沒衝到，天使就攔住了車子。另外，天使返回天堂的時候，天光一閃，掃掉了一個人的眼睛，但那個人的信仰反而因此更堅定。

天使下凡總共造成八個人死亡，莎拉菲斯克就是其中之一。當時她正在咖啡店裡吃東西。環繞天使的火焰炸碎了店面的玻璃，她被玻璃碎片擊中，幾分鐘之內就因失血過多而死。店裡的其他客人連皮肉傷都沒有，但他們束手無策，只能眼睜睜看著她在恐懼中痛苦哀號，最後親眼看著她的靈魂升上天堂。

那次納森尼爾沒傳達什麼特別的訊息，離去時發出洪亮的吼聲說了一句話，那聲音有如雷鳴響徹了整個現場，不過還是那句老話：看哪！上帝的偉大神力！當天的八名死者當中，三個人的靈魂蒙上帝寵召進了天堂，另外五個沒有。那一次，上天堂的人數並沒有特別多，比例和各種原因死亡上天堂的平均比例差不多。那次因為天使下凡受傷需要治療的，總共有六十二人，傷勢不一，從輕微腦震盪、耳膜震破，到嚴重燒傷需要皮膚移植。財物損失總計八百一十萬美元。不過，因天使下凡所造成的財物損失，所有的商業保險公司都拒絕理賠。無數的民眾更因為天使下凡而成為虔誠的信徒，有些人是出於感激，有些人是出於畏懼。

可惜，尼爾菲斯克並不是其中之一。

• • •

每次天使下凡，目睹神蹟的人總是會組成團體，這種事司空見慣。大家聚在一起，討論他們的共同經歷對自己的生活產生了什麼影響。目睹納森尼爾最近這次下凡的人也組織了這樣一個小團體，大家常常聚會。由於死者家屬也可以參與，所以尼爾就參加了。大家在市區一間大教堂的地下室聚會，每個月一次。那裡面有一排排的金屬折疊椅，後頭一張桌上子上擺著咖啡和甜甜圈。每個人胸前都掛著名牌，上面用簽字筆寫上自己的名字。

聚會還沒開始之前，大家會三五成群站在那裡喝咖啡聊天，打發等待的時間。和尼爾說過話的人多半都以為他的腿是那次天使下凡造成的，他不得不一再解釋，說自己當時不在現場，他只是其中一位死者的丈夫。老是要向別人解釋自己的腿，他早就習慣了，倒也不會特別在意。真正令他感到不舒服的，是這種聚會的基本模式。大家都在說自己對天使下凡的感想，絕大多數人都說自己如何重新找到了對上帝的信仰，還拚命勸那些失去親人的人，說他們也應該要同樣敬愛上帝。

面對這樣的勸說，尼爾會出現什麼反應要看說話的人是誰。如果那個人只是一般的目擊者，他就只會覺得對方很討人厭。如果說這話的人是一個被天使下凡展神威治好的前患者，他就必須花很大的力氣才有辦法克制想掐死那個人的衝動。但最讓他受不了是，有個名叫東尼克萊恩的人居然也這麼勸尼爾。東尼的妻子同樣死於天使下凡，但他現在一舉一動都散發出對上帝五體投地的恭敬。他總是哽咽著輕聲解釋說，他已經接受了自己的使命，成為上帝謙卑的僕人。他建議尼爾也這樣做。

但儘管如此，尼爾還是持續參加這些聚會。他覺得他這樣做是為了莎拉，這是他欠她的。不過，同時他也發現了另一個團體，也同樣去參加了。那個團體讓尼爾感覺更親切。那個互助會的成員，都是在天使下凡的過程中失去親人的人，然而，他們對上帝的感情與第一個團體截然不同。他們將親人的死歸咎於上帝。互助會的人每兩個星期在社區中心聚會一次，傾訴他們的痛苦和滿腔的憤怒。

兩個互助團體的成員對上帝的態度雖然南轅北轍，但對同伴們卻都很有同理心。在那些遭受打擊之前便虔信上帝的人當中，有些人歷經天人交戰才能維持對上帝的信仰，有的卻喪失了對上帝的虔誠。而那些之前並不敬愛上帝的人當中，有些人覺得這件事正好證明自己原先的態度一點也沒錯，然而，另外一些人卻面臨幾乎不可能的任務：成為虔誠的信徒。尼爾很驚駭的發現，自己是最後一種。

和其他不信上帝的人一樣，尼爾從來沒花心思去想死後靈魂會去哪裡。他一直認為自己注定要下地獄，而且欣然接受了自己的命運。事情本來就是這樣，更何況，地獄的生活並沒有比人間差到哪裡去。

那意味著，他將永遠與上帝隔絕。這一點，任何親眼看見地獄顯現的人都明白。地獄顯現的景象很常見，地面會突然變成透明，這時候你就可以清清楚楚看見地獄，彷彿地面上出現了一個大洞，你可以往下看到洞裡的情景，那些失落的靈魂看起來和常人沒什麼兩樣，不朽的身體維持著活人的模樣。然而，你沒辦法接觸他們，因為，被永遠放逐、與上帝隔絕，意味著他們再也感受不到人間，因為人間還感受得到上帝的存在。不過，在地獄顯現的時間裡，你能聽到他們說話哭笑，跟活著的時候一樣。

• • •

大家對地獄景象的反應很不一樣。信仰虔誠的人多半都嚇得魂不附體，不過，這並不是因為他們看到了什麼恐怖的景象。這些人之所以驚恐，是因為他們體認到人真的有可能永遠被隔絕在天堂之外。但尼爾和另外一些人一樣，反應截然不同。在他看來，整體上來說，這些墮落的靈魂既不比現在的他更幸福，也不比現在的他更不幸，而且，有些方面甚至還比他強。有了不朽的身體，先天的畸形就消失了。

當然，大家都知道地獄和天堂根本沒得比，差太多了，但尼爾覺得天堂實在太遙遠，想都不用想，就跟名利和魅力一樣，都不是他能奢望的。對尼爾來說，地獄就是他死了以後該去的地方。尼爾看不出有什麼必要徹底改變自己的生活，就只為了一線渺茫的希望想躲過這種命運。再說，從前上帝並沒有介入尼爾的生活，所以尼爾根本不在乎被上帝放逐。活在一個沒有上帝干擾、沒有天降橫財沒有飛來橫禍的世界，尼爾覺得沒什麼好怕的。

但現在情況不一樣了，莎拉上了天堂，而尼爾最大的心願就是和她相聚。他一定要上天堂，而進入天堂唯一的辦法就是全心全意愛上帝。

．．．

這是尼爾的故事，不過為了把故事交代清楚，我們必須提到另外兩個人生旅程和尼爾交會的人。第一個是珍妮絲萊利。

很多人都以為尼爾的殘障是遭到天譴，其實不是。珍妮絲萊利才真正是遭到天譴。珍妮絲的母親懷孕八個月的時候開車出去，結果，晴朗的天空突然降下一陣大冰雹，拳頭大的冰雹落了滿地，珍妮絲母親的車失控撞上一座電話亭。她坐在車裡嚇得渾身發抖，還好沒受傷。這時她看到一團銀光劃過天空——後來才知道那是巴迪爾天使。眼前的景象把她嚇呆了，但她仍舊感覺得到子宮往下一沈，感覺有點異樣。後來超音波檢查發現，尚未出世的珍妮絲萊利已經沒了雙腿，髖部長出來的是兩片鰭狀腳。

珍妮絲本來很可能成為另一個尼爾，幸好在超音波檢驗後不久，萊利家又出現了異象。當時珍妮絲的父母正坐在廚房裡哭得很傷心，感嘆自己怎麼會有這種遭遇。就在這時候，他們眼前出現了異象，四位已經上天堂的親戚在他們面前顯靈了，整個廚房忽然籠罩著一團金光。那些神靈不發一語，但那天使般的笑容令人心曠神怡。從那一刻起，萊利夫婦就深信發生在女兒身上的事絕對不是天譴。

於是，珍妮絲始終認定自己喪失雙腿是上天的旨意。父母告訴她，這是上帝要交付她重責大任，相信她一定能夠完成使命。珍妮絲發誓決不辜負上帝的心意。她既不驕傲，也不憤慨，就只是欣然接受了自己的宿命，認為自己的責任就是告訴世人，沒有腿並不代表軟弱，相反的，那代表力量。

小時候，班上同學都很快就接納了她。她是那麼漂亮、自信、充滿魅力，那些同學甚至沒注意到她坐著輪椅。但到了十幾歲的時候，珍妮絲發現，最需要她說服的，並不是學校那些身體健全的同學。她真正需要做的，是為那些殘障的人樹立一個典範，不管他們的殘障是不是上帝造成的，不管他們住在哪裡，他們都需要她。珍妮絲開始到處公開演講，告訴身有殘疾的人應該要堅強，因為上帝要求他們也要具備這種力量。

時間一天天過去，珍妮絲聲望越來越高，很多人追隨她。她靠寫作和演講維生，還創建了一個非營利性機構傳播上帝的旨意。很多人寫信給她向她表示感謝，說她改變了他們的人生。這些信讓她感到極大的滿足。這種滿足感是尼爾從來沒有感受過的。

這就是珍妮絲的生活，直到有一天，天使拉謝爾在她面前現身。當時她正準備要進家門，地面突然劇烈震動起來。一開始她還以為是地震，感覺不太尋常，因為她住的這一區並不是地震活躍的地帶。她在門口停住，等地震停止。過了幾秒鐘，她瞥見天空中劃過一道銀光。昏過去之前，珍妮絲終於明白那是一位天使。

醒過來之後，珍妮絲嚇了一跳，這輩子她從來沒有這麼吃驚過。她看到自己長出兩條腿，修長結實，能走能站。

生平第一次站起來的時候，珍妮絲嚇了一跳，因為她發現自己比想像的更高。她不靠雙臂支撐，就這麼站著，那種高度令她感到有點害怕，而且腳底踩在地面的感覺也有點怪異。救護人員趕到的時候，發現她神情恍惚在街上繞來繞去，還以為她驚嚇過度，過了好一會兒，珍妮絲才鎮定下來，告訴他們剛剛發生了什麼事。她很驚訝，因為自己的眼睛居然能夠正對著別人的眼睛。

這次天使下凡的相關資料統計出來之後，珍妮絲重獲雙腿的事自然被視為上帝的賜福，她自己也謙卑的為這種好運感謝上天。但到了互助團體第一次聚會的時候，一陣愧疚悄悄湧上心頭。在那裡，珍妮絲遇上了兩位癌症病人，他們同樣目睹拉謝爾下凡，當時還滿心以為天使一定會治好自己，後來才發現自己被忽略了，深感絕望。珍妮絲不禁感到迷惘，為什麼自己受到上天賜福，而別人卻沒有？

珍妮絲的家人和朋友都認為，重獲雙腿是上帝對她的獎勵，因為珍妮絲很出色的完成了祂交付的使命。然而，這樣的解釋卻引發出另一個問題，令珍妮絲感到困惑。上帝的意思是不是要她就此罷手？當然不是。傳播福音是她生活的核心，需要聽她演講的人多到難以數計。她必須繼續演講，無論對人對己，這都是最好的做法。

天使下凡後的第一次公開演說讓珍妮絲的疑慮更深了。這一次，她的聽眾是一群不久前癱瘓、現在被困在輪椅上的人。和平時一樣，珍妮絲先鼓勵大家，說大家一定會有力量迎接未來的挑戰。但到了讓觀眾提問的時候，有人提出一個問題：重獲雙腿是不是意味著她通過了來自天界的考驗。珍妮絲不知道該怎麼回答。她不可能向大家保證，他們的殘障總有一天會痊癒。還有，她很清楚的知道自己不能說她的痊癒是上天的獎賞，任何這方面的暗示都等於是在指責那些尚未康復的人。她不願意這樣做。她只能告訴大家，她不知道自己為什麼會康復。很明顯，這樣的答覆無法讓聽眾滿意。

珍妮絲回到家，心裡很不平靜。她仍然相信自己所說的話，但對她的聽眾來說，她已經失去了最能說服他們的本錢。這些人的殘障是上帝的作為，現在的她已經和他們不同了，她還能鼓勵大家嗎？

她自己也想過，這是不是上帝要再度考驗她，看她有沒有能力在這種艱難的狀況下繼續宣揚祂的福音。有一點是很清楚的，上帝讓她的工作比從前更困難了。也許，重獲雙腿是一種她必須堅定克服的障礙，就像從前失去雙腿一樣。

她覺得自己已經領悟了上帝的旨意，可是在進行事先安排好的第二場演講時，她忽然失去信心，不敢這樣解釋。這次的聽眾是一群納森尼爾下凡的目擊者。她經常接到邀請，對這種團體發表演講。很多人認為，在天使下凡的過程中受到打擊的人會從她的經歷中獲取力量。珍妮絲沒有隱瞞最近發生在自己身上的事，她直接描述了巴迪爾天使下凡對她造成了什麼影響。她對聽眾解釋說，表面上看起來，這次下凡對她有好處，但事實上，她現在面臨了一種全新的挑戰。現在的她和大家一樣，不得不發掘自己從前不瞭解的力量，面對挑戰。

過了一會兒，她意識到自己說錯話了，可惜已經太遲。一位腿不方便的聽眾站起來當場指責她，問她怎麼可以把重獲雙腿這種好事拿來和他喪失妻子的遭遇相提並論？難道她真以為她面臨的所謂考驗和他的一樣痛苦？

珍妮絲馬上告訴那個人，她當然不會這樣想，他所承受的痛苦是她無法想像的，不過，上帝並沒有讓所有人都面臨相同的考驗，每個人必須面對自己的挑戰，不管這種挑戰是什麼。至於痛苦的程度，那是很主觀的，不應該把每個人承受的痛苦拿來比較。表面上，承受的痛苦比他大的人應該同情他，就像他也應該同情那些沒有他那麼痛苦的人一樣。

那個人完全不認同她的說法。得到這種天大的好處，隨便誰都會感激涕零，可是她竟然還敢抱怨。珍妮絲正想進一步解釋，那個人卻已經氣呼呼的大步走了。

當然，那個人就是尼爾菲斯克。尼爾大半輩子不知道聽過多少人向他提到珍妮絲萊利這個名字，而那些人多半是因為認定他的殘障是遭到天譴，所以才會特別提到她。他們說他應該把珍妮斯當成榜樣，應該效法她的態度來面對身體的殘障。尼爾無法否認，自己只不過是腿有點畸形，而珍妮絲連腿都沒有，當然比他悲慘得多。只是，尼爾總覺得她的態度太不可思議，根本無法體會她的感受，無法從她身上得到任何啟發。而現在，尼爾深陷在悲痛中，而且很困惑，搞不懂珍妮絲為什麼會得到一份她根本不需要的禮物，因此，他感覺珍妮絲那番話對他是一種羞辱。

那天以後，接下來的日子裡，珍妮絲心中的困惑越來越深，猜不透上帝賜給她雙腿到底是什麼用意。對上天的恩賜不知感激，她是不是太不知好歹了？會不會是上帝賜福給她，同時又要考驗她？也許這是一種懲罰，因為她沒有好好完成使命。可能性實在太多了，她感到無所適從。

• • •

尼爾的故事中，還有另一個人扮演很重要的角色，不過，必須等到尼爾的旅程即將抵達終點的時候，兩人才會相遇。那個人叫伊森米德。

伊森出身在一個信仰上帝的家庭裡，只不過他父母的信仰並沒有那麼虔誠。他們家比一般人健康，比一般人有錢，日子過得比一般人舒服，而他的父母把這一切都歸功於上帝。儘管他們並沒有親眼看過天使下凡，也沒見過任何神蹟異象，但他們就是單純的信賴上帝，認定他們一切的幸福都是上帝直接或間接的恩賜。他們的信仰從來沒有經歷過任何嚴峻的考驗，萬一真的面對考驗，恐怕是經不起的。他們對上帝的愛，是建立在他們對現狀的滿足上。

然而，伊森和他的父母不太一樣。他從小就覺得上帝對他一定有特殊的安排，要他扮演某種角色。他一直在等待上帝對他顯示某種徵兆，讓他知道自己的角色是什麼。他自己想當傳教士，可是卻覺得自己沒有什麼動人的事跡可以做見證。他只是模模糊糊感覺到上帝對他有所安排，可惜那是不夠的。他很渴望能夠親身體驗天使下凡的神蹟，藉此找到人生的方向。

他本來可以去聖地。所謂的聖地，就是那些經常會看到天使下凡的地點，至於天使為什麼老是在那裡下凡，原因不明。然而，他認為自己不應該貿然去聖地，因為只有走投無路的人才會去那裡尋求最後一絲希望，有的是為了尋求神蹟，治好身體的殘疾，有的是為了瞥一眼天堂之光，讓自己的靈魂得到救贖，而伊森還沒有絕望到那種程度。他認為自己的人生使命早就已經注定，等時候到了，他自然會明白上帝為什麼會這樣安排。於是，他耐心等待著那一天降臨，同時也盡自己所能好好過日子。他到圖書館當管理員，娶了一個名叫克萊兒的女人，生了兩個孩子。在這樣的人生旅途中，他一直在留意身邊是否出現某些跡象，為他指引更崇高的人生使命。

一直到那一天，當他目睹拉謝爾天使下凡的時候，他非常確定，自己期待已久的時刻終於來臨了。而就在幾公里外，珍妮絲萊利也正是因為這次拉謝爾下凡而重獲雙腿。這件事發生的時候，伊森正走向停車場中央，他的車就停在那裡，當時整個停車場上只有他一個人，突然間，地面開始震動起來。那一剎那，他立刻就明白這是天使下凡了，於是立刻跪到地上，不過，他不但一點都不害怕，反而滿懷興奮驚嘆，因為這正是他期待已久的時刻，

過了大概一分鐘，地面的震動停止了，伊森轉頭看看四周，不過身體依然跪著不動，就這樣等了幾分鐘之後，他才站起來。就在他面前，柏油地面上出現一條長長的大裂縫，歪歪扭扭沿著

馬路不斷延伸，彷彿在為伊森指出某個特定的方向。於是，伊森沿著那條裂縫往前跑，跑過好幾個路口之後，碰到幾個僥倖逃過一劫的人。先前地面裂開的時候，那一男一女正好掉進腳下那個不大不小的裂縫裡，現在正從裡面爬出來。他守在那兩個人旁邊，一直等到救護人員趕到，把他們帶到避難所。

事後，目睹拉謝爾天使下凡的人組成了一個團體，伊森也加入了他們。經過幾次聚會之後，伊森漸漸注意到那些目擊者可以分為幾種不同的類型。當然，在天使下凡的過程中，一定有人受了傷，也有人被天使展現神蹟治癒了，不過除此之外，有些人則是人生出現了其他的變化。他最先碰到的那一男一女後來相愛了，很快就訂了婚。另外，有一個婦女被倒塌的牆壓住，被人救出來之後，她彷彿受到某種感召，後來就投身救難工作，成為緊急救護員。有一個做生意的女人原本瀕臨破產，後來在團體中認識了幾個合夥人，改變了破產的命運。另外一個做生意的人，原本事業已經垮了，但似乎在這次事件受到啟發，後來開創出新事業。看起來，除了伊森之外，所有的人都在這次事件中領悟到什麼。

他顯然完全沒有遭到天譴，也沒有得到賜福，而且，他原本以為上帝會給他某種啟示，結果也沒看到。他太太克萊兒勸他把這次天使下凡當成上帝給他的訊息，叫他要安於現狀，但他根本聽不下這種論調。他的推論是，任何一次天使下凡，無論在什麼地點，一定都代表某種啟示。而且，這次是他親眼目睹天使下凡，背後一定有更深的涵義。他腦海中一直纏繞著一個念頭：這次和他一起目睹天使下凡的人當中，一定有一個是他必須認識的，可是卻還不知道是誰，錯過了機會。他認為，這次天使下凡一定是他期待已久的徵兆，不能輕易放過。然而，儘管心裡已經很篤定，他依然不知道自己該怎麼辦。

後來，伊森終於想到了一個辦法：排除法。他弄到了一份全體目擊者的名單，而名單上的人，只要是已經很清楚天使下凡對自己代表什麼意義的，他就把那個名字劃掉。他認為，名單上最後剩下的那個人，必定就是他註定要認識的人，而且，兩個人的命運是息息相關的。那份名單上，如果有一個人和他一樣感到困惑，搞不清楚天使下凡代表什麼意義，那麼，那個人就是他必須認識的人。

名單上名字一一劃掉之後，最後剩下一個名字：珍妮絲萊利。

• • •

在公開場合，尼爾勉強還能夠掩飾自己內心的悲痛，因為成熟的大人就是應該這樣。然而，當他回到公寓裡，孤零零的一個人，感情就會像洩洪一樣滾滾流洩。他會強烈意識到莎拉已經不在了，那種強烈的感覺會徹底淹沒他，他會癱倒在地上痛哭流涕，整個人蜷曲成一團，哽咽抽搐，滿臉涕淚，悲痛一陣又一陣的湧上心頭，一陣比一陣更猛烈，到最後，那種超乎他所能想像和痛苦幾乎令他快要承受不了。這種痛苦，有時候會持續幾分鐘，有時候會持續好幾個鐘頭，然後，他才會筋疲力盡的沈沈睡去。而第二天早上醒來的時候，他就會想到，自己又要重新面對另一個沒有莎拉的日子。

尼爾的公寓樓裡有一位老太太，她安慰他說，痛苦會隨著時間流逝一天天減輕。雖然他永遠不會忘記莎拉，但他還是應該繼續自己的生活。總有一天，他會遇上另一個好女人，重新找到自己的幸福。到那時候，他就能學會敬愛上帝，等大限之日到來時，他會幸福的升上天堂。

老太太是好心，但尼爾怎麼也無法從她的話中得到慰藉。莎拉不在了，這個事實就像一道血淋淋的傷口。要說這道傷口造成的疼痛總有一天會消失，他會感受不到她不在人世的痛苦，這種事不但遙不可及，而且似乎根本就不可能。如果自殺可以停止這種痛苦，他早就毫不猶豫的動手了。但真要自殺的話，只有一個結果，那就是，永遠喪失與莎拉再次聚首的任何可能性。

互助團體裡也時常討論自殺的話題，說著說著便會提起羅萍皮爾森，沒有一次例外。羅萍是位女士，尼爾參加這個團體之前幾個月，她經常出席另一個團體的聚會。羅萍的丈夫長期受胃癌折磨，這期間，他們目睹了天使馬卡提爾下凡。但丈夫的胃癌並沒有好轉。羅萍一連幾天在醫院裡看護丈夫，結果丈夫偏偏在她回家洗衣服那天去世了。當時在場的一位護士告訴羅萍，他的靈魂已經升上天堂。丈夫死後，羅萍開始參加互助團體的聚會。

許多個月以後，有一天，互助團體聚會時，大家看到羅萍氣得渾身發抖，原來，她家附近發生了一次地獄顯現，她親眼看到自己的丈夫夾雜在那些墮落的靈魂中。她找到當時那位護士，當面質問她。護士承認那天她撒了謊，說她希望這樣做能讓羅萍學會敬愛上帝，最後，即使不能改變丈夫下地獄的命運，至少能拯救她自己的靈魂。下一次聚會羅萍沒有參加，再下一次聚會時，大夥兒聽說了她的消息：羅萍自殺了，為了和丈夫團聚。

沒有誰知道羅萍和丈夫死後的夫妻關係怎麼樣，但成功的先例是有的。有些夫妻的確通過自殺再次聚首，過著幸福的死後生活。互助團體裡還有些人的配偶下了地獄，他們說自己是左右為難，深受煎熬，一方面希望繼續活下去，同時又想直奔地獄追隨自己的另一半。尼爾的情況跟他們不一樣，但聽到他們的話時，他的第一反應是羨慕不已。如果莎拉去了地獄，只要自殺，他所有的問題都解決了。

深入想下去，尼爾心中暗自慚愧。他意識到，如果自己可以選擇，是他獨自一人下地獄，讓莎拉升上天堂，還是兩人攜手同赴陰曹，他一定會選擇後一種。他寧願讓她永世隔絕於上帝，也不願讓她跟自己分開。他知道這種想法非常自私，但這是他的真實感受，他改變不了。他相信，無論是哪種情況，莎拉都會幸福，而他卻只有跟她在一起的時候才會幸福。

尼爾從前跟女人交往一直不順利。最經常發生的一種情況是，他在酒吧裡跟某個女人搭訕，只要他一站起來，顯現出一條腿比另一條短，對方馬上會說忽然想起自己在另外哪個地方還有個緊急約會。有一次，一個跟他交往了幾個星期的女人提出分手。她解釋說，她自己並不覺得他的腿是多大的缺陷，但只要他們出現在公開場合，其他人總覺得她一定有什麼毛病，不然怎麼會跟他在一起，他一定知道，這樣下去，對她真是太不公平了，不是嗎？

莎拉是尼爾遇到的第一個見了他的腿之後沒有改變態度的女人，她的表情一點都沒變，既沒有顯露出同情，也沒有驚恐，連吃驚的表情都沒有。哪怕只憑這一點，尼爾都會迷上她。進一步瞭解她的人品之後，尼爾全心全意愛上了她。她可以激發出他所具備的最美好的品質，於是，她也愛上了他。

莎拉說她是個信徒時，尼爾嚇了一跳。從外表看，她並不像是個虔誠教徒，不上教堂，跟尼爾一樣不喜歡絕大多數教堂的常客。但在內心深處，她以自己的方式默默敬仰上帝，為自己的生活感激上帝。她從來沒有試圖轉變尼爾。她說，信仰發自內心，有就是有，沒有就是沒有。夫妻倆很少談起上帝，尼爾不費什麼力氣就可以想像妻子跟他一樣，算不上什麼真正的信徒。

但這並不是說，莎拉的信仰對尼爾完全沒有影響。不是這樣。尼爾一生的全部經歷中，莎拉是最能說服他信仰上帝的人。如果對上帝的愛使莎拉成為莎拉，那麼，宗教信仰或許真的有點道理。兩人婚後這些年裡，他對生活的態度積極多了。這樣發展下去，兩人白頭偕老，也許總有一天，他會對上帝產生感激之情。

莎拉的死消滅了這種可能。但如果換了一個人，景仰上帝的大門也許還不至於徹底關閉。也許他會把這件事視為一個警告，表明時不我待，任何人都沒有百分之百的把握，說自己還有許多年，大可慢慢改變。他也許會這麼想，如果他和她一起在事故中喪生，他的靈魂便會永遠和她分開，兩人從此再也無法聚首。這樣一來，或許他會轉而信仰上帝。莎拉的死完全可能成為暮鼓晨鐘，催他猛醒，告訴他趁自己還有機會，趕緊皈依。

但尼爾不是這種人。他變得無比憎恨上帝。莎拉是他一生中遇到的最美好的事物，而上帝卻把她從他身邊奪走了。指望他因此敬愛上帝？對尼爾來說，這就好比碰上一個綁票的劫匪，要他付出自己的愛，作為交還妻子的贖金。他或許會被迫屈從，但發自內心真正的愛？這是他無法付出的贖金。

互助團體裡也有幾個人面臨的處境和他相似，不知如何是好。團體裡一個名叫菲爾索莫斯的人說得好，如果把這種事當成一種必須解決的困難，最後必然以失敗告終。你不能把敬愛上帝當成實現另一個目的的手段，敬愛上帝本身就是目的。如果你想以敬愛上帝的行為換取與配偶的團圓，這種愛顯然是不真誠的。

另一位名叫瓦萊麗托馬西諾的人則指出，他們根本不該做這種嘗試。她讀過一個人本主義團體出版的著作。這個團體認為，根本不應該敬愛給人們帶來這種痛苦的上帝。它宣稱，大家應該按自己的理智和本能行事，不應該落入這種胡蘿蔔加棒子的誘騙圈套。這個團體的成員死的時候當然都下了地獄，但卻是帶著高傲自豪的態度下地獄。

尼爾自己也讀過這個團體散發的小冊子，他印象最深刻的是，這本小冊子裡引述了許多墮落天使——也就是魔鬼——的語錄。魔鬼並不經常光顧人世，出現之後，既不會給人帶來好運，也不會造成破壞。他們不受上帝管束，來去匆匆，只是幹那些世人無從捉摸的營生時，從人間順道經過。碰上他們時，許多人會問他們問題。他們知道上帝的意圖嗎？他們為什麼被上帝逐出天堂？這夥墮落天使的回答千篇一律，只有一句話：自己的事自己決定，我們就是這麼做的，建議你也這麼做。

那個人本主義團體的成員於是當真來了個自己的事自己決定。要不是因為莎拉，尼爾也會作出同樣的選擇。可他想念莎拉，所以，他只有一條出路：找個理由愛上帝。

在尋找愛上帝的理由時，其他人至少還有條件自欺欺人。他們所愛的人蒙上帝寵召時沒有受苦，一下子就斷了氣。尼爾卻連這點平衡都找不到。莎拉被玻璃碎片劃傷後痛苦萬狀。當然，更慘的人也是有。有一對夫婦有個十來歲的兒子，被天使下凡的烈焰燒傷了，又被卡住動彈不得。救護人員最後把他拉出來時，燒傷面積已經達到百分之八十，慘不忍睹。最後的死亡簡直是一種解脫。相形之下，莎拉還算幸運，但還沒幸運到讓尼爾敬愛上帝的地步。

尼爾絞盡腦汁，只想出一種能讓他由衷感激上帝的情況，那就是，讓莎拉重新出現在他眼前。哪怕只是看到她的笑臉，都會給尼爾帶來莫大的安慰。他以前從來沒見過任何一個被拯救的靈魂重臨人間，現在，他比一生中任何時候都更加需要這種異象。

但異象不是你想要就能得到的東西。尼爾沒有得到異象。他只能自己想出景仰上帝的辦法。

下一次參加納森尼爾目擊者小團體聚會時，尼爾找到班尼瓦斯克斯，就是那個眼睛被天使光芒抹掉的人。班尼不常參加聚會。他現在忙得很，許多團體邀請他去發表演說。天使下凡造成的無眼人實在太罕見了。天堂之光射向俗世的時間非常短暫，只出現在天使下凡和重返天堂的那一剎那。所以，所有無眼人都成了小名人，無數教堂希望他們充當發言人，供需非常不平衡。

現在的班尼瞎得跟蚯蚓一樣，不單是眼睛、眼窩不復存在，他的頭骨裡已經完全沒有容納這些器官的空間了，顴骨和前額幾乎連在一起。看見天光，這是任何尚在人世的靈魂最接近天堂的一刻。也就是這一刻讓他的身體發生了畸變。通常認為，這種身體畸變表明，在天堂裡，物理意義上的肉身是完全沒有必要的。現在，班尼那張表情功能大受限制的臉上隨時隨地都是掛著親切、喜悅的微笑。

尼爾希望班尼能告訴他些什麼，幫助他愛上上帝。班尼告訴他，天堂之光的美麗是無可比擬的，如此輝煌，如此壯麗，在它面前，任何懷疑都會煙消雲散。它是無可辯駁的證據，足以證明人人都應當敬愛上帝，就像 1+1=2 一樣顯而易見。不幸的是，儘管班尼打了許多比方，他卻無法用自己的言辭重現天堂之光的美麗。本來就虔信上帝的人聽了班尼的話之後激動得發抖，但對尼爾來說，班尼的話太含糊了，令人失望。於是，他轉向其他方向尋求協助。

接受自己不能理解的神蹟。當地教堂的神父這樣對他說。如果你在自己的問題無法解答的情況下仍舊敬愛上帝，這就更能表示你的虔誠。

承認你需要上帝。他購買的大眾精神指導書這樣說。當你認識到自己的問題不能全靠自己解決、必須依靠上帝時，你就已經是個信徒了。

全心全意、無條件地匍匐在祂面前吧。電視傳教士這麼說。接受痛苦，只有這樣，你才能證明對上帝的愛。接受痛苦也許不能讓你今生今世更加幸福，但抗拒痛苦只會加重對你的懲罰。

所有這些理論對不同的人都會產生作用。只要你信服了其中任何一種，你都會虔誠皈依。問題是這些理論都不是那麼容易令人信服，有些人甚至覺得完全無法信服，尼爾就是其中之一。

最後，尼爾試圖跟莎拉的父母談談。這充分說明他已經到了多麼絕望的地步。他跟岳父母的關係向來很緊張。儘管他們很愛莎拉，但卻總是責備她沒有表現出足夠的虔誠。聽說她嫁給了一個完全沒有信仰的人時，他們震驚得說不出話來。至於莎拉，她一直覺得父母太愛對別人妄加評斷了。他們對尼爾的排斥愈發強化了她的看法。但現在，尼爾覺得自己跟岳父母有了共同點。說到底，大家都對莎拉的死哀慟不已。就這樣，他拜訪了他們在郊區的殖民風格大宅，希望稍減自己的哀痛。

他大錯特錯。尼爾得到的不是同情，而是一頓痛罵。他們把莎拉的死怪罪到他頭上，莎拉下葬幾周後，岳父母便得出了結論。她的死是對他的警告，他們必須忍受喪女之痛，唯一的原因就是尼爾不敬愛上帝。他們現在完全不理睬尼爾從前的解釋，一口咬定他的畸形腿正是遭了天譴，如果他能及早醒悟，端正自己的態度，他們的女兒是不會死的。

這種反應本來應該料想得到。在尼爾一生中，別人總是在宗教信仰方面為他的殘障尋找原因，哪怕這種殘障跟上帝一點關係都沒有。現在他又不明不白地遭受了來自天堂的打擊，肯定會有人認定他活該遭此報應。至於這份祝禱選在他最脆弱的時候落在他頭上，造成了最沉重不過的打擊，這倒完全是偶然的。

尼爾並不贊同岳父母的話。但他不禁彷徨起來，有點拿不定主意了。如果他以前是個信徒，或許真的不會落到今天這個地步吧？他想，或許真的應該生活在一個由宗教信仰構成的故事裡。

至少，故事裡總是好人受賞、壞人遭殃。哪怕區別好壞的定義有點不清不楚，總比生活在一個毫無公道可言的現實中強吧。當然，生活在這種講究原罪、認定人生而有罪的故事裡，有個壞處，那就是自己成了一個莫名其妙就擔上一份罪孽的罪人。但它也有一個好處，就是能讓他跟莎拉團圓。他自己不信上帝的態度可沒有這個好處。

有時候，哪怕是錯誤的意見，也能指引一個人走上正確的道路。就這樣，岳父母的責罵把尼爾向上帝推近了一步。

• • •

以前佈道的時候，聽眾們不止一次向珍妮絲問過這個問題：她有沒有產生過希望自己是個有腿的正常人的想法？她的回答總是：沒有。她真是這麼想的。她對自己的現狀很滿足。有時候，提出問題的人會指出，她從來沒有享受過雙腿健全的生活，自然不會產生對那種生活的嚮往。如果她出生時雙腿沒有毛病，後來才失去它們，那樣的話，她的想法可能就不是這樣了。珍妮絲從來不否認這一點。但她仍舊可以誠實的說，她並不覺得自己是個不完整的殘障者，也從來沒有嫉妒過正常人的生活。她是一個整體，沒有腿這件事是這個整體的一部分。她向來不用義肢，就算有什麼手術能讓她長出正常的腿，她也會拒絕的。但她萬萬沒有想到，上帝竟然會賦予她正常的雙腿。

有了腿還給她帶來一個事先沒有想到的副作用：男人越來越注意她了。過去，她只能吸引迷戀殘缺身體、或迷戀聖女的變態男人。現在，所有男人都對她產生了興趣。由於這個緣故，第一次發現伊森米德對她的強烈關注時，珍妮絲還以為這是一種出自愛慾的關注。這一次，珍妮絲尤其覺得氣惱，因為這個人很顯然是個已婚男人。

伊森最初跟她交談是在互助團體的聚會上。此後，他開始聽她的公開演講。他開口邀請她出去吃午飯時，珍妮絲問他到底有什麼意圖。伊森這才解釋了自己的想法。他不知道自己的命運會以什麼方式涉及到她，但他認定兩人的命運必定存在某種聯繫。珍妮絲半信半疑，卻也沒有直截了當反對他的理論。對於她這一方面存在的疑問，伊森承認自己無法解釋，但他非常熱心，願意盡力幫助她找到解答。珍妮絲也謹慎的答應幫助伊森尋找他存在的意義。伊森則保證他不會成為她的包袱。從此以後，兩人時常見面，探討天使降臨人間的種種含意。

與此同時，伊森的妻子克萊兒越來越擔心。伊森向她保證，自己對珍妮絲沒有別的想法，但妻子仍舊不放心。她知道，異乎尋常的處境會使同樣處境的人產生一種聯繫，她害怕伊森與珍妮絲的關係，不管這種關係是什麼，會危及他們的婚姻。

伊森向珍妮絲提出，身為圖書館員，他可以為她做些研究。除了珍妮絲的遭遇，他們兩個誰都沒聽說過這樣的先例。上帝在某一個人身上留下印記，卻在另一次天使下凡時抹掉了這個印記。伊森開始查閱資料，尋找這種先例，希望能藉此理解珍妮絲失而復得的雙腿意味著什麼。從前有過一生中多次獲得神助、治癒痼疾的例子，但他們的疾病或殘障都是自然形成的，不是上帝留下的印記。只有一個傳聞，說的是有一個罪孽深重的人被上帝變成了瞎子，從此改過自新，上帝於是讓他重獲視力。遺憾的是，這個傳聞已經被證明不是真的，只是一個現代都市傳奇而已。

即使這段傳奇有一定的事實基礎，也不能把那當成是珍妮絲經歷的先例。她的腿是在她出生前喪失的，所以不可能是對她的罪孽的懲罰。會不會是因為她父母所做的某件事？重獲雙腿表明他們已經贖清了自己的罪孽？珍妮絲不相信這種理論。

如果她的某位已逝親戚能夠以異象的形式出現在她面前，珍妮絲就不會對自己的腿有任何疑慮了。但他們沒有，於是她懷疑是不是什麼地方出了差錯。不過她不相信這是上帝對自己的懲罰。也許是弄錯了，她接到的神力療癒，本來是給其他人預備的。也許是一種考驗，看她得蒙大恩後有什麼反應。無論是哪種情況，她只能做一件事：以無比的感激和謙卑之心回報上天的厚禮，也就是說，她必須朝聖。

朝聖者要長途跋涉，前往聖地，靜候天使降臨，希望自己能獲得神力療癒。如果是在其他地方，一個人等待一生也未必能等到一次天使下凡。但在聖地，他可能只需要等待幾個月，有時候甚至幾個星期就行。朝聖者們知道，即使這樣，被神力治癒的可能性仍舊十分渺茫。終於盼來天使下凡的人當中，絕大多數並沒有得到神力療癒。但一般情況下，只要能看到天使，大家仍舊很高興，回家以後心情好多了，能夠更好的面對自己的命運，無論這種命運是不久便撒手人寰，還是度過殘障者的一生。另外，不用說，能挺過一次天使下凡而不死，這種經歷讓許多人更加珍惜自己的生命。每一次天使下凡，都有一小批朝聖者因此喪命，這是必然現象。

無論最後是什麼結果，珍妮絲都心甘情願的接受。如果上帝覺得應該召回她，她隨時可以上路。如果上帝再一次抹掉她的雙腿，她會重新拾起過去的工作。如果上帝讓她留著那雙腿，她希望能有機會明白上帝的真意——她需要這個，有了它，她才有信心對聽眾談起自己的腿。

但是，她心裡仍舊抱著一線希望，希望上帝收回賜予她的神蹟，把它轉給真正需要的人。她沒有具體建議上帝把這份神蹟轉給一心切盼著它的某某人，覺得這麼做未免太不知天高地厚了。但在私下，她覺得自己是代表那些急需神蹟的人朝聖，向上帝陳情。

朋友家人對珍妮絲的決定困惑不解，覺得這麼做是質疑上帝作出的決定。消息傳出之後，她收到了許多信，表達的情緒各不相同：幻滅，迷惑，或是對她情願作出這種犧牲的景仰。

伊森則毫無保留的支持珍妮絲。他興奮極了。現在，他終於明白拉謝爾天使下凡對他本人的意義何在。這是一個暗示，向他指出，他展開行動的時刻到了。妻子克萊兒強烈反對他離家遠行，說他根本不知道這一去會花多長時間。另外，她和孩子們也需要他。得不到妻子支持，伊森心情沉重，但他別無選擇。伊森將踏上朝聖之路。下一次天使下凡時，他一定會明白上帝對他到底有什麼安排。

・・・

造訪莎拉的父母使尼爾重新思索自己與班尼瓦斯克斯的談話。班尼的話本身沒給他多大啟發，但他的無比虔誠仍舊給尼爾留下了深刻印象。不管將來發生什麼不幸，班尼對上帝的信仰絕不會動搖，而且，班尼死後肯定會上天堂，這是確然無疑的。這一點讓尼爾看到了一線希望。這種希望太渺茫了，他以前根本沒有考慮過。但現在，在他一天比一天絕望的情況下，這一線希望顯得越來越有誘惑力。

每一個聖地都有這樣一批朝聖者，目的不是獲得神力療癒，他們是特意為了一睹天堂之光而來的。看見天光的人死後總能升上天堂，不管他們的動機是多麼自私。有些追光者對自己能否升上天堂沒多大把握，他們想百分之百確定，死後能與天堂裡的親人相聚。還有些人過了一輩子罪惡生活，想借助這種手段逃避隨之而來的後果。

過去還有人懷疑，覺得天堂之光不可能那麼神奇，一看之下，便足以克服所有障礙，保證靈魂直升天堂。但在巴里拉森事件之後，這種懷疑便煙消雲散了。巴里是個連環姦殺犯，正在處理他最後一個犧牲品的屍體時，正好遇上天使下凡，巴里看到了天堂之光。巴里被處決時，大家親眼看到他的靈魂升上了天堂，讓被害者家屬悲憤不已。牧師們竭力安慰他們，說天堂之光肯定讓巴里在那一瞬間受到了比幾世懲罰更可怕的嚴懲。然而，這種說法迄今找不到任何根據。安慰之辭沒什麼效果。

尼爾從中發現了一個可以利用的漏洞，一個解決菲爾索莫斯指明的兩難處境的好辦法。只有用這個辦法，他才能在愛莎拉遠甚於愛上帝的前提下實現與莎拉團圓的夢想。用這種辦法，他儘可當個自私自利的人，最後照樣能升上天堂。別的人成功過，或許他也能成功。機率不大，但至少有這種先例。

在潛意識中，尼爾其實相當反對這種做法，因為這跟為了治療情緒低落來個徹底洗腦沒什麼區別。他不禁想，真要看到了天光，他的個性就會發生天翻地覆的巨變，變到那種程度，他也就不再是他了。但他不久又想得更深入了些。每個升上天堂的人肯定都出現過類似的變化，所謂被拯救的靈魂，其實跟尚在人世的無眼人差不多，只不過沒有肉身罷了。反覆思索後，尼爾終於明白了。無論他通過什麼途徑升上天堂，是終身修行，或是撞見天光混進去，最後達成跟莎拉團圓的目的，他與莎拉的愛不可能再像從前還活著的時候那樣。進入天堂以後，兩個人都會改變，他們將會如所有被拯救的靈魂一樣，既愛對方，也愛別的一切，兩種愛混合在一起，無法區分。

這種認識絲毫沒有減輕他渴盼與莎拉重聚的急迫心情。正好相反，他的渴望愈發強烈，因為他已經清楚認識到，無論採取什麼途徑，最終都會得到同樣的酬勞。抄近路走捷徑得到的結果與常規手段完全相同。

但另一方面，追光者面臨的困難比尋常朝聖者大得多，也危險得多。天堂之光只出現在天使進出俗世的一瞬間。天使現身的地點是個未知數，所以，追光者只能趁天使一現身便猛撲過去，死死盯著不放，直到天使離開。為了增加自己出現在細細一縷天光照射範圍內的機會，追光者必須在天使逗留凡間的整個過程中盡可能的接近天使，這就意味著站在龍捲風的風口上，或是大洪水的浪尖上，或是地面可怕的裂口頂端，至於究竟會出現哪種情形，要視下凡的是哪位天使而定。死於這個過程中的追光者的數量大大超過了成功者。

很難取得有關事敗身死的追光者靈魂歸宿的統計數字，原因很簡單，這種險惡的環境中不會有多少目擊者。但就已有的人數來看，情況不樂觀。普通朝聖者如果沒有得到他們一心企盼的神力療癒，死後靈魂上升下墜的比例大致是一半對一半。和他們相比，追光者的下場截然不同，每一個歸宿為人所知的追光者都下了地獄。也許是因為只有注定下地獄的人才會當追光者，也許是因為有關方面將追光而死視為自殺，自殺者當然應該下地獄。不管怎麼說，如果打算採取這種行動，尼爾必須作好接受相應後果的心理準備。

追光的本質是全贏或全輸，尼爾一方面覺得這一點相當嚇人，另一方面又深受吸引。苦渡餘生，同時竭力愛上上帝，這種想法一天比一天更讓人難以忍受。他甚至很有可能活不了多長時間，因為最近人人都告訴他，天使到訪是種警告，要他打點好自己的靈魂，隨時準備上路。也許他明天就會一命嗚呼，再也沒有時間採取正常手段成為上帝的信徒了。

最諷刺的是，儘管他一輩子都在極力迴避珍妮絲萊利這個榜樣，有關她的新消息卻對尼爾產生了影響。當時他正在用早餐，碰巧看到報上的新聞，說她即將動身朝聖。尼爾的第一反應是憤怒。到底要多少福祉才能讓這個女人滿足？細細思考之後，他拿定了主意。如果這個才得到過賜福的女人都覺得應該尋求上帝的幫助，對這個賜福來一番討價還價，那麼，遭受了這麼慘痛損失的他更應該這麼做。這條新聞最終促使猶豫不決的尼爾下定了決心。

• • •

聖地無一例外的位於不適宜於居住的窮山惡水，比如一處是汪洋大海中的一個小小環形礁，另一處坐落在高達兩萬英尺的崇山峻嶺間。尼爾去的那個聖地位於一片荒漠中央，周圍無論哪個方向都是綿延許多英里的乾裂沙土地。那地方雖然荒涼，但相較之下還算去得，所以在朝聖者之間很流行。從外表上看，這個聖地可以視為一部很好的地理教材，來自天堂和地球本身兩方面的關照讓它的地貌多姿多彩。整片地方縱橫交錯著熔岩沖刷出來的溝壑，迸開的裂口，衝撞造成的隕石坑。植物十分稀少，都是朝生暮死的短命類型，只在洪水沖刷、龍捲風肆虐的間歇期間生長一陣子，不久便再一次被席捲一空。

聖地上到處是安營紮寨的朝聖者，一簇簇帳篷和野營篷車形成了一個個臨時小村落。哪個地點更好是人人極力推測的大問題。最佳地點應該既能儘量擴大看見天使的機會，又能儘量縮小受傷或死亡的危險。這裡還有不少多年遺留下來的沙袋，大家把它們堆起來，形成一道道掩體，盡可能提供一點保護。聖地還有一批專門在此值勤的急救人員、消防隊員，他們負責管理這裡的通道，務必保持暢通，以確保救護車能及時抵達需要它們的地點。食物和飲水由朝聖者自備，也可以從天價兜售的小販手裡購買。每個人都必須繳付一筆費用，用於垃圾和糞便清理。

所有追光者都準備了越野車，時機一到便能穿越複雜地形追蹤天使。有錢人獨自開車，買不起車的只好兩個、三個、四個人一組，合用一輛車。尼爾不想當個依靠別人的乘客，也不想承擔替別人開車的責任。這可能是他活在世間所做的最後一件事，他覺得單槍匹馬才合適。莎拉的葬禮已經花光了家裡所有的積蓄，於是尼爾變賣了家裡的一切，這才買到一輛合用的交通工具。一輛輕型卡車，配備著凹槽特深的輪胎和超強避震器。

一到聖地，尼爾便著手從事所有追光者都要做的準備工作：開車巡視全場，熟悉地形。有一次巡視聖地時，他遇上了伊森。伊森正從最近的雜貨店買東西回來。說是最近，也在一百多公里外。中途車壞了，伊森正在路邊招手搭便車。尼爾幫助他重新發動了車子，然後，在伊森的堅持下，跟著他回到他的帳篷共進晚餐。珍妮絲不在，去拜訪附近的朝聖者了。伊森一面就著一塊固體燃料加熱速食餐，一面訴說讓他來到聖地的種種事件。尼爾客氣的聽著。

當伊森提起珍妮絲萊利的名字時，尼爾掩飾不住自己的驚訝。他完全沒有再次跟她搭話的興趣，當即找了個藉口想走，對吃驚的伊森解釋說，自己落下了一件貴重裝備。就在這時，珍妮絲回來了。

看到尼爾，珍妮絲大吃一驚，但還是請他多坐一會兒。伊森說起請尼爾來吃飯的緣故，珍妮絲也解釋了她和尼爾過去見面的事。之後，她問尼爾為什麼想來這個聖地。尼爾才剛告訴他們自己是個追光者，伊森和珍妮絲立刻就極力勸他重新考慮他的計畫。這是自殺，伊森說，再怎麼樣也比自殺好啊。看到天光也解決不了你的問題，珍妮絲說，上帝並不希望這樣。對於他們的關心，尼爾態度強硬的表示了感謝，然後就走了。

在等待的幾周裡，尼爾天天開著車巡視聖地。地圖是有的，而且每次天使下凡之後都會及時更新，但再好的地圖也不能取代親自實地考察。有一次，他遇見了一個顯然很精通越野駕駛的追光者，便向他詢問怎麼才能開車穿過一片特別難走的地段。大多數追光者都是男的，有些人在這裡待的時間很長，見過好幾次天使下凡，但他們的努力既沒有成功，也不算失敗。這些人很樂意向新手說明追蹤天使的經驗，但卻從來不談自己的個人經歷。尼爾發現，他們說話都有個奇怪的特點，充滿希望，同時又無比絕望。他不禁懷疑自己說話是不是也跟他們一樣。

伊森和珍妮絲打發時間的辦法是與其他朝聖者結交。大家對珍妮絲的態度各不相同，有的覺得她不知感恩，有的則認為她十分高尚。大多數人聽了伊森的故事後都覺得很有意思，因為像他這樣不求神力療癒的朝聖者非常罕見。朝聖者之間通常會產生一種同袍之情，支撐著他們熬過漫長的等待。

最後的時刻到來時，尼爾正開著自己的輕卡車實地考察。這時只見西南方濃雲密佈，民用通訊頻道上傳來呼叫，說又一次天使降臨開始了。他停下車，把通訊耳機塞進耳朵，扣上頭盔。準備妥當之後，已經可以看到空中的一道道閃電了。距離天使比較近的一名追光者報告，這次下來的是巴拉基爾，正向北方前進。尼爾決定從東面攔截天使，於是掉轉車頭，全速駛去。

沒有雨，也沒有風，只有團團烏雲，濃雲中不斷亮起閃電。所有的追光者都在通過無線電互相傳遞消息，估算天使的前進方向和速度，衝向東北方的尼爾搶到了天使前頭。開始的時候，他還可以通過計算雷鳴與電閃的時差來估算離天使多遠，但過沒多久，閃電一個接一個，雷聲轟然響成一片，他再也無法將某一記雷聲和特定的閃電聯繫起來。

他看見另外兩輛追光車從不同的方向斜插過來，三輛車平行了，向北飛馳。躍過一個很大的隕石坑，顛簸著穿過較小的坑坑窪窪，時而急轉避開大洞。四面八方電光閃閃，閃電似乎在向一個中心點聚攏，就在尼爾以南。原來，天使在他的正後方，正在接近。

雖然戴著耳塞，滾滾雷鳴依然震耳欲聾。周圍的電力越來越強，尼爾清楚感到自己的毛髮從皮膚上豎起來。他不斷看後視鏡，竭力確認天使的準確位置，心裡實在估算不出到底應該靠近到什麼程度。

重重疊疊的閃電，一道未去，一道又起。視網膜上的視覺殘留過多，很難從中分辨出哪些是真的閃電，哪些是上一道閃電的殘留影像。尼爾眯起眼睛，望著一片閃亮的後視鏡。他發現，自己正望著一道連綿不斷的電光。這道閃電波動起伏，但連成一氣，中間沒有絲毫間隔。他把駕駛座一側的後視鏡向上挪了一下，以便看得清楚一點。他看見了這道閃電的源頭。那是一大團蒸騰翻湧的火焰，呈銀白色，襯在烏黑的雲層上。那就是巴拉基爾天使。

眼前的景象讓尼爾渾身僵直，動彈不得。就在這時候，他的輕卡車撞上一塊冒出地面的岩石尖端，一下子騰空而起。衝撞的著力點正在車頭左前方，車頭像鋁箔一樣擠成一團。駕駛座承受的壓力將尼爾的雙腿腿骨壓得粉碎，切斷了他的股動脈。尼爾開始大出血，緩慢、但確然無疑的走向死亡。

他沒有嘗試挪動身體。那一刻，他還沒有感到身體上的痛苦，但不知道為什麼，他明白只要自己輕輕動一下，馬上就是痛徹心肺。很清楚，他已經被卡在車子裡了，就算沒有，他也不可能繼續追蹤巴拉基爾。他絕望的望著閃電的渦流漸漸離他而去，越來越遠。

望著望著，尼爾哭了起來，心中充滿悔恨和對自己的蔑視，詛咒自己怎麼會以為這個辦法行得通。只要能活下來，他會乞求上帝再給他一次機會，讓他改過自新，他會用自己的餘生學習如何敬愛上帝。但他知道，討價還價是不可能的，唯一應該責備的是他自己。他向莎拉道歉，因為他沒有走比較保險的路子，而是將自己的生命一把押上了賭桌，從而永遠喪失了與她相聚的希望。尼爾唯有祈禱她能理解他的動機，並且原諒他。他之所以這麼做，實在是因為太愛她。

淚眼迷濛中，尼爾看見一個女人向他跑過來。是珍妮絲萊利。這時他才意識到，他的撞車地點離她和伊森的帳篷只有不到一百公尺。但她不可能幫得上他什麼忙了，他感覺得到鮮血汩汩湧出，漸漸耗盡，知道自己已經無法支撐到救護車趕來。他覺得她正朝他大喊著什麼，但他的耳朵被雷聲震得太厲害，根本聽不見她說話。他看到伊森米德緊跟在她後面，跟她一起向這邊跑來。一道電光劃過，珍妮絲一頭栽倒，像被一把大鐵錘砸倒一樣。起初他還以為她是被閃電擊倒的，接著才發現閃電早就停了。她慢慢爬起來。這時候，尼爾看到了她的臉，一張全新的臉，直冒熱氣，完全沒有眼睛。他明白了。珍妮絲看見了天堂之光。

尼爾抬頭向上望，但他看到的只有幢幢烏雲。那道光柱已經消失了。上帝好像在奚落他，既讓他親眼看到他寧願喪生也要得到的東西，又把這件東西拿得遠遠的，讓他摸不著。不僅如此，上帝還把它給了一個不需要、甚至不想要的人。上帝已經在珍妮絲身上浪費了一次神蹟，現在，他竟然又這麼幹了一次。

就在這時候，另一道來自天堂的光柱刺透了烏雲，落在陷在車裡動彈不得的尼爾身上。

它像一千枚尖針，刺進他的血肉骨骼。天光抹掉了他的眼睛，不是把他變成一個喪失視力的曾經的明眼人，而是變成了一個根本不曾、也不應該擁有視覺器官的人。與此同時，這道光向尼爾展示了他理應敬愛上帝的全部理由。

他敬愛上帝，全心全意無條件的愛著上帝，人類成員彼此之間從來不曾有過這種深深的愛。「無條件」其實是個很不恰當的修飾語，因為即使「無條件」這個詞也暗含著一種場景、一種前提、一種「條件」，而尼爾卻再也不需要這一切了。宇宙間萬事萬物無一不是應當愛戴上帝的明證，沒有任何東西可以構成對上帝的愛的阻礙，連稍稍擾亂這種愛都做不到。一切事物都是對上帝感恩戴德的理由，讓他更加敬愛祂。尼爾想起讓自己採取這種自殺式莽撞行動的慘痛遭遇，想起莎拉死前經歷的痛苦和驚恐，但他仍舊敬愛上帝，而且，不是不顧這些繼續敬愛上帝，而是因為這些敬愛上帝。

他唾棄自己此前的種種憤怒、彷徨、對答案的追求。為了過去的痛苦，他萬分感激上帝，深深悔恨以前沒有認識到這是上帝的賜福，為了現在在上帝照拂下洞見自己生存的真正意義而欣喜若狂。現在他明白了，生命只是一份上帝慷慨賜予、接受者其實不配享有的厚禮，即使最有德行的人都不配享有生命這份殊榮。

對他來說，一切疑難已經迎刃而解。他懂了，生命中的一切都是關於愛，哪怕是痛苦也罷，尤其是痛苦。

所以，幾分鐘後，當尼爾最終失血過多而死的時候，他的靈魂已經完全值得拯救了。

但上帝照樣把他打下了地獄。

・・・

伊森看到了這一切。他看到尼爾和珍妮絲的面貌被天光改變，也看到了他們沒有眼睛的臉上洋溢的對上帝虔誠的愛。他看到天空澄澈起來，重新現出陽光。他握著尼爾的手，等待救護車的到來。尼爾死時，他看到尼爾的靈魂離開軀殼，向上升起，卻又向下一沉，墮入地獄。

珍妮絲沒有看到。這一切發生的時候，她的眼睛已經不復存在了。伊森是唯一的目擊者。他明白了，這就是上帝為他所作的安排：追隨珍妮絲萊利來到這裡，看到她無法看到的一切。

巴拉基爾下凡的統計數字匯整出來了。死亡人數共計十名，其中六名為追光者，四名普通朝聖者。九名朝聖者獲得神力療癒。看見天堂之光的只有珍妮絲和尼爾。統計數字沒有說明多少朝聖者感到這次天使下凡改變了他們的人生道路，但伊森知道，自己就是這種人其中的一個。

回到家之後，珍妮絲重新開始佈道。但演說的主題跟過去不同。她不再宣傳殘障者有勇氣克服身體方面的障礙。現在，她跟其他所有的無眼人一樣，只能反覆描繪上帝造物的無比美麗。許多過去從她的演講中得到啟發的人感到很失望，覺得他們失去了一位精神領袖。珍妮絲宣揚勇氣能戰勝殘障時，她給聽眾帶來了其他人無法帶來的資訊。但現在，她說的話和別的無眼人沒有什麼區別。聽眾人數減少了，但珍妮絲毫不在意，因為她對自己宣揚的內容有百分之百的信心。

伊森辭去了圖書館的工作，成了一名佈道者，向大眾演講自己的經歷。妻子克萊兒無法接受他的新使命，最後帶著孩子們離開了他。但伊森寧願獨自生活，也要繼續佈道。他有了很大一批追隨者。他告訴大家發生在尼爾菲斯克身上的事。告誡大家，生活中沒有徹底的公平，死後同樣如此。他這麼說不是要聽眾不再崇敬上帝，正好相反，他鼓勵大家保持信仰，只不過希望大家不要在懷有不切實際的幻想的情況下這麼做。伊森說，如果要敬愛上帝，你必須有心理準備，無論上帝對你的安排是什麼，都要無條件的愛祂。上帝不代表公平，不代表仁慈，也不代表憐憫。只有徹底理解這一點，才能成為真正的信徒。

⋮

當然，尼爾不可能聽得到人世的佈道，不過，如果尼爾聽了這些勸戒，他一定完全理解。他失落的靈魂就是最好的證明，證明他瞭解伊森的話。

對於地獄的大多數居民來說，這裡與人世間沒有多大區別。地獄的主要懲罰，是讓人悔恨，對生前沒有信仰上帝的悔恨，這種懲罰，多數人很容易忍受，但對尼爾來說，地獄與人世沒有絲毫相似之處。他不朽的身體有一雙功能完善的腿，但他一點也不在乎。他重新獲得了雙眼，但他不願意睜開眼睛。看見天光之後，他認識到人世間上帝無所不在，但地獄裡卻沒有上帝的身影。人在這裡，看到、聽到、碰到的一切都會使尼爾產生深切的痛苦，而且，這種痛苦不同於人間。

間的痛苦是上帝之愛的一種表現形式，這裡的痛苦卻是上帝不在所造成的。尼爾在地獄裡承受的痛苦是他生前無法想像的，但是，他對痛苦只有一種回應：敬愛上帝。

尼爾依然愛著莎拉，跟從前一樣想念她，一想起他曾經只差一點就能跟她重逢，他就心如刀割。他知道，自己墮入地獄不是因為他做過的任何事，他知道自己完全沒有理由下地獄，也不是為了實現某個更高目的讓他作出的犧牲。但所有這一切，絲毫不能削弱他對上帝的愛。即使存在升上天堂、與莎拉團圓的可能，尼爾也沒有懷抱這種希望。他心裡已經不存在這類慾望了。

尼爾知道，現在的他已經離開了上帝的視線，上帝不可能以愛作為對他的回報。但這依然沒有影響他的感情。愛無條件，亦無所求，甚至不求任何愛的回報。

自從尼爾墮入地獄，離開上帝的視線，許多年過去了。他仍舊愛著上帝。這才是真正的信仰。

看不見的美

「美是幸福的保障」——斯湯達爾

潘布萊頓大學一年級學生，塔梅拉里昂：

我真不敢相信，去年我才參觀過這所大學，當時根本沒聽過這件事。現在我來了，結果他們竟然說要把美感干擾器列為必備的裝置。我對大學有很多期盼，其中之一就是拿掉這東西，你應該懂的，這樣我就可以跟其他人一樣了。要是早知道來這裡還有可能被迫裝這東西，說不定當初我會選另一所大學。我覺得自己被詐騙了。

下個禮拜我就滿十八歲了，我打算在生日那一天把美感干擾器關掉。萬一他們投票決定把那個東西列為必備裝置，我真不知道我該怎麼辦。說不定我會轉學，天曉得。現在，我只想趕快去找別人，告訴他們「投票反對」。說不定我會加入什麼學運團體。

⋮

潘布萊頓大學三年級學生，「學生平等聯誼會」主席，瑪麗亞杜沙：

我們的目標很簡單。潘布萊頓大學有一套道德行為守則，那是學生自己制定的，全體新生在註冊的時候都同意遵守。我們提議在守則裡增加一個條款，要求學生在校期間必須裝上美感干擾器。

我們之所以提出這項建議，是因為「神之貌」又推出了一種微電腦眼鏡版。那是一種人臉視覺美化軟體，當你戴上微電腦眼鏡，眼鏡上的軟體會讓你看到的每一個人都像是整容過的明星。在某些特定的群體裡，那已經成為一種流行消遣。很多大學的學生都認為那對人是一種冒犯。現在很多人都在議論，這是一種深層社會問題的症狀，所以我們覺得時機到了，必須倡議增加條款。

這個深層社會問題就是相貌歧視。過去這幾十年來，很多人都熱衷於討論種族歧視和性別歧視，但他們就是不太願意討論相貌歧視。然而，這種對相貌平庸的人的歧視是無所不在的。甚至用不著別人教，大家自然而然就會歧視相貌平庸的人。這已經夠糟糕了，而整個社會不但沒有抵制這種歧視，反而推波助瀾。

我們應該要教育社會大眾，幫助他們意識到問題的嚴重性，不過，這只是最基本的，這樣還不夠。我們還必須藉助科技。我們可以把美感干擾器當作一種輔助工具，讓社會更成熟。美感干擾器會引導你，促使你去做你已經知道該做的事：忽略外表，看到更深層的內在美。

現在，我們認為時機已經到了，應該讓美感干擾器成為社會主流。目前，在大學校園裡，美感干擾器推廣運動還在萌芽階段，只是一小群人的理想。然而，潘布萊頓大學和其他大學是不一樣的，我認為我們的學生已經準備好了，可以接受美感干擾器。如果我們的倡導成功了，我們將能夠為其他大學樹立一個典範，甚至最終為整個社會樹立典範。

．．．

神經病學家，約瑟夫韋恩嘉納：

這種干擾的性質，我們稱之為聯想性辨識失能，而非理解性辨識失能。也就是說，那不會干擾人的視覺，只會干擾我們對看見的東西的辨識能力。裝上美感干擾器的人，一樣能夠很清楚看到別人的臉，他們能夠分辨對方的下巴是尖的，還是往後傾斜的，鼻子是直挺的，還是鷹鉤鼻，皮膚是乾淨的，還是髒的。他們純粹只是無法對這些不同東西產生不同的美感反應。

美感干擾器之所以能產生作用，是因為人的大腦裡有某種特殊的神經線路。所有的動物都有一套標準，用來衡量未來配偶的繁殖能力。牠們在演化的過程中發展出一種特定的神經線路，能夠辨識這種標準。我們人類的社交互動，著重在我們的臉，所以我們的神經線路對臉的辨識特別敏銳，會從一個人的長相去斷定他的繁殖能力。當你覺得某個人長得很漂亮，或是長得很醜，或是不美也不醜，這就是你體驗到的神經線路的作用。美感干擾器的原理，就是阻撓這些用來衡量外貌特徵的神經線路。

人類對美的感受總是千變萬化的，每個時代的流行不同，所以有些人很難相信，所謂的美會有一套絕對的標準。不過，我們找來很多不同民族的人，請他們看大量的臉部照片，要他們按照漂亮的程度來排名，結果卻出現非常明顯的標準模式。就連小嬰兒都會顯示出他們對某種臉孔的偏愛。

也許最明顯的就是光滑潔淨的皮膚。這相當於是鳥類的鮮艷羽毛，哺乳動物的光亮皮毛。漂亮的皮膚就是年輕健康最好的指標，不管什麼民族文化的人都同樣重視。粉刺不是什麼大毛病，可是那看起來就像絕症，所以我們很討厭。

另一個特徵就是勻稱。也許我們感覺不出某個人身體左邊右邊的些微差異，不過，我們大量測量出來的數據顯示，絕大多數人認為最漂亮的人，就是那種長得最勻稱的人。儘管人類的基因先天上就是要我們長出勻稱的身體，但是在發育過程中卻很容易受到阻撓，任何環境上的壓力，例如營養不良、疾病、寄生蟲，都很容易在成長的過程中導致畸形。能夠抗拒這些壓力，才有辦法達到勻稱。

另一種特徵和臉部的比例有關。最容易吸引我們注意的人，臉部的比例通常都很接近總人口平均值的臉部比例。當然，那要看你是哪一種種族的人，不過，臉部比例接近總人口平均值，意味著你的基因是健康的。不過，有種東西會導致我們忽略臉部比例的吸引力，那就是，異性的吸引力，因為，有漂亮臉孔的異性意味著更高的繁殖潛力。

基本上，美感干擾器只是讓我們無法對這些特徵產生反應，如此而已。美感干擾器並不會導致你看不到流行時尚的美或是文化標準的美。如果黑色唇膏是最流行的時尚，美感干擾器不會導致你感覺不到黑色唇膏的美。不過，如果你看到兩個女人，一個長得很漂亮，一個外貌平庸可是卻塗著黑色唇膏，你可能就無法辨識哪個比較漂亮。然而如果你身邊的每個人都在嘲笑大鼻子的人，那你就會跟著一起嘲笑。

所以，美感干擾器本身無法消除相貌歧視。從某個角度來看，它只是讓各種外貌獲得平等地位。美感干擾器消除了我們先天上的偏好，所以我們就不會對人產生歧視。這樣一來，當你想教大家不要以貌取人的時候，就不會遭遇到激烈的抗爭。最理想的方式是，你先創造出一個每個人都裝上美感干擾器的環境，然後再教育社會大眾不要以貌取人。

⋯

塔梅拉里昂：

這裡老是有人問我，在塞布魯克中小學唸書，從小就裝著美感干擾器，那是什麼滋味。老實說，當時年紀還小，我並不覺得那有什麼大不了。你知道，就像大家說的，不管什麼東西，如果你從小用到大，你就會覺得那很尋常。儘管我們知道有些東西別人看得見，我們看不見，不過我們頂多就只是好奇而已。

舉例來說，從前我和朋友一起去看電影的時候，我們會試著搞清楚誰是真的長得漂亮，誰不是真的漂亮。我們總是宣稱自己看得出來，但其實並不是真的辨得到，光看臉是看不出來的。我們只是根據誰是主角誰是配角來判斷。你一定知道，主角永遠比配角漂亮。當然並不是百分之百一定猜得到，不過，有一種電影，主角不可能會是漂亮的，那種電影你通常還是猜得到。

問題在於，等你年紀漸漸大了，那東西就會開始讓你感到困擾了。如果你和別的學校的人出去玩，你會覺得怪怪的，因為你裝著美感干擾器，但他們卻沒裝。倒不是說每個人都會覺得那有什麼大不了，只不過那會提醒你，有些東西你看不見。接下來，你就會開始跟爸媽吵，因為他們不肯讓你看見真實的世界。只可惜，你是吵不贏他們的。

⋯

塞布魯克私立學校創辦人，理查漢米爾：

塞布魯克私立學校是我們這個家庭互助會一手催生出來的。當年，我們總共有二十幾個家庭，我們希望根據我們的共同價值觀建立一個社區，我們召開了一場會議，討論有沒有可能為我們的孩子創辦一所不一樣的學校。在那場會議上，有個家長提到，傳播媒體對我們的孩子造成了什麼影響。家裡有青少年的家庭，每個孩子都吵著要做整容手術，這樣他們才能夠像時尚模特兒一樣漂亮。那些爸媽已經盡最大的努力勸阻他們，只不過，你總不能讓你的孩子與世隔絕吧？畢竟他們生活在一個迷戀外表的文化裡。

大約就在那個時候，美感干擾器最後一次挑戰法律的行動終於有了成果，於是，我們開始討論那個東西。我們覺得美感干擾器是一個好機會，想像一下，如果在我們生活的環境裡，大家都不會以貌取人，那該有多好。我們是不是有機會在這樣的環境裡養育我們的孩子？

學校剛創立的時候，我們只招收互助會家庭的孩子。不過，另外有些學校也開始採用美感干擾器，新聞就開始傳開了。沒多久，開始有家長來詢問，我們學校可不可以招收非互助會成員家庭的孩子。最後，為了和家庭互助會的學校有所區隔，我們另外創辦了塞布魯克私立學校。這所學校有一條規定是，只要孩子在學一天，父母就必須讓他們裝上美感干擾器。如今，因為這所學校，我們這裡已經茁壯為一個美感干擾器社區。

・・・

瑞雪兒里昂：

塔梅拉的爸爸和我審慎考量之後，才決定送她到那裡去唸書。我們和那個社區的人談過之後，發現我們還蠻喜歡他們的教育方式。不過，一直要等到我們參觀過學校之後，我們才真的下定決心。

在那所學校裡，臉部畸型的學生比例，比一般標準高出很多。像是骨癌、燒燙傷、或是先天畸型所造成的臉部缺陷。他們的父母搬到這個社區，就是為了避免他們的孩子受到排擠，而結果真如他們所願。我還記得，第一次參觀學校的時候，我看到一個十二歲小孩的班級正在投票選班長，結果選出來的小女孩，有一邊臉上有燒傷疤痕。她看起來好自在，對自己充滿自信，而且深受班上小朋友的歡迎。如果是在別的學校，那些孩子可能會排擠她。當時我心裡想，我就是希望自己的女兒在這樣的環境裡成長。

大家總是告訴女孩子，她們的人生有多少價值，要看她們長得有多漂亮。只要長得漂亮，她們的成就就會被放大，如果不漂亮，成就再高照樣被冷落。更糟糕的是，有些女孩子會因此認為，只要靠自己的美貌，她們的人生就可以一帆風順，所以她們從來不去用腦袋。我希望讓塔梅拉遠離這樣的影響。

漂亮基本上是一種消極的特質，就算你努力想讓自己變得漂亮，你還是一樣朝消極的方向努力。我希望塔梅拉衡量自己價值的時候，並不是看自己能打扮得多漂亮，而是看自己能做什麼，不管在心智上還是在體能上。我不希望她變得消極，而現在我可以很高興的說，她並沒有變成那樣。

・・・

馬丁里昂：

塔梅拉已經長大了，如果她想拿掉美感干擾器，我倒沒什麼意見。不過，我這種態度，並不是因為當年我們剝奪了她自己選擇的權利。真正的問題是，光是要度過青春期，她就會承受難以想像的壓力。同儕的壓力就足以把你壓扁，像壓扁紙杯那樣。另外，當你開始越來越在意自己長相的時候，那又會是另一種壓力，足以把人壓垮。在我看來，不管什麼東西，只要是能夠紓解這種壓力的，就是好東西。

等年紀大一點，你就比較有能力應付長相所帶來的種種問題。你會更能接受自己的皮膚，更有自信，更有安全感。你會比較滿意自己的長相，不管自己長得漂不漂亮。當然，並不是每個同年齡的人都能變得這麼成熟，有些人十六歲就很成熟了，而有些人卻要等到了三十歲或是更老以後才會成熟。不過，十八歲是法定的成熟年齡，到了這個年齡，每個人都有權利自己做選擇，而你唯一能做的，就是相信自己的孩子，祝福他們的人生能夠無限美好。

•••

塔梅拉里昂：

對我來說，這一天真是個奇怪的日子。很棒，不過很怪。今天早上，我身上的美感干擾器被關掉了。

其實，關掉干擾器是很容易的。護士在我身上貼了一些感應片，叫我戴上一個頭盔，拿了一疊人臉的照片給我看。後來，她在鍵盤上敲了幾個按鍵，然後對我說：「我已經關閉了美感干擾器。」就這樣。我本來以為，關掉干擾器之後，我應該會感覺到有哪裡不一樣，可是並沒有。後來護士又再拿照片給我看，確認干擾器確實有關掉。

當我再次看著照片上那些臉，有些看起來似乎……不太一樣，好像看起來容光煥發，或是感覺更活靈活現之類的，很難形容。後來，護士讓我看測試的結果，上面有一些數據顯示我的瞳孔放大多少，我的皮膚導電能力如何，諸如此類的。如果我覺得照片上某些臉看起來不太一樣，測試的數據就會提高，護士就會告訴我，那些臉比較漂亮。

護士說，我立刻就能看出別人長得好不好看，不過，要過一段時間我才感覺得出來自己好不好看。這大概是因為已經太習慣自己的長相，所以沒什麼感覺。

沒錯。我第一次照鏡子的時候，覺得自己看起來完全一樣。後來，我離開醫院，回到學校裡，發覺每個人看起來真的不一樣了，可是我還是感覺不到自己哪裡不一樣。我整天照鏡子。有些時候，我會擔心自己長得很醜，很怕隨時會感覺到鏡子裡那張臉很醜，例如滿臉麻子之類的。於是，我就這樣盯著鏡子，一直等，可是最後什麼感覺都沒有。所以我猜，我應該長得不會太醜，不過也有可能我只是還沒有感覺到。但話說回來，那也可能代表我不是真的很漂亮，因為我也還沒感覺到。這麼說來，我猜自己應該是長得非常平庸，對不對？非常平庸。不過，那也還好啦。

・・・

約瑟夫韋恩嘉納：

所謂美感干擾，就是模擬一種腦部損傷。我們用的是一種程式控制的藥物，叫做神經凍結劑。你可以把它想像成一種高度選擇性的麻醉藥。它的啟動機制和目標鎖定機制都受到動力控制。我們讓病人戴上頭盔，透過頭盔傳輸訊號，啟動或關閉神經凍結劑。頭盔也會提供細胞體的定位資訊，這樣神經凍結劑才能夠鎖定細胞體的位置。這樣一來，我們就可以只啟動大腦某個特定區域裡的神經凍結劑，讓那裡的神經脈衝保持在一定的水平。

神經凍結劑的研發，原本是要用來控制癲癇發作，減輕慢性疼痛。我們甚至用這種藥來治療更嚴重的類似病症。它沒有副作用，不會影響到整個神經系統。後來，我們又研發出各種不同的神經凍結劑，用來治療強迫症、藥物成癮，以及其他各種機能失調的疾病。這時候，神經凍結劑已經成為很有價值的研究工具，用來研究腦生理學。

神經病學家研究腦功能特化的時候，傳統的研究方法是觀察各種神經機能障礙所導致的缺陷，但很明顯的，這種技術受到限制，因為受傷或疾病所引發的機能障礙，通常會影響到大腦裡很多個功能區域。相反的，神經凍結劑是可以控制的，只在大腦很細微的區域裡啟動，藉此模擬出一種非常局部化、不可能自然形成的機能障礙。當你關閉神經凍結劑，那種「障礙」立刻就消失，腦功能又迅速恢復正常。

藉由這種方式，神經病學家才有辦法研究出各式各樣的美感干擾。其中最有關聯的就是相貌辨識干擾，也就是讓你失去辨識臉孔的能力，無法從相貌認出一個人。一旦受到相貌辨識干擾，你會認不出家人朋友，除非他們開口說話。甚至，你會認不出照片裡自己的臉。那不是一種認知或感知的問題。受到相貌辨識干擾的人，依然可以從別人的髮型、穿著、香水、甚至走路的姿勢認出一個人。那種干擾完全僅限於臉孔。

相貌識別干擾這種作用特別能夠顯示出，我們的大腦裡有一種特殊的「線路」，專門針對臉孔進行視覺處理。我們看臉孔的時候，腦神經的反應和看別的東西是不一樣的。大腦針對相貌進行視覺處理的功能有很多種，認出一個人的臉，只不過是其中一種而已，還有其他類似的「線路」負責辨認臉部的表情，甚至有些「線路」感應得到別人在轉移視線。

受到相貌辨識干擾的人會出現一種有趣的現象。儘管他們認不出一個人的臉，但他們還是感覺的出來那個人長得漂不漂亮。如果你拿臉的照片給他們看，叫他們按照漂亮的程度分等級，他們分出來的等級和一般正常人沒什麼兩樣。研究人員用神經凍結劑來做實驗，發現有些神經線路會感應到人的臉漂不漂亮，結果就研發出美感干擾器。

・・・

瑪麗亞杜沙：

「學生平等聯誼會」準備了額外的程式控制神經凍結劑頭盔，放在學生保健室，而且我們已經和他們安排好，如果你想裝上美感干擾器，都可以找他們都提供。你甚至不需要預約，直接到保健室去找他們就可以。我們鼓勵全體學生都去試一下，至少試一天，看看有什麼感覺。也許一開始會有點怪怪的，感覺不到別人是美還是醜，但過一段時間之後你就會發現，那對你的人際關係產生了多麼正面的影響。

很多人擔心美感干擾器會導致你失去性慾之類的，但實際上，一個人之所以吸引人，外表的美只佔一小部份。一個人不管長得好不好看，真正重要的是這個人的言行舉止。他說了些什麼，用什麼方式說，他的行為是什麼，有什麼樣的肢體語言。還有，他對你有什麼反應。對我來說，一個男生能不能吸引我，要看他對我有沒有興趣。這是一種雙向循環。你注意到他在看你，他注意到你在看他，然後你們的關係就會像滾雪球一樣逐步發展。美感干擾器不會改變這種狀況。更重要的是，人身上會散發出一種費洛蒙，那種化學作用絕對是美感干擾器影響不了的。

另外有些人擔心，美感干擾器會讓每個人的臉看起來都是一個樣，這也是誤會。一個人的長相永遠會反映出一個人的氣質性格。真要說美感干擾器有什麼影響，那就是，美感干擾器會更凸顯出你的氣質性格。有沒有聽過一種說法：人到了一定的年紀，就要對自己的長相負責？有了美感干擾器，你就能體會到這句話多麼有道理。有些人的臉看起來真的很乏味，特別是那種傳統定義下的年輕美女。一旦失去了外表的美，她們的臉看起來就是很無趣。而有些人的臉會充分展現出人格氣質的魅力，那樣的臉就會永遠看不膩，甚至越看越好看。那種感覺，就好像你在他們臉上看到更深層的本質。

有人問我們會不會強制執行。我們並沒有打算那樣做。沒錯，確實有一種軟體能夠分析你凝視的方式，很準確的偵測出你身上有沒有裝美感干擾器，但那需要大量的資訊，而我們學校警衛室的監視器沒辦法放大鏡頭，拍到臉部的特寫。如果真要這樣做，每個人都必須配戴迷你監視器，分享資訊。雖然我們有辦法這樣做，但那並不是我們的目標。我們認為，只要你試過美感干擾器，你就能夠親身體會到它的好處。

・・・

塔梅拉里昂：

看到了！我真漂亮！

真是美好的一天。今天早上一醒過來，我立刻就去照鏡子，感覺就像小時候過聖誕節一樣，一醒過來就迫不及待去看襪子。結果，還是什麼都感覺不到。我的臉感覺還是很平庸。後來我甚至（笑起來）想試著給自己一個驚喜，躡手躡腳走到鏡子前面，結果還是沒用。我有點失望，有點想就這樣認命了。

可是後來，到了今天下午，我跟我的室友艾娜，還有同宿舍的幾個女生一起出去逛。我沒告訴任何人我已經關掉了美感干擾器，因為我想讓自己先習慣一下。我們到學校另一邊的小吃店，那間我沒去過。我們就坐在桌子邊聊天，我轉頭看看四周，想看看沒裝干擾器的時候，別人看起來是什麼樣子。後來，我忽然看到有個女孩子在看我，我心裡想，「她好漂亮」。可是後來……這聽起來真的有點蠢，後來我才發現那是小吃店牆上的鏡子，我看到的是自己！

我真的沒辦法形容！那種不可思議的「鬆了一口氣」的感覺！我就是一直笑，停都停不住。

艾娜問我在高興什麼，我就只是一直搖頭。後來我乾脆跑到化妝室，照鏡子看自己看個過癮。所以，這真是美好的一天。我真的好喜歡自己的樣子！今天真是太美好了。

・・・

三年級學生，傑夫溫索伯，潘布萊頓大學學生辯論會上的發言：

以貌取人當然不對，但是這種「讓你看不見」的方式並非解決之道。教育才是正道。

美感干擾器拿掉了不好的東西，但同時也剝奪了好東西。雖然它能夠事先預防相貌歧視，但同時也會導致你無法體驗美。有很多時候，碰到漂亮的女生，多看一眼並不是什麼罪惡。美感干擾器會導致你無法區分什麼是歧視，什麼是審美。但教育可以。

我知道有人會說，說不定哪天科技更進步的時候，就不會有這樣的問題了，是不是？說不定哪天，他們會有辦法在你腦子裡裝一個什麼「專家系統」，它的功能就像是「在這種狀況下應該欣賞美嗎？如果應該，那就好好欣賞，如果不應該，那就別看。」這樣做是對的嗎？這就是你聽說過的「輔導你成熟」嗎？

不對，這樣是不對的，這樣不叫成熟。那等於是讓專家系統幫你做決定。成熟意味著你有辦法區分，但同時也明白漂不漂亮並不重要。科技沒辦法帶你走捷徑。

⋯

三年級學生，阿迪西辛恩，潘布萊頓大學學生辯論會上的發言：

沒有人說要讓專家系統替你做選擇，美感干擾器之所以會是理想的工具，正因為它只是一種微不足道的小改變。美感干擾器並不會替你做決定，也不會阻止你做任何事。談到成不成熟的問題，只要你率先選擇使用美感干擾器，那就顯示出你夠成熟了。

大家都知道外表的美與一個人的價值無關，這就是教育的成果。然而，不管你怎麼循循善誘，相貌歧視依然存在。我們只是儘可能讓自己超然客觀，不讓別人的外表影響我們，但我們就是沒辦法克制本能反應。如果有人宣稱自己做得到，那只不過是他們自己一廂情願的想像。問問你自己：當你同時碰到長得漂亮和長相平凡的人，難道你不會有不同的反應嗎？

任何人研究這個問題都會得到同樣的結果：外貌能夠幫你出人頭地。你會不由自主的認為，長得好看的人一定比較有才幹，比較誠實，本來就應該比別人成功。當然並不是真的這樣，但我們還是會有這種印象。

美感干擾器並不會導致你什麼都看不見。美才會蒙蔽你的眼睛，而美感干擾器會讓你睜開雙眼。

⋯

塔梅拉里昂：

所以，我一直在看學校裡的帥哥。太好玩了，雖然感覺有點怪，不過很好玩。比如說，那天我在學校餐廳吃飯的時候，看到隔著幾張桌子的座位上有一個男生。我不知道他叫什麼名字，不過我一直轉頭看他。我沒辦法形容他的臉長什麼樣子，但他就是比其他人更吸引我。感覺他的臉就像一塊磁鐵，而我的眼睛就像指南針上的針，一直對準他的方向。

我看他看了好久，直覺就認定他一定是個好男生。我完全不認識他，甚至聽不到他在說些什麼，可是我很想認識他。感覺有點怪，但一定不是壞事。

⋯

美國大學聯網教育新聞頻道報導：

潘布萊頓大學倡導美感干擾器提案最新消息，教育新聞頻道接獲民眾舉證，指出懷特海耶斯公關公司付錢給四位潘布萊頓大學的學生，請他們勸阻同學投票贊成提案。而這四個學生進行勸說的時候並沒有表明他們和公關公司之間的關係。第一個證據是懷特海耶斯公司內部的備忘錄，內容建議那些學生尋找「長得好看而且出名的學生」，第二個證據是該公司付錢給學生的紀錄。

這些資料是「薩米歐科技戰士協會」所提供的。他們是一個文化干擾團體，曾經對新聞媒體進行過多次干擾破壞行動。

我們向懷特海耶斯公司求證，他們發表了一份聲明，譴責這種破壞公司內部電腦系統的行為。

・・・

傑夫溫索伯：

沒錯，是真的，懷特海耶斯公司確實付錢給我，但這並不算是什麼交易行為。他們並沒有規定我說「什麼話」。他們只是讓我比較能夠有時間投入反美感干擾器的運動。如果不是因為我必須當家教賺錢，那本來就是我想做的事。我只不過是很誠實的表達了自己的觀點：我認為美感干擾器不是好東西。

反美感干擾器陣營的人來找過我，叫我不要再針對這個議題公開發言，因為他們認為這對他們的運動是一種傷害。我很遺憾他們會這樣認為，因為這像是一種人身攻擊。如果你認為我說的有道理，那就不應該讓這件事影響到你的看法。我知道有些人可能會以人廢言，但我還是會盡我所能參與這個運動。

．．．

瑪麗亞杜沙：

這幾位同學真的應該事先表明他們和懷特海耶斯公司之間的關係。我們都知道是誰拿了錢才發言，可是現在，只要有人批評我們的提案，大家就會質疑他們是不是拿了錢。這種反應確實會傷害反美感干擾器的運動。

沒想到有人對我們的提案這麼有興趣，竟然找公關公司來對付我們，我倒覺得這對我們來說算是一種恭維。我一直希望，這個提案的通過能夠影響學校裡其他的同學，而這也代表公司的想法跟我們一樣。

我們邀請了全國美感干擾器協會的主席到我們學校來演講。先前，我們並不確定是否應該讓全國性的團體參與我們的提案，因為他們的著眼點和我們不同。他們比較注重美在媒體上應用的問題，而我們聯誼會比較關注社會平等的問題。不過，從各位同學對懷特海耶斯公司事件的反應看來，顯然媒體操作的力量是很大的，有助於我們達成目標。我們可以利用大家對廣告商的反感憤怒來促成提案的通過，這是我們最好的機會。接下來，我們追求社會平等的目標就會跟著實現。

...

全國美感干擾器協會主席，華德蘭伯特，在潘布萊頓大學演講：

我們來談談古柯鹼。它原本是一種天然的植物，古柯葉，雖然很吸引人，但還不至於造成問題。可是經過提煉純化之後，就會變成一種化合物，那會強烈刺激你的多巴胺神經系統，也就是我們的快感接收器，讓你產生強烈快感。這樣一來，它就變成毒品了。

在廣告的推波助瀾下，美也經歷了類似的過程。人類在演化的過程中，發展出一種神經線路，對好看的東西會產生反應。可以這麼形容，那就像是我們大腦視覺皮層的快感接收器。在我們的自然環境裡，這種美感接收器是很有用的。然而，如果有一個人原本就具有萬中選一的優質皮膚和骨骼結構，可是你卻用專業的技術來幫他化妝整容，那麼，你看到的就不再是他原本的天然美。你看到的是一種醫藥化的美，那種美，就像古柯鹼。

動物學家稱之為「超常刺激」，如果你把一顆巨大的塑膠蛋拿給一隻母鳥，牠就會把自己的蛋撇在一邊，開始孵那顆塑膠蛋。美國廣告業就是用這種刺激，這種視覺毒品，來滲透我們的環境。我們的美感接收器接受到太多這種刺激，那已經超過它們原有的能力。我們在一天當中所看到的美麗的東西，已經遠超過我們祖先一輩子看到的。結果是，美摧毀了我們的人生。

怎麼摧毀呢？道理就跟毒品讓我們上癮一樣。美開始會干擾我們的人際關係。一般人的長相越來越無法滿足我們，因為他們沒辦法跟超級名模比。廣告上的名模照片本來就已經夠糟糕了，現在再加上微電腦眼鏡的人臉視覺美化軟體，廣告商甚至能夠讓你看到的每個人都變成超級名模，跟你面對面接觸。軟體公司甚至創造出女神般的虛擬美女來跟你約會。我們都聽說過，有些男人把自己的女朋友撇在一邊，寧願跟虛擬女朋友約會。只不過，他們並不是唯一受影響的人。我們跟這些妖艷的虛擬幽靈廝混的時間越多，我們真正的人際關係受到的傷害也就越大。

既然我們活在現代的世界裡，我們就無法逃避那些美麗的畫面，那就意味著我們改不掉這種習慣，因為美就像一種毒品，會讓你上癮，除非你永遠閉著眼睛，否則你永遠戒不掉。

而現在不一樣了。現在，你可以擁有另一雙眼睛。這雙眼睛看不到那些毒品，但別的東西都看得到。那就是美感干擾器。有人說這樣太過頭了，我倒認為這樣是剛剛好而已。他們用科技來刺激我們的情感反應，主宰我們的人生，那麼，我們用科技來保護自己，不是很公平嗎？

現在，我們終於有機會影響更多的人。歷年來，潘布萊頓大學的同學始終是各種進步運動的前鋒，今天你們所做的決定，將會為全美國的學生樹立一個典範。通過這項提案，採用美感干擾器，你們就等於向廣告商傳達了一個訊息：年輕人再也不願意任人宰割了。

．．．

教育新聞頻道報導：

全國美感干擾器協會主席華德蘭伯特發表演講之後，民意調查的結果顯示，潘布萊頓大學全體學生當中，有54%的人贊成美感干擾器的提案。而全國大學民調的結果顯示，有28%的學生支持他們學校裡的類似提案，比上個月增加了8個百分點。

．．．

塔梅拉里昂：

我覺得他用古柯鹼來作比喻實在太誇張了。你有看過誰因為登廣告上癮，故意去偷東西，然後登廣告來賣嗎？

不過，他提到說，廣告裡那些超級美女和現實生活中的美女是不一樣的，我覺得他說的有點道理。倒也不是說她們在廣告裡看起來比較漂亮，不過，那種漂亮是不太一樣的。

舉例來說，有一天我去學校商店的時候，忽然想看看電子郵件，於是我就戴上微電腦眼鏡，看到電視廣告裡有一張海報。那是洗髮精的廣告，好像是一個很有名的牌子。我看過那張海報，不過現在看起來不太一樣，因為我的美感干擾器已經關掉了。裡面那個模特兒真的太——我看得入迷了，根本無法移開視線。我並不是說，看著她的感覺，和那天在餐廳裡看那個帥哥的感覺是一樣的。我並不會想去認識那個模特兒。那種感覺，就像在看夕陽，或是看煙火。

我就這樣呆呆站在那裡看廣告，看了大概五次，因為我想多看她一下。我不覺得人真的可以長那個樣子，你應該知道我的意思，漂亮得不可思議。

不過，我當然不會以後就不跟人說話，每天只知道戴著眼鏡帶看廣告。看廣告當然很刺激，不過那種感覺和看真人是不一樣的。而且，我也不會想馬上就出門去買那些廣告的產品。我甚至沒有在注意那些產品，只是覺得模特兒很好看。

・・・

瑪麗亞杜沙：

要是我早點碰到塔梅拉就好了，這樣我就可以想辦法說服她不要關掉美感干擾器。不過，我覺得我大概說服不了她，因為她看起來態度很堅定。儘管如此，我覺得她就是最好的例子，正好顯示出美感干擾器的優點。跟她說話的時候，很容易就可以感覺得到這一點。舉例來說，我們談話的時候，我提到說我覺得她好幸運，結果她竟然說：「因為我很漂亮嗎？」而且她是發自內心的哦！那種口氣就像在說什麼很尋常的事。你認為一個沒裝過美感干擾器的漂亮女生會這樣說話嗎？

塔梅拉完全沒有意識到自己很漂亮。她並不是虛榮，也沒有不安，就只是很坦然的說自己很漂亮，一點都不難為情。我猜，她應該很漂亮。其實我看過不少像她這樣的漂亮女生，感覺得到她們的姿態多少有點炫耀，可是塔梅拉跟她們完全不一樣。另外，有些漂亮女生會假裝謙虛，那也是很容易看出來的，不過塔梅拉也完全不會，因為她是真的謙虛。如果不是因為她從小就裝著美感干擾器，她不可能會有這樣的行為表現。我只是希望她能夠永遠這樣保持下去。

……

二年級學生，安妮卡林斯托姆：

我覺得美感干擾器真是很糟糕的東西。我很喜歡男生注意我，如果他們忽然撇開頭不看我，我會很失望。

我覺得這東西只是讓那些……老實說，長得不怎麼樣的人覺得好過一點，而他們想讓自己覺得好過一點，唯一的方法就是懲罰那些擁有他們沒有的東西的人。這實在太不公平了。

只要有可能，誰不希望自己漂亮一點？你隨便找個人來問，找個裝著美感干擾器的人來問，我敢打賭，他們一定會說希望。好啦，長得漂亮當然也代表你有時候很容易被那些怪胎騷擾。怪胎是難免會有的，人生就是這樣嘛。如果那些科學家能想到什麼辦法關掉那些男生腦袋裡的怪胎線路，我一定全力支持。

……

三年級學生，喬琳卡特：

我投票贊成提案，因為如果每個人都裝了美感干擾器，我會覺得鬆了一口氣。大家都對我很好，因為我長得好看。我喜歡這樣，可是又有點罪惡感，因為我並沒有為別人做什麼，憑什麼別人要對我這麼好。當然啦，男生注意我，感覺是很不錯，可是真正要跟人建立關係好像不是那麼容易。每次我喜歡上一個男生的時候，我總是會好奇他到底對我有多大的興趣。那恐怕很難判斷，因為男女剛開始戀愛的時候感覺都很美好，不是嗎？要等一段時間之後，你才會知道兩個人在一起是不是真的很自在，很合得來。就拿我前任男朋友來說吧，他會想跟我在一起，是因為我長得漂亮，所以我一直沒辦法真的很自在。等我慢慢瞭解這一點的時候，我已經跟他太親密，那種感覺是很痛苦的，因為我發現他並不瞭解真正的我。

還有就是身邊的女生給我的感受。我並不覺得那些女生真的那麼愛比來比去，但她們真的就是這樣，老愛說誰比誰漂亮。有時候我會覺得自己好像是在跟誰競爭，我真的不喜歡這樣。

我曾經想過要裝上美感干擾器，只不過，除非每個人都裝上，否則根本沒有用。光是我一個人裝上，別人對待我的方式也不會有改變。所以，如果全校的人都裝上了，我也會很樂於裝上。

・・・

塔梅拉里昂：

我拿高中時代的相簿給我的室友艾娜看。我們一起翻著看，翻到有幾頁上面全是我和前男友葛瑞特的照片。艾娜很想知道我和他的事，於是我就告訴她了。我告訴她，整個高三我們都在一起，我很愛他，而且希望我們永遠在一起，可是他上了大學以後卻告訴我，他希望能夠自由自在的跟女孩子約會。然後她好像說了一句什麼：「妳的意思是，他竟然要跟妳分手？」

我費盡唇舌，好不容易才逼她告訴我她為什麼會這樣說。她要我發誓兩次保證絕對不生氣，然後才告訴我，葛瑞特長得實在不怎麼樣。可是我覺得，他應該只是長相普通吧，因為我關掉美感干擾器之後，再看他的照片，感覺還是跟從前差不多。可是安娜堅持說，他的長相絕對在水準以下。

她還看到一些別的男生的照片，說她覺得那些男生和他有點像。我仔細看了那些照片，才慢慢明白他們為什麼不好看。因為他們的臉看起來就是呆呆的。後來我又再仔細看看葛瑞特的照片，感覺他似乎也有同樣的獃氣，只不過那種獃氣在他臉上看起來比較可愛。反正我的感覺就是這樣。

大家都說：愛情有點像美感干擾器。聽起來好像有點道理。當你愛上一個人的時候，你並不會很在乎他長什麼樣子。我覺得葛瑞特長得並不像別人說的那樣，因為我對他還是有感情的。

安娜說，她不敢相信，他那種長相的男生竟然會跟我這麼漂亮的女生分手。她還說，在一所沒有裝美感干擾器的學校裡，他那樣的男生連跟我約會的機會都沒有。意思是，我們根本不是同一個檔次的。

想起來怪怪的。每次和葛瑞特在一起的時候，我總覺得我們兩個就是註定要在一起。我不是說我相信宿命什麼的，只是覺得不知道為什麼我們兩個就是很合得來。所以，當我想到，如果我們兩個在同一所學校裡，可是卻因為沒有裝美感干擾器，兩人就沒有在一起，那種感覺實在很怪。我知道安娜不敢說我和葛瑞特一定怎麼樣，不過，我也不敢說她一定是錯的。

說不定那代表我應該慶幸自己裝了美感干擾器，因為它使得我和葛瑞特能夠在一起。我真的不知道。

・・・

教育新聞頻道的報導：

遍佈全國的十幾個美感干擾器學生團體網站，今天早上全部癱瘓，因為遭到集體阻斷服務攻擊。儘管沒有人宣稱自己要對這項攻擊行動負責，但一般猜測，這應該是一次報復行動，因為在上個月的一次事件中，美國整容醫師協會的網站突然無預警消失，被一個美感干擾器網站取代。

另一則相關的消息是，薩米歐科技戰士協會宣布釋放他們最新的「皮膚病學」電腦病毒。全球各地的影像伺服器很快就感染了這種病毒，播出的影像都被變造，臉部變成長滿粉刺，身體變成靜脈曲張的青筋暴露。

・・・

一年級學生，華倫戴維森：

唸高中的時候，我曾經想過要試試美感干擾器，可是卻不知道怎麼跟父母開口。所以，當學校開始供應干擾器的時候，我就想，可以試試看了（聳聳肩）。感覺還不錯。

事實上，不是還不錯而已，而是很不錯。我一直都很討厭自己的長相。高中時代，有一段時間我連鏡子都不敢照。不過，裝上干擾器之後，我就沒那麼怕了。我知道在別人眼裡，我看起來還是一樣，不過感覺已經不再像從前那麼不自在了。現在我已經不會再想到有人長得比我好看，光是這點，感覺就舒服多了。那種感覺就像，舉例來說，今天我在圖書館教一個女生做微積分作業，後來我才想起來，她是個長得很漂亮的女生。從前，只要一靠近她，我總是會很緊張，可是裝上干擾器之後，我就有膽子跟她講話了。

說不定她覺得我長得像個怪胎，天曉得，不過重點是，我跟她講話的時候，「我」並不覺得自己像個怪胎。裝上干擾器之前，我太在意自己的長相，結果情況只會更糟糕。現在我自在多了。

並不是說我忽然覺得自己變得多好看什麼的，而且我相信，對別人來說，干擾器一點用也沒有，不過對我來說，干擾器讓我不再像從前那樣感到不舒服了。光是這點就很值得。

‧‧‧

潘布萊頓大學宗教學教授，艾力克斯比貝斯庫：

有些人很快就覺得干擾器辯論太膚淺，嗤之以鼻，因為吵來吵去無非是什麼誰有氣質、誰沒有氣質、誰交得到女朋友、誰交不到女朋友之類的。不過，如果你仔細觀察，就會發覺辯論的內涵其實相當深刻，反映出一個很古老的、對身體的矛盾態度，而這種矛盾，自古以來就是西方文明的一部分。

我們文化的根基奠定在古希臘，希臘人歌頌外在美和肉體，不過，我們的文化也被一神教的傳統徹底滲透了，這種傳統貶抑肉體，頌揚靈魂。在這次美感干擾器的辯論裡，這種古老的矛盾衝突又再度浮出檯面。

我猜，絕大多數支持美感干擾器的人，都自認為是現代的、世俗的自由主義者，他們絕對不會承認自己受到一神教的絲毫影響。不過你觀察一下，還有誰在鼓吹美感干擾器？不就是那些保守的宗教團體嗎？像猶太教、基督教、回教，這三個最主要的一神教信仰已經開始使用干擾器，讓他們的年輕信徒更能抗拒外界的誘惑。這種共同點絕非巧合。自由派的干擾器支持者絕對不會使用「抗拒肉慾的誘惑」這種字眼，不過，他們還是用自己的方式在遵循同樣的傳統，貶抑肉體。

說真的，干擾器的支持者當中，唯一夠資格宣稱自己沒有受到一神教影響的，就是「新智佛教」。他們這個宗派把干擾器當成是啟迪智慧的階梯，因為干擾器可以消除那種區分人的虛幻偏見。不過，新智佛教廣泛使用神經凍結劑來幫助他們打坐冥想，這是另一種截然不同的激進作風。他們恐怕很難得到自由派和保守的一神教的認同。

所以說，這場辯論討論的，並不是只有商業廣告和化妝業的問題，而是更深入的去探討，心靈和肉體之間要如何保持一種均衡的關係。我們是否意識到，我們正極力在貶抑我們天性中的肉體部分？你必須承認，這是一個很深刻的問題。

• • •

約瑟夫韋恩嘉納：

研發出美感干擾器之後，有些研究人員開始思考，有沒有可能在神經系統裡創造出一種類似的狀況，讓人沒辦法辨別不同的種族或民族。他們不斷的嘗試實驗，例如，同時減弱神經系統當中有關人種區分和臉部辨識的機能，每一次實驗減弱的程度都不一樣，可是，每次創造出來的神經缺陷都不盡理想。通常，實驗的對象只是沒辦法辨別長相類似的人。有一次實驗，他們真的創造出「人身變換症」的良性變體症候群，導致實驗對象把他遇見的每一個人都認成他弟弟。很不幸的是，把每個人都當成弟弟可不是什麼好事。

神經凍結劑後來被廣泛用來治療類似強迫症的各種病症，那個時候，很多人認為「思想控制」的時代終於來臨了。有人問醫生，有沒有辦法讓他產生和配偶一樣的性癖好。電視上的專家權威開始大發議論，擔心這種藥物是不是有可能被用來控制一個人，讓他效忠某個國家政府，效忠某家公司，或是信仰某種政治思想，信仰某種宗教。

事實上，我們無法取得任何人腦海中的思想內容。我們能夠從許多廣泛的層面塑造人格，能夠依據大腦原本的特定功能進行調整，然而，那都只是很粗略的調整。我們無法調整任何特定的神經線路，讓人不再仇視移民，仇視馬克思主義者，或是仇視有戀腳癖的人。如果有一天，我們真的能夠控制人的思想，也許我們就能夠讓人無法分辨種族，不過，在那一天到來之前，我們也只能寄望教育。

・・・

塔梅拉里昂：

今天上了一堂很有趣的課。教我們思想史的老師是一位助教，他叫安東。他說，目前用來形容一個人很吸引人的字眼很多，可是從前，那都是魔法使用的詞彙。比如說「魅力」這個字眼，原本的意思是魔咒，而「迷人」這個字眼也一樣。另外還有「迷醉」和「著魔」之類更熱烈的字眼。他說起那些字眼的時候，我心裡想，沒錯，就是這種感覺。當你看到一個長得很漂亮的人，那種感覺就像被人施了魔咒。

安東還說，魔法最主要的用途，就是讓人產生愛和慾望。仔細想想「魅力」和「迷人」這些字眼，你一定會覺得那也很有道理，因為看到美就會讓人想愛。光是看到一個非常好看的人，你可能就會如癡如醉。

我一直在想，我是不是還有辦法再回到葛瑞特身邊？由於葛瑞特沒有裝美感干擾器，說不定他會再次愛上我。還記得嗎，我曾經說過，或許就是因為干擾器，我們兩個才會在一起。不過，也說不定就是因為干擾器，現在我們兩個才會分離。如果葛瑞特看到我現在的模樣，說不定他會想回到我身邊。

今年夏天，葛瑞特就滿十八歲了，可是他一直沒有關掉美感干擾器，因為他覺得那沒什麼大不了。現在他到諾斯洛普大學去唸書了，於是我就像個朋友一樣打電話給他。我們聊天的時候，我告訴他，我們潘布萊頓大學有人提議要大家裝美感干擾器，然後問他有什麼看法。他說他不知道他們在討論什麼。我告訴他，我很高興再也不用裝干擾器，要他應該也試試看把干擾器關掉，這樣就能夠判斷辯論雙方誰對誰錯。他覺得我說的有道理。我不知道他是不是真的會關掉干擾器，不敢抱太大的希望，不過我還是很興奮。

・・・

潘布萊頓大學比較文學教授，丹尼爾泰理亞：

學生的提案，並不包含教師，不過，要是提案通過了，外界一定會有壓力，要求老師也裝上美感干擾器，所以，我想趁早表明態度。我必須說，我堅決反對。

我認為這件事正好就是政治正確無限上綱最好的例子。那些鼓吹美感干擾器的人，動機是良善的，只不過，他們的所作所為，卻是把大家當小孩子看。他們說，美這種東西會危害到我們，所以我們必須抗拒，這根本就是侮辱人。接下來的發展不難預料，學生組織可能會要求大家都裝上音樂干擾器，這樣一來，當我們聽到有才華的歌手唱歌，或是聽到偉大的音樂家演奏的時候，才不會感到自卑。

當你看奧林匹克選手比賽的時候，你會覺得自己一無是處嗎？當然不會。相反的，你會很讚歎，很羨慕。看到世上有這麼傑出的人，你會受到鼓舞。那麼，對長得漂亮的人，我們為什麼不能有這樣的反應呢？如果我們有這樣的反應，女權運動者可能會要求我們道歉。她們想讓政治凌駕在審美之上，如果她們成功了，我們就一無所有了。

站在全世界最美的女人面前，那種震撼，感覺就像聽全球最頂尖的女高音唱歌。傑出的人的天賦所帶來的好處，並不是只有他們自己享受得到。我們都會享受到。或者應該說，我們「有機會」享受到。剝奪自己的機會，真是罪大惡極。

• • •

「奈米醫學倫理促進會」電視廣告：

旁白：有沒有聽過朋友告訴你，美感干擾器酷斃了，你應該趕快去裝一個？也許你應該先找一個從小裝著美感干擾器的人好好談一談。

「關掉美感干擾器之後，第一次碰上一個長得不怎麼樣的人的時候，我畏縮了一下。我知道這種反應很荒唐，但我就是不由自主。美感干擾器不但沒有幫助我成熟，反而導致我沒辦法漸漸成熟。現在我必須從頭學習怎麼跟人互動。」

「我進學校是為了想當平面設計師。我不眠不休努力學習，可是卻完全沒有成果。老師說我缺乏審美眼光，因為美感干擾器阻礙了我的審美能力。如今，失去的東西，我再也找不回來了。」

「裝上美感干擾器，感覺就像把父母裝進我的腦袋裡，審查我的思想。現在，我終於關掉了干擾器，這才明白長久以來自己蒙受了什麼羞辱。」

旁白：如果從小就裝著美感干擾器的人勸你不要去裝，你覺得這代表什麼？

當年他們沒有機會選擇，可是你有。不管你的朋友怎麼說，腦子受損絕對不是什麼好事。

・・・

瑪麗亞杜沙：

我們從沒聽過「奈米醫學倫理促進會」這個組織，所以我們調查了一下。我花了不少工夫追查，終於發現那根本不是什麼民間的草根組織，而是某個企業組織的公關前鋒部隊。最近很多化妝品公司聯合起來，成立了那個組織。那些出現在廣告裡的人，我們一直聯絡不上，所以我們不知道他們說的是不是都是真心話。就算他們都是真心的，那也只是少數特殊案例，不足以代表全體。絕大多數關掉干擾器的人都沒有感覺到哪裡不對勁。一定有很多平面設計師也是從小就裝著美感干擾器。

那個廣告讓我回想起很久以前看過的一張廣告海報。那是一家模特兒經紀公司的廣告，當時美感干擾器運動才剛開始發展。那張海報就只是一張照片，一個超級模特兒的臉，上面有一個標題：「如果你再也看不到她的美，那是誰的損失？她的，還是你的？」這支新廣告也傳達了類似的訊息，主要的訴求是：「你會後悔！」，只不過，這支廣告的口氣是一種關切的口吻，不像那張海報那麼盛氣凌人。這就是經典的公關：躲在一句動聽的口號後面，製造出客觀超然的印象，吸引消費者的興趣。

．．．

塔梅拉里昂：

我覺得那支廣告蠢斃了。這不是說我贊成提案，事實上，我不希望大家去投贊成票。我只是想說，我不希望大家是因為錯誤的理由去投票反對。從小裝著美感干擾器並不代表我有缺陷，我不需要任何人同情。關掉干擾器之後，我很能適應。那就是為什麼我希望大家去投票反對，因為看得見美，感覺很棒。

反正，後來我又和葛瑞特聊了一次。他說他剛關掉了美感干擾器，到目前為止感覺還蠻酷的，雖然有點怪怪的。我告訴他，我剛關掉的時候感覺就和他差不多。說起來有點好笑，我的干擾器也才不過關掉了幾個禮拜，講話的口氣卻像個老前輩。

．．．

約瑟夫韋恩嘉納：

面對美感干擾器這樣的東西，研究人員必須問的第一個問題是：有沒有任何「副作用」。也就是說，除了干擾你對臉部美感的辨識之外，它是否會影響到你對別種美的感受。大體上來說，答案似乎是「不會」。裝著干擾器的人欣賞某種東西的感受，和其他人看同樣東西的感受是一樣的。不過話說回來，我們還是不能排除「副作用」的可能性。

舉例來說，我們來看看在「相貌識別干擾」的實驗中所觀察到的副作用。在所有接受相貌識別干擾實驗的人當中，有一位是乳牛牧場的主人，他發現自己沒辦法辨認出每一頭乳牛。另一位實驗對象則是發覺自己越來越難分辨汽車的款式。這些案例顯示出，相貌辨識神經干擾模組的作用有時候會轉移到別的東西上，而不是完全只限於干擾相貌辨識。也許我們不會覺得某種東西看起來像一張臉，舉例來說，汽車，可是我們的神經反應卻會把看汽車當成是在看臉。

美感干擾也有類似的副作用，不過，美感干擾的運作比相貌干擾更微秒，副作用也就更難衡量。舉例來說，不同汽車款式在外型上的差異，遠遠超過人臉型的微妙差異，可是很難說哪些車款最漂亮。或許有個裝著美感干擾器的人會感覺得出來某些款式的車子沒有其他車子那麼好看，只不過他沒有說出來，我們不知道。

由於美感辨識神經模組的作用，我們對勻稱會產生美感反應。我們會在非常多樣的東西上感受到勻稱，像是繪畫、雕塑、平面設計等等，不過我們同樣也能夠欣賞不勻稱的東西。我們對藝術作品會產生美感反應，是很多因素造成的，不過，哪個因素是最關鍵的，目前還是很難確定。

裝著美感干擾器的人當中，是否有可能出現少數非常有才華的平面設計師？這是很有趣的問題。不過，以整個人口比例來看，這樣的人實在太少太少了，很難用統計學去算出一個有意義的數據。我們唯一能確定的是，有些裝著美感干擾器的人對某些畫像沒什麼反應，不過，這並不是干擾器本身的副作用，因為有些畫像之所以吸引人，跟畫中人物的表情多少是有關係的。

當然，對某些人來說，就算只有半點副作用都無法接受。這就是為什麼有些父母不想讓孩子裝美感干擾器。他們希望孩子有能力欣賞蒙娜麗莎的微笑，甚至希望有一天自己的孩子也能成為達文西一樣的人物。

• • •

華特斯頓大學四年級學生，馬克艾斯普西多：

潘布萊頓大學那件事簡直鬧得跟瘋了一樣，在我看來，那根本就是一場精心安排的鬧劇。打個比方，那就好像你安排一個男生和一個女生見面，告訴他那個女生是百分之百的辣妹，可是那明明是一條狗，而那個男生竟然看不出來，所以他相信他面前是一個辣妹。所以，這整件事實在有點好笑，真的。

不過我百分之百確定，我絕對不會去裝美感干擾器那玩意兒。我喜歡跟漂亮女生約會，所以我何必去裝那種東西，導致我約會對象的水準越來越低？當然啦，有些時候，所有的辣妹都被人家約光了，所以你也只好去找備胎。不過，還好我們可以灌一肚子啤酒，那就母豬也賽貂蟬了，是吧？不過，可別以為我喜歡一天到晚喝啤酒。

・・・

塔梅拉里昂：

昨天晚上我又打電話跟葛瑞特聊天。我問他要不要切換到視訊電話，這樣我們就可以看到對方。他說好，所以我就打開了視訊。

說要用視訊，表面上像是隨口提的，但其實我花了不少時間策劃。艾娜還教我要怎麼化妝，但我實在不是那塊料，所以我用一種電話軟體，在視訊上看起來會像是化過妝。軟體的美化效果我只稍微調了一點點，我相信這樣看起來應該就會很不一樣了。也許這樣做有點誇張，我不知道葛瑞特是否看得出哪裡不一樣，但我只是希望自己看起來夠好看。

一轉換到視訊，我立刻就看到他的反應。他好像說了一句什麼「妳真的好漂亮」，而我好像說了聲「謝謝」。他忽然有點害羞，消遣了一下我的長相，不過我告訴他，我喜歡他的模樣。

我們在視訊上聊了好一會兒，我注意到他一直在看我。那種感覺很棒。而且我有一種感覺，覺得他好像在考慮要不要重新跟我在一起，不過，這也可能只是我一廂情願的想像。

或許，下次再聊天的時候，我可以建議他週末到這裡來找我，或是我到諾斯洛普大學去找他。那真是太酷了。不過，跟他見面之前，我非得先學會化妝不可。

我知道他不一定會想回到我身邊。關掉美感干擾器之後，我對他的愛並沒有減少，所以，或許他關掉干擾器之後，可能也一樣不愛我。不管怎麼樣，我還是抱著希望。

…

三年級學生，凱西米勒米：

誰敢說美感干擾器運動對婦女有好處，誰就是在幫壓迫者搖旗吶喊，把征服說成是保護。美感干擾器的擁護者想把那些漂亮的女人妖魔化。美貌所帶來的樂趣，並非只是擁有美貌的人才享受得到，懂得欣賞的人也同樣享受得到。但美感干擾器運動卻讓漂亮的女人產生罪惡感，因為她們喜歡自己長得漂亮。那只不過是另一種男性威權的策略，藉此壓抑女性的性慾，而那麼多女人竟然完全信服。

當然，美貌曾經被用來當作壓迫的工具，可是消滅美貌並非解決之道。你不能藉由窄化別人的人生體驗來讓他們獲得自由，因為那就像喬治歐威爾小說裡描寫的那種極權統治。我們真正需要的，是一種以女人為主體的對美的態度，讓所有的女人都能夠很自在的面對自己的容貌，而不是讓絕大多數的女人日子難過。

・・・

四年級學生，勞倫斯蘇頓：

華德蘭伯特在演講裡說的那些話，我完全懂他的意思。我沒有辦法像他那樣表達，不過長久以來我就是那樣的感覺。好幾年前我就裝了美感干擾器，當時根本還沒有這個提案。我會這樣做，是因為我希望能夠把自己的心力用在更重要的事情上。

我並不是說我只在乎學校的功課。我有女朋友，而且我們感情很好，一直都沒有變。真正改變的，是廣告對我的影響。從前，每次經過書報攤，或是看到廣告海報，我都覺得自己多多少少被吸引住。那種感覺，就好像它們想引誘我，讓我無法克制自己。當然，它們激起的不見得是性慾之類的東西，而是某種內心深處的渴望。我當然會下意識的反抗，而且回頭去做我原先在做的事。可是那畢竟會讓我分心，抗拒那種誘惑會浪費我的心力，而那些心力我本來可以用來做別的事。

不過現在，裝上美感干擾器之後，我再也感覺不到那些誘惑了。干擾器讓我不再分心，重新掌握屬於自己的時間心力。所以，我完全支持美感干擾器。

・・・

麥斯威爾大學三年級學生，羅利哈伯：

美感干擾器是給孬種用的。我的態度是，全面反擊，要醜就醜到底。就是要讓那些漂亮的人看看我們有多醜。

大概就在去年這個時候，我切除了我的鼻子。整容手術比你想像的重要多了。想讓自己看起來健康又性感，你還得剃掉一些頭髮，這樣才威風。還有，你們看到這根骨頭了嗎（抬起手用手指敲敲）？這不是真的哦，這是陶瓷做的。讓真的骨頭露在外面，是會感染的哦。

我喜歡驚世駭俗。有時候，大家看到我真的會吃不下飯。不過，我的目的並不是要驚世駭俗，而是要看看醜人怎麼創造遊戲規則，打敗漂亮的人。走在路上，我比那些漂亮的女人更容易吸引別人的注意。如果我站在一個模特兒旁邊，你認為大家會比較注意誰？我。當然是我。你並不想看我，但你就是忍不住。

・・・

塔梅拉里昂：

昨天晚上我又和葛瑞特談了。你知道的，我們免不了一定會問對方有沒有跟別人約會。對這種事，我是以平常心看待。我說我和別的男生出去過，不過都只是朋友而已。

然後我也問他同樣的問題。面對這個問題，他忽然有點猶豫，好像有點難為情，後來他終於說，他越來越難和大學裡的女同學交上朋友，比他預期中要難得多。現在，他開始覺得那是因為他的長相。

我告訴他：「沒這回事」，可是我真的不知道能說什麼。一方面，我很高興葛瑞特沒有跟別的女生出去，但另一方面，我又為他感到難過，而除此之外，我還有點驚訝。我的意思是，他很聰明，很風趣，是個很棒的男生，而且我並不是因為他跟我在一起所以才這樣說。高中時代，他是很受歡迎的。

但接著我又想到艾娜對我和葛瑞特的看法。我想，聰明風趣並不代表你就一定和某個人是同一個檔次的，你還必須和他長得一樣好看。如果葛瑞特是和很漂亮的女生說話，說不定她們會覺得他跟她們不是同一個檔次的。

我們談話的時候，我並沒有多說什麼，因為我感覺得到他好像不太想提這些事。不過後來我想，如果我們真的要見面，那一定應該是我要去諾斯若普找他，而不是讓他來找我。顯然，我很希望我們可以重溫舊夢，不過我也想，如果他們學校裡的人看到我和他在一起，他心裡會好過一點，因為我知道這種方法是有效的。如果你和一個很酷的人約會，你會覺得自己很酷，而別人也會覺得你很酷。我並不覺得自己長得特別酷，不過別人好像都覺得我很酷，所以我覺得那可能對他有點幫助。

．．．

潘布萊頓大學社會學教授，艾倫哈金森：

我很佩服那些推動這個提案的學生。他們的理想鼓舞了我，可是他們的目標卻令我心裡五味雜陳。

就像那些和我同年齡的人一樣，我必須學習適應歲月在我臉上留下的痕跡。那是很難適應的，不過我已經達到一個境界，逐漸能夠接受我現在的樣子。雖然我無法否認我確實很好奇，很想看看如果所有的人都裝上美感干擾器，那樣的世界會是什麼樣子。說不定，在那樣的世界裡，就算有個年輕漂亮的女人走進門，也不至於會讓一個像我這把年紀的女人黯然失色。

然而，假如我還年輕，我會不會想裝美感干擾器？我不知道。我漸漸老了，因此心裡難免有些沮喪。我相信干擾器可以減輕這種沮喪的心情，不過，年輕的時候，我很喜歡自己的長相，所以我不會想放棄那種美妙的感覺。我不太確定，在年紀逐漸變大的過程中，是否會有某個時刻讓我覺得，裝上干擾器的好處會超過付出的代價。

而這些學生，他們可能永遠不會失去外表的美麗。現在已經出現了基因療法，未來的幾十年，他們很可能永遠維持著年輕的模樣，說不定一輩子永保青春。他們很可能永遠不需要像我一樣，老了以後必須調整心態，在這種情況下，他們老了以後甚至不需要裝美感干擾器來逃避痛苦。現在，他們自願安裝美感干擾器，不就等於自願放棄享受年輕的樂趣？想到這個，我會有點不寒而慄。有時候，我甚至會想抓住他們，搖醒他們：「別這樣做！難道你們不明白自己擁有什麼嗎？」

我一向很喜歡年輕人願意為自己的信仰奮鬥。這也就是為什麼我一直不相信那種陳腔濫調，說什麼年輕人在浪費自己的的青春。只不過，這個提案很可能會讓那種陳腔濫調變成真的，我很不希望看到這種結果。

・・・

約瑟夫韋恩嘉納：

我曾經嘗試裝上美感干擾器，裝了一天。我也曾經嘗試短時間裝上各種不同的干擾器。絕大多數的神經病學家都這樣做過，因為這樣我們才能夠更深入瞭解這種狀況，並實際體驗病人的感受。不過，我沒辦法長期裝上美感干擾器，除非我有必要了解病人的狀況。

醫生必須用眼睛觀察病人，藉此判斷病人的健康狀況，而這種能力會受到美感干擾器的輕微影響。當然，裝上干擾器不會導致你看不出病人的膚色，而且你一樣看得出疾病的症狀，就跟平常一樣。這樣的事，只要具備一般的辨識能力就可以做得很好。然而，醫生評估病人狀況的時候，必須對某些微妙的症狀保持高度敏感。有時候診斷是需要靠直覺的，而在這種情況下，干擾器就會變成障礙。

當然，如果我說我之所以沒有安裝美感干擾器，純粹是因為職業上的需要，這樣實在有點虛偽。更有關聯性的問題是，如果我只是做實驗，從來沒有接觸過病人，那麼在這種情況下，我會不會選擇裝上美感干擾器？針對這個問題，我的答案是「不會」。就像其他人一樣，我喜歡看漂亮的女人，不過我覺得自己夠成熟，不會讓外貌影響我的判斷。

・・・

塔梅拉里昂：

我真不敢相信，葛瑞特竟然又打開了美感干擾器。

昨天晚上我們打電話聊天，就只是閒聊，我問他要不要切換到視訊，他說好，所以我們就開始用視訊聊。可是後來我注意到，他看著我的樣子和先前不一樣了。於是我就問他還好嗎，他說他打算再打開美感干擾器。

他說他想這樣做，是因為他不喜歡自己的模樣。我問他是不是有人嫌他長得不好看，他說不是那麼回事。他說他只是不喜歡照鏡子看到自己的感覺。所以我好像說了一句「你胡說什麼，你長得很可愛呀。」我想鼓勵他再試試看，叫他暫時不要打開干擾器，等過一陣子再決定。葛瑞特說他已經考慮過了，所以我不知道他會怎麼做。

後來，我回想起自己跟他說的話。我叫他不要打開干擾器，是因為我不喜歡干擾器，還是因為我希望他看到我漂亮的樣子？我的意思是，我當然喜歡他看著我的那種眼神，而且我希望那會讓我們有更進一步的發展。不過，我這樣說，該不會讓人覺得我有點矛盾吧？如果我一直都支持干擾器，可是一碰到葛瑞特的事，我就改變態度，那就可以說是矛盾。但情況是，我一直都反對干擾器，所以我並沒有自相矛盾。

噢，我在騙誰呀，我希望葛瑞特關掉干擾器，其實是為了我自己的利益，並不是因為我反對干擾器。而且，並不是因為我真的那麼討厭干擾器，所以我反對學校強迫每個人都裝上干擾器。我只是不想讓別人替我決定我應不應該裝干擾器。我的父母不可以，學生組織也不可以。如果有任何人認為自己應該裝干擾器，那是他們的自由。所以我明白，我應該讓葛瑞特自己決定。

真令人失望。我是說，我本來有通盤的計劃，想讓葛瑞特覺得我難以抗拒，讓他明白自己犯了多大的錯誤。所以，我只是有點失望，如此而已。

⋯

瑪麗亞杜沙，投票前夕的演講：

到這個階段，我們應該要開始調整自己的心態。問題是，什麼時候才是最恰當的時機？我們不應該理所當然的認為順其自然是比較好的，也不應該理所當然的以為在順其自然的狀況下我們會進步。我們應該珍惜什麼樣的特質，而要達成這種特質，最好的方式是什麼？這應該由我們自己來決定。

我認為，我們已經不需要外在美了。

裝上美感干擾器，並不代表你再也看不出誰是美麗的。當你看到真摯的笑容，你看到的就是美。當你看到英勇的行為或寬宏大量的態度，你看到的也是美。最重要的是，當你看著你心愛的人，你也看到了美。美感干擾器只不過是讓你不會被外表迷惑。如果你用愛的眼睛去看，看到的就是真正的美，那是什麼都掩蓋不了的。

・・・

投票前一天，「奈米醫學倫理促進會」發言人蕾貝卡鮑爾的電視演講：

在人工虛擬的世界裡，也許你可以創造出一個純粹美感干擾器的社會，可是在真實的世界裡，你無法讓百分之百的人都服從你。這就是美感干擾器的弱點。如果每個人都裝上干擾器，干擾器就會有效果，但只要有一個人沒裝，那個人就會佔盡所有人的便宜。

你應該明白，一定會有人不想裝干擾器。想想看，那些人會幹出什麼事。公司經理會提拔漂亮的員工，打壓醜的員工，而你根本不會注意到。老師會獎勵漂亮的學生，處罰醜的學生，而你也不會注意到。你最痛恨的這一切歧視都會發生，而你完全被蒙在鼓裡。

當然，這一切也有可能不會發生。如果每個人都是那麼正派，那麼有良知，那麼一開始就不會有人去提倡什麼干擾器。事實上，那種有徇私舞弊傾向的人，一旦知道自己永遠不會被逮，那他們更會變本加厲。

如果你對這種歧視行為感到憤怒，那你更不應該被裝上干擾器。這個世界就是需要你這樣的人來阻嚇那種歧視行為，可是如果你裝上了干擾器，你就看不到這些罪惡。

如果你想對抗歧視，那就擦亮你的雙眼。

• • •

教育新聞頻道的報導：

潘布萊頓大學美感干擾器學生提案，投票的結果，36%的人贊成，64%的人反對，提案沒有通過。

截至投票前一天，民調還顯示大多數人傾向贊成提案。很多學生表示他們原本打算投贊成票，可是看過「奈米醫學倫理促進會」發言人蕾貝卡鮑爾的演講後，他們的想法改變了。先前有人揭發，許多化妝品公司為了打擊美感干擾器運動，聯手創立了「奈米醫學倫理促進會」，然而，學生顯然沒有受到這個消息的影響。

・・・

瑪麗亞杜沙：

當然，這很令人失望。不過，我們原本就認為這個提案是需要長期推動的，沒想到短時間之內就有那麼多人支持，這本來就是僥倖，所以，大家臨時改變心意，我並不會太失望。重要的是，現在全國各地大家都在討論外貌的價值，很多人都在認真思考美感干擾器的意義。

我們當然不會就此放棄。事實上，有一家微電腦眼鏡公司已經展示了一種足以改變一切的新科技。他們已經想出一個辦法，可以為客戶量身打造，在眼鏡裡裝上細胞體定位訊號發射器。那意味著，以後再也不需要戴頭盔，不需要再到醫院去調整程式控制的神經凍結劑。你可以戴上眼鏡，輕輕鬆鬆自己調整。也就是說，你自己就可以控制美感干擾器，隨時隨地，想開的時候就開，想關就關。

那也意味著，大家就不需要再擔心裝上干擾器就等於是被迫放棄欣賞美的機會。相反的，我們可以推廣一種理念，告訴大家，在什麼情況下可以欣賞美，什麼情況下不可以。舉例來說，工作的時候，你可以一直讓干擾器開著，跟朋友相聚的時候，你可以關掉。我相信大家會體認到干擾器確實有好處，會決定在某些時間使用。

我們的終極目標，是希望大家會認為，干擾器很適合用在一個有教養的社會。大家永遠都可以在私底下關掉干擾器，可是在社交場合打開，這樣就不會有人受到歧視。欣賞美將會成為一種雙方同意的互動行為，在欣賞的人與被欣賞的人都同意的狀況下才可以進行。

• • •

教育新聞頻道的報導：

關於潘布萊頓大學美感干擾器提案的最新發展，教育新聞頻道接獲消息，有人研發出一種最新的數位變造科技，這種技術被運用在「奈米醫學倫理促進會」發言人蕾貝卡鮑爾的演講中。教育新聞頻道收到「薩米歐科技戰士協會」寄來的檔案，檔案裡有兩種不同版本的演講錄影，一個是播放的版本，另一個是原始版本，是從懷特海耶斯公司的電腦裡擷取出來的。檔案裡還有「薩米歐科技戰士協會」針對這兩個的版本所做的分析報告。

最主要的差異在於，播放的版本強化了鮑爾小姐說話的語調、臉部的表情、還有肢體語言。看過原始版本的人表示，鮑兒小姐的表現還不錯，可是看過變造版本的人說，她的表現真是精采絕倫，形容她是火光四射，極具煽動力。薩米歐科技戰士協會進行分析之後，認為懷特海耶斯公司已經發展出一種新軟體，能夠微調演講中用來輔助的語調、表情、動作姿態，挑起觀賞者最強烈的情感反應，大大增強了演講錄影的效果。特別是，如果你戴著微電腦眼鏡看這場演講，效果更是強烈。由於奈米醫學倫理促進會在演講節目裡運用了這種技術，導致很多原本支持干擾器提案的人臨時改變主意。

…

全國美感干擾器協會主席，華德蘭伯特：

在我這輩子的專業生涯中，我只見過極少數人能夠像鮑爾小姐一樣，在演講中展現出無與倫比的魅力。他們身上散發出一種扭曲真實的強烈磁場，震懾了聽演講的人，不管他們說什麼你都會相信。他們只要出現在你面前，你就會深受震撼，隨時準備打開錢包，不管他們說什麼你都同意。一直要到後來，你才會回想起你原本是反對的，可是，一切已經太遲了。想到企業團體能夠用這種軟體造成什麼樣的影響，我越想越害怕。

這，就是另一種「超常刺激」，就像毫無瑕疵的美，可是卻更危險。現在我們已經能夠抗拒美，可是懷特海耶斯公司卻又發展出更高的境界。想抗拒這種說服，比登天還難。

有一種聲調干擾器能夠讓你辨識不出語調，只聽得見他講話的內容，感覺不到表達的口氣。還有另一種干擾器會讓你無法辨識臉部的表情。採用這兩種干擾器，你就能夠抗拒這種扭曲操控，因為你只能從說話的內容去判斷，感覺不到表達方式。可惜，我不能推薦這兩種干擾器，因為那跟美感干擾器不一樣。因為，如果你聽不到別人說話的口氣腔調，看不到他的表情，你會喪失和別人交往的能力，陷入絕對的孤獨，類似高功能自閉症。我們協會有些成員裝了這兩種干擾器，藉此表達某種形式的抗議，不過沒有人認為會有太多人效法他們。

所以這也意味著，如果這種軟體被廣泛運用，我們將會面對來自四面八方的煽動宣傳：商業廣告、傳播媒體、佈道傳教。未來的幾十年，我們將會聽到政客或軍人發表極具煽動力的演說，甚至激進份子和文化反制份子也會運用這種軟體來維持他們的影響力。一旦這種軟體的影響擴大到一定的程度，就連電影界都會開始運用。演員的演技已經不重要了，因為每個人的表演都會是一樣的神奇。

在美感方面也會出現同樣的現象。我們的環境會逐漸充斥著這種超常刺激，那會影響到我們真實生活中人與人的互動。當電視上的每個演講者都展現出驚魂攝魄的風采，有如英國首相邱吉爾或馬丁路德金恩博士親臨現場，我們就會開始覺得一般人說話很乏味，毫無說服力，因為他們的聲調表情姿態都不夠生動。我們開始會對日常生活中接觸的人感到乏味，因為當我們戴上軟體控制的微電腦眼鏡，眼前看到的人會散發出無比迷人的風采，一般人實在差得太遠。

所以，我只希望採用程式控制神經凍結劑的微電腦眼鏡能夠趕快上市，這樣一來，我們才能鼓勵大家戴上這種功能更強的干擾眼鏡，避免看電視的時候受到影響。如果我們想保有真實的人類互動，這可能是唯一的方法，讓我們能夠把我們的情感反應保留給真實的人生。

• • •

塔梅拉里昂：

我知道如果我這樣說，大家會有什麼感覺，可是……呃，我想重新打開我的美感干擾器。一方面，那是因為我看到了奈米醫學倫理促進會的演講錄影。我意思並不是說，我打開美感干擾器，是因為化妝品公司叫大家不要用干擾器，我很反感，所以故意跟他們唱反調。並不是這麼回事，可是我不知道該怎麼解釋。

我對他們很生氣，因為他們用障眼法的手段操控別人，他們的行為一點都不光明磊落。不過，這件事讓我瞭解到，我對葛瑞特所做的事，和他們沒什麼兩樣。或者應該說，我心裡想的和他們一樣。我想用我的美貌來贏回他的心。從這個角度來看，我也不光明磊落。

當然，我不是說我像那些廣告商一樣惡劣！我愛葛瑞特，而他們滿腦子只知道賺錢。不過，我曾經說過漂亮就像一種魔咒，還記得嗎？它給了我們某種優勢，而我覺得，我們會很容易濫用那種魔咒。美感干擾器就是要讓人能夠抵擋那種魔咒。如果葛瑞特不希望自己被那種魔咒影響，那麼我就應該尊重他，因為我一開始就不應該想利用這種優勢。如果他會回到我身邊，我希望那是我透過光明磊落方式得來的。我希望，他是因為愛我才會回到我身邊。

我也明白，就算他打開美感干擾器，並不代表我也必須這樣做。我真的很喜歡自己的模樣。可是，如果葛瑞特不希望自己被美貌影響，那麼，我覺得我也應該跟他一樣。這樣就公平了，對不對？如果有一天我和葛瑞特真的又在一起，那麼，說不定我們會去買瑪麗亞說的那種新型美感干擾眼鏡，然後，在只有我們兩個人的時候，我們可以把它關掉。

而且，還有其他的原因，讓我覺得那種新型干擾眼鏡是有必要的。化妝品公司那一夥人想用障眼法的手段讓你產生需求，買他們的產品。如果他們只用光明正大的手段，你根本就不會想買他們的東西。我討厭他們這樣。如果我會去看那種讓人眼花撩亂的廣告，那是因為我有那個心情，我自己想看，而不是隨時隨地被他們干擾。不過，我暫時還不想用別種干擾器，例如干擾聲調那一種。反正暫時還不要。不過，如果那種新型美感干擾眼鏡上市了，說不定我會去買。

我說這些，並不代表我認為我爸媽是對的。我認為他們不應該從小就讓我裝上美感干擾器。到現在我還是覺得他們錯了。他們以為把美麗隱藏起來就能夠創造烏托邦，可是我從來都不相信。美本身不是問題，有些人濫用自己的美貌才是問題，而這就是美感干擾器的用途。它讓你能夠不受美貌的影響。天曉得，說不定我爸媽那個年代根本沒有這種問題，不過，現在那是我們必須面對的問題。

故事筆記

〈巴比倫之塔〉

這篇故事的靈感源自我和朋友的一次對話。他提到了一個不同版本的巴別塔神話，是他在猶太學校教的版本。當時我只知道舊約版的巴別塔，而那並沒讓我留下什麼深刻的印象。他告訴我的版本，是一個細節更豐富的故事。在它的描述中，那座塔是如此高聳，要花上一整年才爬得到頂。如果有人不幸墜落，沒有人會為他哀悼，但如果墜落的是一塊磚頭，砌磚工人卻會傷心痛哭，因為那表示他們得等一整年才能拿到替換的磚頭。

這則神話的原始寓意，是關於忤逆上帝的後果。然而它在我腦中召喚出了一幅異常大膽的景象，一座浮在半空中的幻想城市，類似馬格利特的畫作《庇里牛斯山的城堡》。我對那幅景象非常著迷，並開始想像在那樣的城市裡，人們的生活會是什麼樣子。

湯姆・狄許把這個故事稱為「巴比倫科幻」。我在寫這故事時並沒有把它當成科幻——我相信在深諳物理學和天文學的巴比倫人眼中，這故事就只是個純粹的幻想。不過我懂他的意思。這些人物是很虔誠沒錯，但比起禱告，他們更仰賴工程學。神從未現身，而故事裡發生的每件事都符合機械論的運作原理。就這方面來說，雖然宇宙結構截然不同，但故事中的世界和我們的世界，其實是非常相似的。

〈智慧的界線〉

這是這本合集裡最早寫成的故事。要不是因為我在號角的講師史派德・羅賓森，這篇故事可能永遠不會有機會出版。我把這篇故事寄到好幾個地方投過稿，全都被打了回票，但史派德勸我別放棄，等到我可以把號角工作坊的名號寫進簡歷之後再試試看。所以我把故事稍加修訂後，又寄出去投了一輪，這次得到的迴響就好多了。

故事的起始點，是我大學室友隨手寫在書上的一句註記。當時他正在讀沙特的《嘔吐》，在這本書的主人翁眼中，世間一切都毫無意義。可是——我室友如此猜想——假如反過來呢？假如你看見的一切全都有意義和秩序，那會是什麼感覺？在我看來，那代表的可能會是一種更超然的觀點，也就是超級智慧。我開始思考，心智能力的量——比如記憶力的強度和模式識別的速度，要增長到什麼程度才會讓意識的本質發生改變，轉化為完全不同的感知狀態。

我同時也在思考另一個問題——我們有可能徹底了解自己的心智如何運作嗎？有些人已經直接斷言不可能，然而他們給出的就只有「我們無法用自己的眼睛看自己的臉」這種論點，實在很難說服我。也許到頭來，我們真的無法「了解」自己的「心智」（如果嚴格定義這兩個詞的話），但在抵達結論之前，我需要一段更有說服力的辯證。

〈除以零〉

數學上有個很有名的等式，長這個樣子：

$$e^{\pi i} + 1 = 0$$

這個等式的推導過程真是不可思議，我第一次看到的時候，下巴差點掉下來。請容我解釋為什麼。

意料之外、情理之中的收尾，是一篇好小說的重要元素。巧妙的設計也有同樣的特質——發想令人驚奇，看起來卻再自然不過。當然，我們都知道這種情況並不是真的必然，是我們刻意製造出來的，它們是人類智慧的產物，而且無法長久。

現在，我們從這個角度思考上面那個等式。它是個出人意料的結尾。你可以在十幾種不同的脈絡中用 e、π 和 i 演算好幾年，卻渾然不覺這三個符號會以這個特定的方式相交。然而，一旦你看到了推導過程，就會覺得這個等式是必然的結果，也是唯一的結果。那種震撼和敬畏，彷彿你碰觸到了究極的真理。

這個等式證明了數學本身的矛盾，它告訴你，數學的一切奧妙之美都只是幻象。而在我看來，這是你所能領悟到最可怕的事情之一。

〈妳一生的預言〉

孕育出這個故事的土壤，是我對物理學變分原理的興趣。我從一開始學到這些原理的時候，就深深受到吸引，但一直不知道該怎麼在故事裡運用它們，直到我看了《Time Flies When You're Alive》才大致有了概念。這部電影由保羅．林克獨角擔綱，敘述他的妻子與乳癌抗爭的歷程。一個人要如何面對必然發生的命運，或許我可以運用變分原理去講這樣一個故事。幾年之後，我有位朋友生了孩子，她為她的新生兒寫下的一段話，和我的概念結合在一起，這個故事的核心才正式誕生。

在這裡要為有興趣的讀者註記一下，故事中對費馬最短時間原理的討論，全都是以量子力學的基礎為前提進行。這個原理的量子力學公式也很有趣，但我更感興趣的還是古典版本，因為它有更多隱喻的可能性。

關於這篇故事的主題，我想應該沒有比寇特．馮內果為《第五號屠宰場》二十五周年紀念版所寫的序文更簡潔有力的總結了：「史蒂芬．霍金……認為記憶未來是如此迷人，卻又如此遙不可及。然而，對如今的我來說，記憶未來簡單得有如兒戲。在嬰兒時期，孩子們是那麼無助，只能依賴你，但我知道他們未來會是如何，因為現在他們都已經是大人了。我知道我最親近的朋友們將面臨什麼終局，因為他們多數都已退休，或已死去……對史帝芬．霍金，還有那些比我年輕的人們，我只能說：耐心等候。總有一天，未來自然會來到你腳邊躺下。無論你是什麼樣的人，你的未來都了解你，愛你，就像一條忠心的老狗。」

〈七十二個字母〉

一開始，這個故事是兩個分離的點子，直到我發現這兩個點子其實是可以相連繫的時候，它才真正成形。

第一個發想是泥人傳說（golem）。

關於泥人傳說，最有名的故事莫過於「布拉格的拉比洛爾」。拉比洛爾造了一個泥人，賦予它生命，命令它保護猶太族群免受迫害。這個故事其實是近代的產物，到一九〇九年才出現。而這類把泥人當成僕人、為人類做家務的故事（成功的程度不一），可以追溯到十六世紀初，但這些故事仍然不是泥人傳說最早出現的形態。在二世紀的時候，拉比們創造泥人並不是要實際完成什麼事情，而是一種演示，展現他們對字母排列這門學問的掌握。他們操演「創造」這個行為，是為了更了解神。

語言的創造力這個主題，已經有比我更聰明的人探討過了。但泥人傳說有一點讓我格外感興趣——在這些傳統故事中，他們是無法開口說話的。有鑑於泥人們是以語言創造而成，這種限制代表的就是再生的限制。假如泥人被允許使用語言，就等於是被允許自我複製，而不再只是個馮紐曼機器。

另一個發想，則是我在思考預成論（preformation）時出現的。預成論認為，生物胚胎還在親代的生殖細胞裡時就已經完全成形。現今的人們很簡單就能駁斥這個理論，並視其為無稽之談，但在那個時代，它被認為是再合理不過的解答。生物為什麼能夠自我複製，就是它試圖解決的問題，而這個問題後來催生出了馮紐曼機器。

就在我領悟到，這兩個引起我的興趣的主題，其實是根生同源時，我就知道自己非寫這個故事不可了。

〈人類科學的演化〉

這個極短篇是為英國科學期刊《自然》寫的。二〇〇〇年期間，《自然》有個叫做「未來」的專題，每周都由不同作者撰寫極短篇，針對下個千禧年的科技發展提出一則虛構的建言。

既然是刊登在科學期刊上，那麼，我寫一篇關於科學期刊的文章也是理所當然的囉。於是我開始思考，假如超人類智慧的時代來臨，這類科學期刊看起來會是什麼樣子。威廉·吉布森曾經說過：「未來早已降臨，只是並非所有人都體驗得到。」世上仍有許多人可能已經意識到電腦革命的發生，也可能沒有，但對他們來說，那都只是別人的事，是發生在別的地方的事。我期望，無論將來還有什麼樣的科技革新等著我們，我們能依然如此。

關於篇名：本篇在《自然》是以編輯選用的篇名刊登，在這裡則以我保留的原始篇名呈現。

〈上帝不在的地方叫地獄〉

我動念想寫關於天使的故事，是在看完葛萊哥利·威登編導的驚悚電影《魔鬼軍團》之後。

一開始我試著把天使塑造成真實存在的角色，但一直想不出喜歡的情節。直到後來我改變主意，把祂們描寫成恐怖力量的象徵，一種類似自然災害的現象，故事才得以展開。（也許當時我下意識的想到了安妮·迪拉德。後來我記起她寫的一段話——如果人們的信仰再更堅定一點，他們會戴著安全帽上教堂，把自己綁在長椅上。）

想到自然災害，就會想到有人無端遭到橫禍。有人會從宗教的角度向受難者提供多到數不清的建議，只可惜，沒有任何一種建議能滿足所有的人。某個建議，有人聽了會感到安慰，但別的人聽了卻會覺得很刺耳。《約伯記》就是一個例子。

《約伯記》有一點始終讓我覺得很不滿意——神最後竟然獎賞了約伯。暫且先不論失去的孩子能不能被新的孩子替補，上帝為什麼要把財產還給約伯？為什麼故事的結局如此美滿？善並不一定有善報，壞事同樣會發生在好人身上，是這部典籍最重要的訊息之一。約伯接受了所有磨難，展現出真正的美德，最後卻得到了上帝的獎賞？這不是讓訊息被打了折扣嗎？

在我看來，《約伯記》沒有足夠的勇氣傳達這個信念。倘若作者真的想告訴人們善不一定有善報，那麼，這個故事不是應該以約伯一無所有作終嗎？

〈看不見的美〉

曾經有心理學家做過一場實驗，他們在機場多次留下假的大學申請表，假裝是某個旅客不慎遺落的。這些申請表上填的答案都一模一樣，不一樣的只有附帶照片裡的虛擬臉龐。最後他們發現，人們比較願意寄回的申請表，都是照片裡長相好看的。實驗結果也許不太讓人意外，但這確實說明了我們有多麼容易被外表影響。即使是在沒有見過本人的情況下，我們還是會偏好長相好看的人。

然而，任何關於美貌的優勢的討論，永遠都會牽扯到美貌帶來的負擔。我不否認美貌確實也有其缺陷，但是，其他事情不也一樣嗎？為什麼人們總是能夠認同「美貌的負擔」這個概念，卻比較難認同，比如說，財富的負擔？光從這點我們就能發現，美貌再次發揮了神奇的魔力：即使是在討論美貌的缺陷，擁有美貌的人依然佔上風。

只要肉體和眼睛還在的一天，皮相之美永遠都會糾纏著我們。不過，假如美感干擾器真的問世，我自己倒是很想嘗試看看。

北與南
North And South

伊莉莎白 · 蓋斯凱爾／著　陳宗琛／譯

與《傲慢與偏見》並列的百年經典
埋沒了 150 年，台灣首部中文譯本

「工人吃得飽，生活有保障，才能安心幹活。這才是老闆的福氣，只有笨蛋才會不懂這個道理。」

150 年前，一個勞資嚴重對立的年代，作者創造了一個工廠老闆，說出一個遠遠超越那個年代的道理。150 年後，很遺憾的，還是有很多老闆不懂這個道理。

一個和《傲慢與偏見》同樣偉大的愛情故事，埋沒了 150 年卻在 2004 年石破天驚成為英國電視史上的傳奇

史上最暢銷的 BBC 古典劇集，DVD 銷量超越「傲慢與偏見」兩倍，狂熱蔓燒全球，影迷票選為「史上最動人的電視劇」

2004 年 11 月，古典劇集「北與南」在英國 BBC 首播。原先，這部戲並不被看好，沒有宣傳，而媒體也視若無睹。沒想到，播出幾個鐘頭後，BBC 的網頁討論區突然湧進排山倒海的觀眾點閱查詢，導致電腦系統癱瘓，電視台迫於無奈只好關閉網站。這是 BBC 創立以來史無前例的事件。

於是，一部掀起狂熱流行的電視劇，無意間讓一部埋沒了 150 年的文學經典重現人世。

1854 年出版的《北與南》，總是被形容為「工業革命版的《傲慢與偏見》」。事實上，《北與南》確實和《傲慢與偏見》一樣，也是一個極其浪漫動人的愛情故事，但截然不同的是，《北與南》的愛情只是表面，作者真正的關懷，是呈現一個充滿階級矛盾和勞資對立的鉅變的時代，並且尋找答案。

一百五十年後，我們在這本小說裡看到的，竟然是一種怵目驚心的「現代」。就像一面鏡子，我們在裡面看到了我們的時代，看到同樣的對立與衝突，看到和你我一樣在經濟困境中掙扎的人，最後，在寬容中看到了生命困境的救贖。

故事簡介

瑪格麗特在英國南部的田園小鎮出生長大，父親是基層牧師。她曾經在倫敦受過高等教育，能彈琴，會畫畫，文學素養深厚。高挑亮麗的她，原本可以躋身上流社會，成為名門公子競逐的天之驕子，然而，她個性獨立，有主見，有思考判斷力，對裝腔作勢的上流社會向無好感，不屑成為豪門世家的花瓶寵物。她內心深深依戀的，是南部老家那翠綠的森林，還有住在森林裏那些純樸窮苦的工人和農夫。她從小就跟著父親照顧他們，幫他們帶孩子，照顧生病的老人。在她心目中，他們就像自己的家人。

那是一個巨變的時代，正直的父親無法忍受變質的教會，於是就辭去神職，帶著家人搬到北方的工業城米爾頓，以私人教學維生。當時，勞資對立情勢嚴峻，棉織工人醞釀罷工，流血衝突一觸即發。一向同情工人的瑪格麗特偶然結識了工會領袖的女兒，不久就和那一家人成為朋友，而同時，一位年輕的棉織工廠老闆桑頓成為她父親的學生，研習古典哲學。他是一位刻苦出身、白手起家的企業家，早年因父親驟逝，為了扛起家計而大學中途輟學，如今事業有成，終於有機會重拾書本，尋回早年被迫中斷的求知熱忱。他有良知、對經營事業有獨到見解，不願像其他老闆一樣剝削工人，然而，他個性剛烈，面對工人的激烈罷工，卻又無論如何不願低頭……

一開始，同情工人的瑪格麗特對他懷有強烈敵意，但後來，當她漸漸明白他的為人之後，她內心開始陷入掙扎。一邊是親如家人的工會領袖，一邊是她欣賞的年輕老闆，她該如何面對…

作者簡介

伊莉莎白 · 蓋斯凱爾 Elizabeth Gaskell

那個年代，是《傲慢與偏見》《簡愛》《咆哮山莊》風起雲湧的年代，然而，相對於聲名不朽的珍奧斯汀和白朗特姐妹，那個年代還有一位同樣偉大卻被忽略了一百五十年的女性作家，一個文學史上陌生的名字——蓋斯凱爾夫人。

本名伊莉莎白 · 史蒂文生，1810 年生於英國倫敦。年少時，由於母親父親相繼過世，她輾轉寄住親戚群中，其中有一位是改革教派的威廉牧師，他那入世而充滿人道關懷的思想深深影響了伊莉莎白的一生，引導中產階級出身的她走入貧困艱苦的勞工階層世界。後來，1832 年，她嫁給了同為改革教派的蓋斯凱爾牧師。

身為改革派基層牧師的妻子、六個孩子的母親，除了在主日學校教書，還要為教會的慈善工作終日奔波。為了接濟貧民區那難以數計的貧苦家庭，伊莉莎白生活的忙碌已經達到疲於奔命的程度，很難想像後來她還能成為英國文學史上的偉大作家。

1846 年，小兒子不幸夭折，她忽然開始寫出數量驚人的長短篇小說。1848 年，她匿名出版了第一部長篇小說《瑪莉巴登》，立刻受到大文豪狄更斯的激賞，驚為天才，力邀她為自己的文學雜誌寫稿。她還因此結識了《簡愛》的夏綠蒂白朗特，兩人成為終生摯友。

1855 年，她出版了足以和《傲慢與偏見》千古輝映的《北與南》。

國家圖書館出版品預行編目資料

妳一生的預言－中篇小說集／姜峯楠
Ted Chiang著；陳宗琛譯　初版
臺北市：鸚鵡螺文化，2017.02
面；公分。－－(SFMaster01)
譯自：Stories of Your Life and Others
ISBN 978-986-94351-0-9 (平裝)

874.57　　　　106000761

鸚鵡螺文化

SFMaster 01

妳一生的預言 - 中篇小說集

Stories of Your Life and others

作　　者—姜峯楠

譯　　者—陳宗琛
選 書 人—陳宗琛
美術總監—Nemo

出版發行—鸚鵡螺文化事業有限公司
新北市鶯歌區建國路85號11樓之7
電話：(02)86776481
傳真：(02)86780481
郵撥帳號—50169791號
戶　　名—鸚鵡螺文化事業有限公司
電子信箱—nautilusph@yahoo.com
總 經 銷—大和書報圖書股份有限公司
ISBN　　978-986-94351-0-9 (平裝)
定　　價—新台幣399元
二版二刷—2024年9月